KB174283

우리가
모르는
경기도

경기별곡 01

우리가 모르는 경기도

윤민 지음

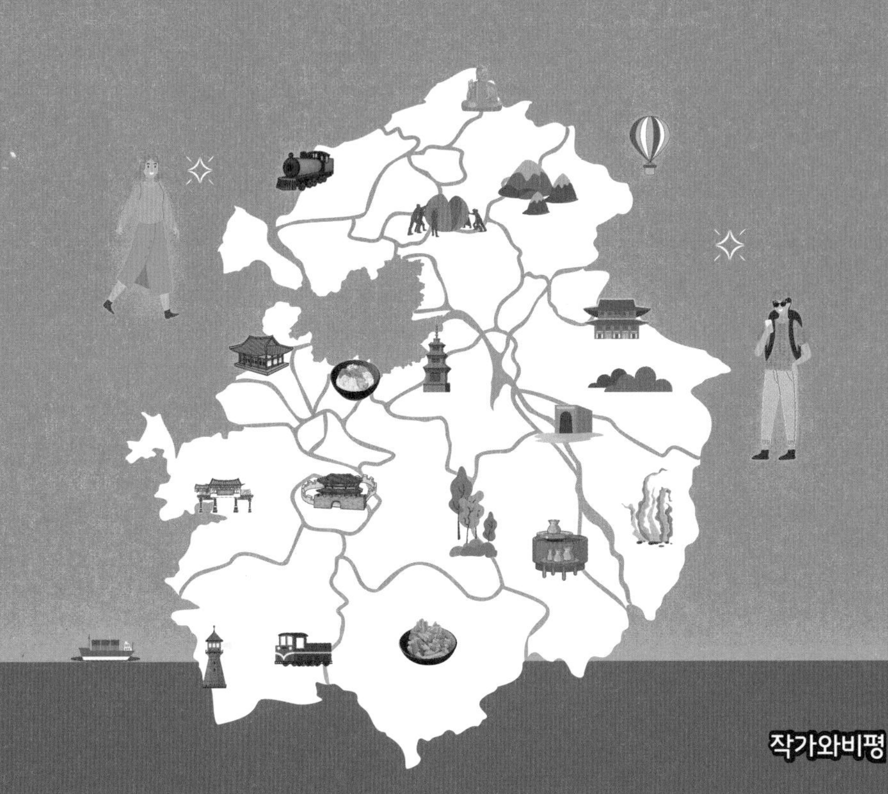

작가와비평

경기도 여행을 시작하기 앞서

2021년 기준으로 인구 1,300만을 돌파해 대한민국 최대 광역자치단체로 자리매김한 경기도로 향하는 긴 여정을 함께 떠나 보려고 한다. 과연 우리는 경기도에 대해 얼마나 알고 있을까? 본격적인 여행을 떠나기 전, 경기도의 과거와 현재 그리고 앞으로의 미래에 대해 대략적인 개요를 한번 짚어 보기로 하자.

경기도의 명칭은 한자의 뜻을 풀어서 쓰면 서울 경(京) 자에 경기 기(畿) 자가 합쳐져서 나왔다는 걸 쉽게 알 수 있다. 대략적으로 뜻을 유추해 보면 말 그대로 서울 주변의 땅을 일컬어 경기라는 뜻으로 풀이된다는 것인데, 다른 지역들, 그러니까 주로 도를 대표하던 두 도시의 글자를 따서 도의 이름으로 삼았던 것에 비해 경기라는 명칭의 유래는 조금 특별하다.

경기라는 뜻은 중국 당나라 시절 도읍의 주변 지역을 경현(京縣)과 기현(畿縣)으로 나누어 통치했던 데서 기원한다. 당나라 시절이라 하면 율령격식이 정비되고, 우리나라를 비롯해 일본까지 동아시아 전체가 그 제도를 적극적으로 받아들이고 활용했던 시기라 할 수 있다. 그 제도를 처음 받아들였던 신라 시대까지는 경기라는 지명이 본격적으로 쓰이지 않았다. 하지만 고려 시대에 들어와 도읍인 개성부의 외곽 지역을 가리켜 경기라 칭하면서 그 역사가 시작되었다.

일본에도 경기와 비슷한 지명이 남아 있다. 바로 긴키(近畿)라는 지명이다. 여기서도 기(畿)라는 한자를 쓰고 있는 것을 볼 수 있다. 현재 일본의 중심지는 도쿄를 비롯한 간토 지방이지만, 19세기 메이지유신 이전까지 일본의 공식 수도는 긴키(간사이) 지방에 위치한 교토였다. 지금도 일본인의 마음의 고향은 교토로 알려져 있기에 굳이 간토 지방의 이름을 긴키로 바꾸지 않았다고 한다.

그럼 경기도 땅의 역사는 어떻게 이어져 왔을까? 조선왕조에 의해 서울이 도읍지로 지정되기 전부터 이 땅의 중요성은 실로 대단했다. 경기도는 국토 중앙부에 위치하고 풍부한 유량을 자랑하는 한강이 그 중심부를 흐르고 있다. 한반도의 핵심 지역이었던 만큼 삼국 시대부터 이 땅을 차지하기 위한 전투가 치열하게 펼쳐졌다. 한강 유역을 장악한다는 건 삼국의 전성기를 말하는 척도이며, 이 지역을 얻기 위해 수많은 세력이 끊임없이 전투를 펼치곤 했다.

조선 시대에 들어와 현재 경기도의 명칭과 위치가 확립되었다. 경기도의 중요성은 점점 커지면서 임진왜란과 병자호란 이후에는 당시 경기도의 요충지이자 주요 도시였던 개성, 강화, 수원, 광주에 유수부를 설치했다. 그러나 현대에 들어 경기도의 모습은 또 한 번 급변한다. 서울의 급속한 발전으로 인한 집값 인상, 교통, 사회 문제가 대두되어 80년대부터 서울에서 가까운 수도권 지역 위주로 신도시를 건설했고, 이게 계기가 되어 어느덧 서울의 인구를 추월한 최대의 광역자치단체로 자리 잡은 것이다.

하지만 급속한 성장 배경은 독이 되어 어느덧 서울의 부속품이자 베드타운

취급을 받는 신세로 전락했다. 최근에 수도권으로 이주한 사람들을 살펴보면, 직장은 서울에 두고 있지만 높은 집값 때문에 마지못해 경기도로 이사 온 비율이 높다. 수도권에 있는 주요 도시들의 인구가 10년 사이에 두 배 이상으로 뛰어버린 통계가 이를 반증한다. 눈을 잠깐 감았다 뜨면 허허벌판이었던 땅이 아파트로 바뀌고, 각종 상업 시설이 순식간에 들어서는 변화무쌍한 경기도의 매력은 과연 무엇일까?

필자가 살고 있는 김포를 비롯한 경기도의 31개 도시, 더 나아가 인천과 강화도까지 그 해답을 알고자 하는 대장정의 첫 스타트를 끊는다. 단지 김포공항이 있었던 도시로만 알았던 김포는 알고 보면 강화도와 함께 외세의 침략을 받았던 역사의 아픔이 고스란히 보존되어 있다. 북한과 근접한 도시 파주에는 율곡 이이와 황희 정승 등 인생을 굵직하게 살다 간 사람들의 자취가 남아 있으며, 연천에는 옛 고구려의 웅장한 성터와 아름다운 임진강의 광활한 풍경을 바라볼 수 있다.

그뿐만이 아니다. 우리가 별내, 다산 신도시들로만 알고 있던 남양주는 다산 정약용이 태어나고 말년을 보냈던 한강 변이 정말 아름답다. 또한 예전 조선 왕실이 선호하던 땅이 바로 남양주다. 고종, 명성황후를 비롯한 조선 마지막 왕실의 무덤군이 바로 이곳에 있다. 그다음에 소개할 도시는 바로 양평이다. 아름다운 남한강을 배경으로 수많은 이야기가 녹아들어 있다. 양평해장국과 옥천냉면의 고장이기에 먹거리도 풍부하다.

경기도를 대표하는 도시 수원은 세계문화유산인 수원화성뿐만 아니라 골목마다 새로운 이야기를 우리에게 전해 주고 있으며, 과거 공단이 있던 안양도 안양예술공원을 시작으로 도시 전체를 예술 작품으로 가득한 아트 도시로서의 변모를 꿈꾸고 있다.

전국 최대의 지방자치단체로 거듭난 경기도가 이제는 단순히 '서울의 주변도시'라는 이미지를 넘어 독자적인 정체성을 만들어 나가길 기대하며, 경기도 도시들의 매력을 새롭게 살펴보고 그 도시에 담겨 있는 역사와 이야기 그리고 음식까지 찾아보는 시리즈의 첫 출발을 시작해 보도록 하자.

차례

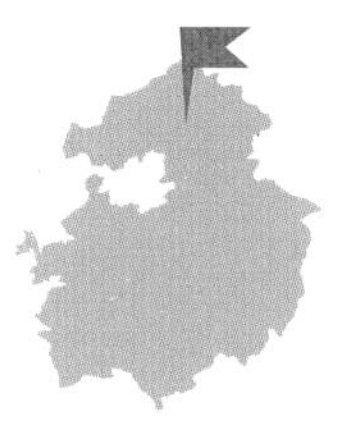

[연천] 한탄강에서 울려 퍼지는 고구려의 기상

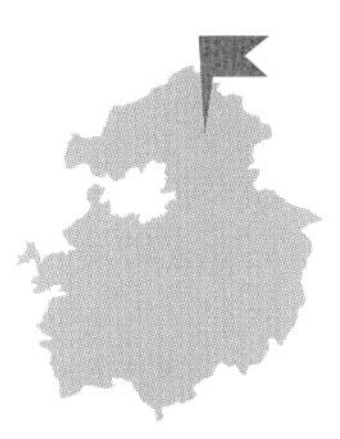

[남양주] 다산 정약용과 조선 마지막 왕실의 자취를 찾아가다

차례

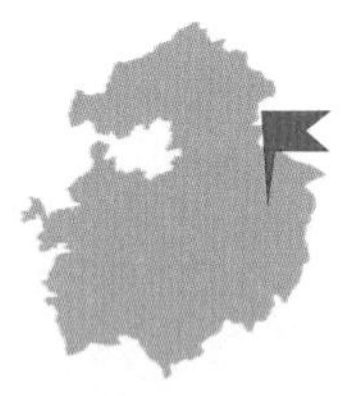

[양평] 남한강에 흐르는 침묵 속의 고요함

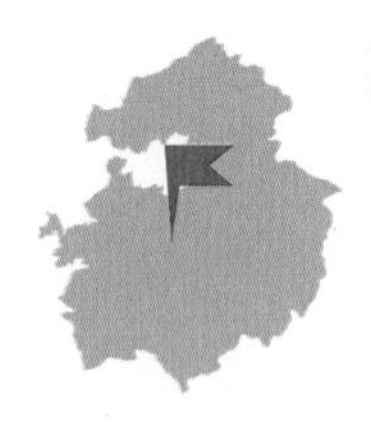

[수원] 세계문화유산 수원화성을 돌아보자

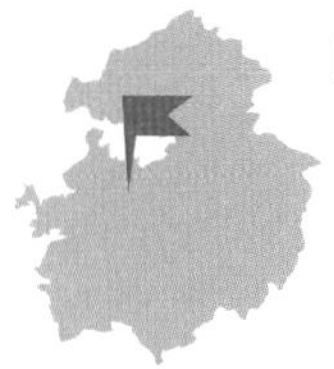

[김포]

아픔을 넘어 새롭게 도약하는 한강 변의 도시

아픔을 넘어 새롭게 도약하는 한강 변의 도시

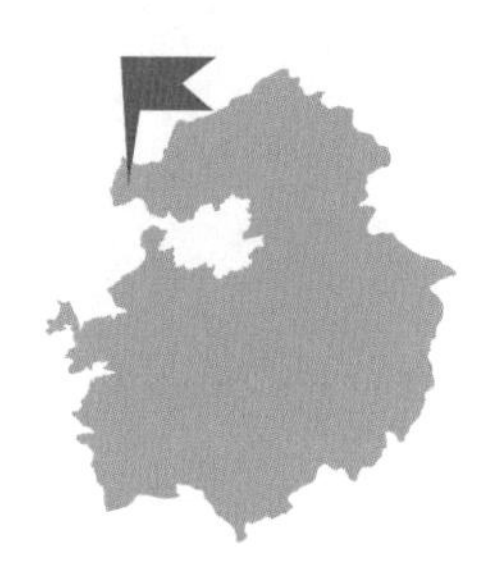

용화사에서 바라본 한강의 풍경

이번 여정의 첫 번째 주자가 될 김포는 사실 저자가 사는 도시다. 터전을 잡은 지 이제 막 1년이 지났지만 말이다. 평소 방랑벽이 있는 터라 시간만 나면 김포의 주요 명소들을 빠짐없이 훑었다고 생각했지만, 김포라는 도시를 어떻게 설명해야 할지 제대로 맥을 잡기 어려웠다. 어쩌면 김포가 경기도 도시 중에서도 단연코 가장 극적인 변화를 보여 주기 때문일지도 모른다.

김포는 우리가 지리 시간에 배운 그대로 서울 근교에서 가장 넓은 평야인 김포평야가 펼쳐져 있다. 그곳에서 생산되는 김포 쌀은 경기미의 하나로서 일반 쌀보다 비싸게 거래된다. 하지만 농업 도시의 이미지가 강한 김포는 수도권 확장의 영향을 받기 시작하면서 20년이라는 짧은 기간에 전국에서 가장 젊은 도시로 탈바꿈하는 데 성공한다. 1998년에 시로 승격한 이후, 12만이던 인구수가 2020년 기준 47만으로 네 배에 가까운 가파른 인구 상승을 기록한 것이다.

하지만 내가 김포로 이사 온 후 만나는 사람마다 "김포는 어디가 볼 만해요?"라고 물어봐도, 돌아오는 답은 "모르겠네요.", "강화도나 저기 일산 호수공원 괜찮아요."뿐이었다. 김포 사람들도 김포에 대해 잘 알지 못하는 듯한 뉘앙스를 풍기고 있었다.

김포는 한강신도시 개발로 인해 인구가 급격하게 늘고, 끊임없는 발전을 이루고 있지만 뚜렷한 중심지는 없는 실정이다. 사우동, 장기동, 운양동, 구래동 등 동네마다 각자의 생활 구역이 뚜렷하게 분리되어 있고, 영화관, 마트, 술집 등 번화가가 따로 조성되어 있다. 게다가 신도시에 사는 사람 대부분이 직장을 서울에 두고 있기에 버스, 전철을 비롯한 도시의 교통수단 대부분이 서울을 향해 있다. 김포에서 서울의 김포공항역까지 운행하는 김포 골드라인은 중간에 타는 사람은 있어도 내리는 사람은 거의 없다. 김포는 한마디로 개성 없고 전형적인 '베드타운'일지도 모른다.

내가 김포로 처음 이사 왔을 당시만 해도 이 도시의 이미지는 정말 평범했다. 김포공항(행정 구역은 서울시 강서구)과 김포평야로 대표되는 논과 밭이 뻗어 있는 풍경, 강화도로 놀러 갈 때마다 김포 부근의 차량 정체로 인해 수 시간 차에 갇혀 있었던 아픈 기억만이 내 머릿속을 맴돌고 있었다. 김포의 이미지 자체가 왜 다른 도시에 비해 인상이 깊지 않을까 하고 곰곰이 생각해 보면, 위치 자체가 서울과 인천이라는 거대 도시 사이에 끼어서 그렇게 느껴지는 경향이 있고, 김포시청이 있는 사우동의 존재감이 김포의 다른 도심지에 비해 크지 않기 때문일 것이다.

용화사에서 바라본 한강의 풍경

이런 생각들만 가지고 있다면 김포는 물론이고 다른 경기도의 도시에 대해 무슨 할 말이 있으랴? 하지만 좀 더 마음을 열어 보고, 이 도시를 차근차근 알아보기로 했다. 이방인의 마음을 가지고, 여행자의 생각으로 김포를 차근차근 살펴보기로 한 것이다.

이 이야기는 내가 평소 출퇴근할 때 이용하는 김포한강로부터 시작된다. 올림픽대로와 직결되는 왕복 8차선의 김포한강로는 서울로 출퇴근하기 위해 수많은 차량이 수시로 지나가는 도로다. 매일같이 빠르게 출퇴근해야 하는 게 우리네 일상이라 주위 풍경을 볼 겨를이 없어 그냥 지나치기 일쑤다. 하지만 천천히 주변을 둘러본다면 범상치 않은 장소들이 우리 가까이 있다는 것을 알 수 있다. 마음을 열고 김포한강로를 달리면서 주변을 살펴보니 범상치 않은 표지판이 눈에 들어왔다. 절 이름으로 추측되는 용화사IC를 보면서 문득 궁금증이 일어났다.

'절 이름을 IC 이름으로 쓸 정도면 나름 역사가 깊고 명성이 높은 사찰일 텐데, 내가 알기론 김포에 유명한 사찰이 없는 걸로 알고 있는데?'

그 이후로 나의 머릿속에서 **용화사**라는 장소가 맴돌았다. 하지만 굳이 동네 사찰을 가야 할 필요성을 느끼지 못했을 뿐더러, '근처에 있으니까 언젠가 가겠지'라는 기약 없는 다짐만 한 채 우선순위에서 항상 뒤로 미뤄놓곤 했다. 그래도 김포를 본격적으로 알아가기로 결심한 만큼 용화사를 먼저 둘러보기로 했다. 차로 10분 만에 닿을 수 있는 용화사는 숲과 자연으로 둘러싸인 다른 고찰들과 달리 입구부터 꽤 큰 규모의 현대적인 요양원 건물과 별다를 것 없는 모습을 하고 있었다. 고요한 산사를 기대했던 나에게는 큰 실망으로 다가왔다. 게다가 구석에 옹색하게 자리 잡은 일주문은 덤이었다.

"그럼 그렇지…. 근처에 용화사가 있어서 안내판에 새겨 넣은 거구나."

축 처진 어깨와 함께 다시 차량으로 돌아가 가던 길을 재촉하려고 하던 그때, 눈앞에 거대한 한강의 물결이 나에게로 다가왔다. 다시 고개를 들어 일주문을 바라보니 절 위에서 한강을 내려다보면 꽤나 훌륭할 것 같다는 생각이 들었다.

가던 발길을 돌려 일주문을 지나 계단 길을 조금씩 오르다 보니 어느 순간 아름다운 강의 모습이 눈앞에 아른거리고 있었다. 비록 고색창연한 건물이 있는 절은 아니지만, 절에서 바라보는 한강의 모습은 가히 장관이라 할 만했다. 그동안 서울의 고수부지에서 줄곧 보았던 콘크리트 숲으로 덮인 한강과는 다른 풍경이다. 탁 트인 강과 들 그리고 너머에 펼쳐진 산의 모습까지, 저 멀리 개성의 송악산까지 아른거리는 듯했다.

그 순간 여러 가지 생각이 번개처럼 스쳐 지나가면서 나도 모르게 무릎을 쳤다.

'바로 이거다!'

수십 년 세월이 지나는 동안 김포의 모습은 과거를 짐작하기 어려울 정도로 많은 변화를 겪었다. 하지만 김포 땅이 가진 본래의 역사와 본질은 변하지 않았을 테고, 현대에 새롭게 생겨난 신도시들도 세월이 지나가면서 김포 한강신도시와 같은 새로운 문화를 창조하고 있지 않을까 하는 생각

맑은 날 용화사에서 한강을 바라보면 한강 너머 파주 일대가 한눈에 들어온다.

이 들었다.

우선 김포는 한강이라는 매개체를 통해 고대부터 강화도와 서울을 이어 주는 역할을 수행하던 도시였다. 한강을 따라 하류 쪽으로 나아가다 보면 근대 격변기에 프랑스를 비롯한 서양 세력과의 치열한 전투 현장이었던 덕포진과 문수산성을 만나게 된다. 강 너머가 접경 지역이라 지금도 북한과의 긴장감이 수시로 감돈다. 하지만 평화누리길이 조성되어 있어 그 길을 따라가면 하루 답사로 충분하다.

김포는 크진 않지만 물살이 거친 염하를 사이로 강화도와 마주 보고 있으며, 남쪽으로 인천, 동쪽으로 서울시 강서구를 경계로 하고 있다. 그리고 북쪽 한강 너머 고양시와 북한의 개풍군이 내려다보인다. 그 경계선을 따라 김포의 정체성을 파악할 수 있는 장소가 몇 군데 있다. 그 장소들을 함께 거닐어 보도록 하자.

그리고 김포의 도심, 김포시청이 있는 사우동을 살펴보자. 시청 뒤편 언덕에는 아름다운 숲을 자랑하는 조선왕릉이 있고, 한국 축구의 영웅 이회택을 기리는 거리와 소나무 숲이 인상적인 김포성당도 찾아볼 수 있다. 마지막으로 김포의 현재와 미래를 보여 주는 한강신도시도 결코 빠질 수 없다. 한국의 베니스를 꿈꾸는 라베니체와 한강신도시 호수공원을 답사하면서 경기도의 첫 장을 본격적으로 펼쳐보도록 하자.

한강을 따라 이어지는 아픈 역사의 현장

“김포에서 북한이 이렇게 가까웠어?”

김포가 북한과 접경 지역에 있다는 사실을 알게 되면 열에 아홉은 무척 놀라면서, 어떨 땐 당황스러운 반응을 보이기도 한다. 사실 나도 김포에 온 지 꽤 오랜 시간이 지나서야 알게 되었다. 그 계기는 한강을 가로막고 있는 철책선과 군 시설물을 몸소 접하고 나서부터다.

김포한강로를 달리면서 바라보는 한강의 풍경은 막힌 것 없이 확 트여 가슴을 울리게 하는 감동이 있었다. 하지만 한강 쪽을 자세히 관찰하다 보면 철조망이 강을 따라 촘촘히 늘어서 있는 것을 어렵지 않게 볼 수 있다. 100m마다 설치되어 있는 군사 시설과 망루들이 긴장감을 더욱 고조시킨다. 분단국가라는 사실을 다시 한번 실감하는 순간이었다.

사람들의 접근이 힘들었던 철책길이었지만 새롭게 평화누리길이 조성되면서 많은 사람이 그 길을 따라 걷게 되었고, 그로 인해 주변의 명소들이 다시금 주목받게 되는 긍정적인 변화가 일어났다. 사람들은 도보나 자전거로 평화누리길을 따라 거닐면서 평화를 염원한다. 평화누리길은 2010년 5월 8일 처음 개방했고, 비무장지대(DMZ) 접경 도시인 김포, 파주, 연천을 잇는 대한민국 최북단의 산책 길이다. 많은 도시를 잇는 만큼 코스와 그 길이도 장대해 총 12개 코스에 189km로 구성되어 있다.

하지만 이 코스를 차마 다 돌아볼 엄두가 나지 않았고, 시간도 체력도 부족하다. 우선 김포에 있는 세 개의 코스 중 포인트 위주로 일부만 맛보기로 했다. 김포에서 시작하는 코스인 만큼 김포의 바다와 강을 따라 두루 길이 이어져 있다. 아름다운 자연경관은 물론이요, 김포의 유명한 사적지와 맛집까지 거치게 되니 덩달아 김포 여행을 하는 기분을 만끽할 수 있다. 생각보다 인기 있는 산책 코스라 그런지 전반적으로 길이 말끔히 관리되어 있다는 인상을 주었다. 자전거로 지나가는 여행자들도 심심치 않게 눈에 띈다. 온라인에 평화누리길을 다니는 여행자를 위한 카페도 만들어져서 최신 정보를 편하게 파악할 수 있다.

우선 평화누리길의 출발지인 대명항으로 이동해 보기로 한다. 대명항 입구부터 가을철 김장에 쓰일 새우젓을 사러 오는 사람들로 북적여 좀처럼 접근하기 힘들었다. 대명항은 김포를 대표하는 항구이자 수많은 관광객이 철마다 새우를 비롯한 해산물을 즐기러 오는 곳이다.

마을이 대망(이무기)처럼 바다를 향해 굽이쳐 있다고 해서 대명항이라 불리는 이곳은 규모가 크지는 않지만, 수많은 어선과 바다 건너편 강화도가 온전하게 보인다. 항구에서 조금만 안쪽으로 걸어 들어가면 퇴역한 군함들이 옹기종기 모여 있는 함상공원이 있다. 아직도 서슬 퍼런 위엄이 살아 있는 군함을 보니, 이곳이 전방에서 멀지 않다는 사실을 다시 한번 알려주는 듯했다. 그 사실을 깨닫는 순간 긴장감이 발끝에서부터 전해져 왔지만 어디선가 새우를 튀기는 고소한 향기가 내 코끝을 자극했다.

“여기가 그 유명한 대명항 원조 맛집! 수철이네 본점입니다!”

그냥 유명도 아니고 수식어 ‘그’가 덧붙여진 표현에서부터 엄청난 자부심이 있어 보였고, 원조라는 말을 쓴 것을 보니(마치 장충동 족발처럼) 유사품이 있거나 프랜차이즈 업종의 본점이라는 것을 대충 유추해 볼 수 있었다. 검색창에 가게 상호를 쳐보니 역시나 경기도를 중심으로 수많은 분점이 있는 프랜차이즈, 그것도 전국에 수백 개 이상 분포하는 흔하디흔한 집이라는 사실을 알게 되어 조금 실망스러운 기분마저 들었다.

'하지만 이런 한적한 장소에서 시작해 수많은 가게를 냈다는 사실 자체가 최소한 평균은 하지 않을까? 어느 정도 기본은 보장되지 않을까?' 하는 나름의 명분을 잡고는 냉큼 가게로 들어가 보았다. 가게 내부는 생각보다 평범했지만 깔끔하고 정갈한 느낌을 주었다. 나는 식당에 갈 때 간판을 유심히 보는 편이다. 간판이 낡은 티가 역력해도 최소한 먼지는 쌓이지 않았거나 간판의 글자가 선명하게 보이면 가게 주인이 최소한 이 식당에 대해 신경을 쓰고 있는 듯한 인상을 받게 된다. 이곳도 본점답게 간판이 무척 깔끔하고 전체적으로 음식 상태가 무난한 듯했다.

엄청나게 특별한 맛은 아니었지만, 갓 튀겨 낸 새우튀김과 떡볶이의 조합은 아주 훌륭했다. 배를 너무 든든하게 채워서 그런지 긴 여정을 마치기도 전에 졸음기가 밀려왔지만 후회는 없다. 다시 힘을 내서 다음 목적지인 덕포진을 향해 떠나 본다.

수철이네왕새우튀김 본점

항구를 벗어난 지 얼마 지나지도 않았는데 철책 길은 물론이고 차도 다니기 힘든 흙길이 강화도를 마주 보며 이어지고 있었다. 마치 예전 군대 시절 행군하던 그때로 돌아가는 듯했다. 그때

김포를 대표하는 항구, 대명항

는 수십 킬로미터나 되는 군장을 메고 힘들게 길을 걷느라 주위를 둘러볼 여유가 없었지만, 지금은 오로지 나 자신만을 위한 시간이니 마음이 너그럽다. 평화누리길 주위를 살펴보면 바닥에 파란색 선이 그어져 있는 것을 볼 수 있다. 이것은 평화누리길의 이정표로 탐방객들의 편리를 위해 설치한 것이라고 한다.

철조망 너머에 보이는 강화와 김포 사이의 해안가는 강처럼 폭이 넓지 않기에 염하(鹽河)라고 불리기도 한다. 폭이 좁은 곳은 200~300m, 넓은 곳은 1km 정도이고, 길이는 약 20km 정도다. 염하 일대는 다사다난했던 한국의 역사에서 수많은 침략과 항쟁의 무대가 되기도 했다. 고려 시대에는 몽골의 침입을 피해 이 바다를 방어막으로 삼아 수십 년 동안 항쟁을 펼치기도 했으며, 조선 시대에는 삼남 지방에서 오는 세곡선(稅穀船)이 염하를 통해 한강으로 들어가는 주요 경로였다. 이 지역 자체가 오랜 세월 동안 외세를 막는 군사적 요충지였는데, 특히 개항기에 프랑스와 미국을 맞아 싸웠던 전투인 병인양요(1866년)와 신미양요(1871년)를 치른 격전지였다.

이런 중요성으로 인해 조선 시대의 군부대가 주둔했던 돈대가 강화와 김포의 해안가를 따라서 산재해 있다. 크기에 따라 진(鎭)과 보(堡) 등 수많은 관방 유적이 위치해 있다. 그중 바로 김포에 위치한 돈대가 바로 지금 가고 있는 덕포진이다.

바다 건너편에 있는 강화의 초지진을 마주하며 수많은 서양 세력의 침입에 대항한 치열한 전투 무대가 되었던 덕포진은 위치 자체가 서울, 즉 한양으로 가는 주요한 거점에 있다. 여기가 함락되면 한강까지 곧장 이어지기 때문에 군사적 요충지로서 중요한 역할을 수행했었다. 덕포진은 가, 나, 다 군으로 이루어진 포대와 파수청 터, 손돌 묘까지 한 번에 둘러보는 산책코스로 이루어져 있어 누구나 쉽게 둘러볼 수 있다.

언덕에 오르니 싱그러운 풀 향기가 사방에서 밀려온다. 초가을에 접어들었는데도 사방에는 여치와 메뚜기들이 뛰놀면서 나를 반겨 주고 있었다. 10분쯤 언덕을 올랐을까? 밖에서 잘 보이지도 않던 포대의 위용이 갑자기 드러난다.

강화도에 위치한 돈대들이 대체로 돌로 만든 두터운 성벽으로 이루어진 데 반해, 덕포진은 흙으로 쌓은 토성이라 밖에서 보면 전혀 눈에 띄지도 않고 위압감도 들지 않았다. 물론 내부에는 나름 튼튼하게 방비해 놓았다곤 하지만, 조상님들이 토성 안 12개 포대에 의지하여 그 무서운 프랑스, 미국과 맞서 싸웠다는 사실을 상기해 보면 정말 놀랍기도 하고 안타까운 마음이 솟구쳐 오른다.

1980년에 실시된 포대·돈대 및 파수청(把守廳) 터의 발굴 조사에서 1874년에 만든 포와 포탄, 조선 시대의 화폐인 상평통보, 주춧돌과 화덕 등이 출토되었다고 한다. 지금은 풀밭으로 덮인 땅속 깊숙한 곳에는 아직도 발굴되지 못한 수많은 문화재가 다시 햇빛을 볼 날을 기다리고 있는지도 모른다.

프랑스, 미국과 치열한 싸움을 했던 병인양요, 신미양요에 대해서는 훗날 강화도를 소개할 때 자세히 살펴보기로 하고 덕포진 전체를 아우를 수

김포를 대표하는 관방유적지, 덕포진

있는 위쪽 언덕으로 더 올라가 보기로 했다. 아직 여름의 열기가 전부 빠져 나가기 전이라 날은 여전히 무덥다. 그렇다고 여기까지 온 김에 고지를 올라가지 않을 순 없다. 땀을 비 오듯 쏟은 끝에 언덕의 정상으로 오르자마자 흰 도포를 입은 노인이 나를 반겨 주었다.

"이보게, 젊은이! 억울한 노인네의 이야기 한번 들어볼 텐가? 나는 손돌이란 뱃사공인데 이 언덕에서 수많은 세월을 보냈었다네……."

나는 무언의 끄덕임으로 노인의 이야기에 귀를 기울였다.

"이 늙은이는 원래 여기에서 초지(강화도 초지진 부근)까지 사람들을 싣고 나르는 뱃사공이었다네. 육지에서 저기 강화까지 지근거리에 보일 정도로 가까운 거리지만, 물길이 세고 거칠어서 강화까지 건너기가 생각보다 쉽지 않다네. 몽골이 쳐들어왔을 때 위쪽에 계신 상감과 신하들이 어찌나 급하게 내려오던지 말도 말게 허허허…. 이 사람은 그저 전하와 나리들을 물길을 따라 안전하게 모시려고 한 것밖에 없는데, 몽골의 앞잡이로 오해받아 죽게 되었다네."

한동안 노인의 원통한 울음소리가 그치지 않았다. 얼굴에 패여 있는 그의 주름은 그가 가지고 있던 한만큼 깊어 보였다. 어느새 울음이 그치고 다시 말을 이어가기 시작했다.

"그래도 후세에 백성들이 나를 가엾게 여기고, 나라님도 이 늙은이가 죽은 뒤 후회가 들었나 보이. 여기 염하가 내려다보이는 곳에 무덤도 만들어 주고 제를 지내고 한다네. 나야 그냥 흘러가는 민초로 살다 가지만 자네는 자네만의 길을 잘 걸어가 보시게나."

나도 모르게 감사의 인사를 올린 다음 고개를 들어 보니 어느새 노인의 형상은 사라지고 눈앞에 청초한 봉분이 가지런하게 서 있었다. 우리들은 손돌과 같은 민초에 불과하다. 위에서 바람이 불면 가장 먼저 흔들리고, 심하면 아예 드러눕기도 한다. 손돌을 죽였던 왕은 끝내 강화도에서 나오지 못하고 지금까지 강화의 산골짜기 구석에 묻혀 있지만, 손돌의 묘는 높은 곳에서 강화도를 내려다보고 있다. 그가 배를 몰았던 해협은 지금까지 손돌목이라는 지명으로 살아남아 민초의 끈질김을 보여 주고 있다.

나는 손돌의 묘 앞에서 절을 올려 그에게 경의를 표하고는 천천히 철책선을 따라 길을 나섰다. 비록 이 지역이 적막하고 흙길이라 먼지가 풀풀 날리기도 하지만, 건너편 염하의 모습을 보는 순간 이곳이 김포라는 사실을 잊을 정도로 마음이 잔잔하고 고요했다. 들리는 것은 오직 새의 울음소리뿐, 나 자신이 걷고 있다는 사실도 잊어버린 채 자연과 물아일체의 경지에 오른 듯했다.

얼마나 걸었을까? 슬슬 노곤한 감이 들기 직전 건너편에 꽤 웅장한 산자락이 눈에 잡히기 시작했다. 어느새 산의 초입 부근, 돌로 만든 거대한 성문이 우뚝 솟은 채로 나를 반겨 주었다. 드디어 **문수산성**에 도착한 것이다. 사실 산성이 있는 문수산이라는 이름은 흔한 편이다. 아마도 불교의 문수보살(文殊菩薩)에서 유래되었을 터인데, 중국의 산서성에 위치한 불교성지 문수산부터 시작해 울산, 용인에도 문수산이란 지명이 있다고 하니 남산처럼 동네 뒷산 명칭 같은 인상이 있다. 하지만 이 산이 특별한 이유는 바로 문수산성이라는 성곽 때문이다.

문수산성은 조선 후기에 전국의 방어 시설을 집중적으로 보강하라는 숙종의 명으로 1694년에 지어지게 되었다. 문수산성은 조선 말, 근대의 격변기 속 겪었던 많은 혼란의 중심에 서 있는데, 특히 병인양요 시기 프랑스군과의 주요 격전지였다고 한다. 이때의 격전으로 해안 쪽 성벽과 문루가 파괴되고, 성내가 크게 유린당했다. 현재는 해안 쪽 성벽과 문루는 흔적도 없이 사라지고 마을이 대신 들어섰으며, 문수산 능선을 따라 연결되어 있는 성곽만 남아 있는 상태다.

꽤 우람해 보이는 성문은 문수산성의 남문으로 2002년에 새롭게 복원한 것에 불과하지만, 상상으로만 여겨졌던 산성의 위용이 피부로 와닿았다. 하지만 산성인 만큼 그 진면목을 알려면 문수산을 두 시간 반 이상 올라가야만 한다. 시간도 꽤 흘렀고, 그만큼 체력도 소진된 상태이기에 머뭇거리며 잠깐의 고민을 했다. 하지만 여기까지 온 게 너무나 아쉬워 품 속에 아껴둔 초콜릿을 한 입 베어 물며 첫발을 내딛었다.

어렸을 땐 등산을 무척 싫어했다. 도대체 왜 다들 힘들게 오르면서 쓸데없이 고생을 자처하는지도 모르겠고, 모기나 벌, 파리 같은 벌레가 득실거리는 것도 너무 싫었다. 또 바닥은 돌이나 진흙으로 뒤덮여 신발은 물론 무릎까지 상하게 만들고 조금만 헛딛어도 크게 다칠 위험이 있는 장소로만 여겼다. 게다가 기껏 힘들게 정상에 올라왔는데 올라온 만큼 힘들게 내려가야 한다는 사실이 더욱더 등산을 싫어하게 만들었다.

하지만 나이를 먹으면서 등산이라는 행위 자체가 조금씩 이해되기 시작했다. 사회생활을 시작하면서 고개를 들 때보다 숙이고 다닐 때가 많았

문수산 능선을 따라 뻗어 있는 문수산성

고, 누군가가 나를 머리부터 발끝까지 훑듯이 쳐다보며 평가하는 것을 감내해야 하는 점, 익명성이 사라진 듯했다. 하지만 산 위에서는 누구나 자유다. 산속에서는 그 누구도 나를 의식하지 않는다. 산에서 우리는 자연과 하나가 되어 산의 정상에 올라가면 권력자의 기분을 누리는지도 모르겠다.

문수산을 등정하려는 사람들은 거의 문수산 삼림욕장에서 출발한다. 나도 마찬가지다. 그래서 그런지는 몰라도 오르는 길에 보니 나무가 빽빽하고 울창하게 자라 하늘마저 가리고 있었다. 무거운 몸을 이끌고 산의 중턱쯤 왔을까? 시야를 가렸던 나무숲은 어느새 사라지고 김포와 강화도가 한눈에 내려다보인다. 김포 땅 전역에 신도시 개발이 활발하게 진행되고 있다고는 하지만, 아직도 넓은 평야와 들판이 마음을 편안하게 만들어 준다. 도시와 농촌이 공존하는 김포만의 매력이 부디 오랫동안 유지되기를 빌며 멀리 북쪽으로 고개를 돌려 본다.

문수산의 윗부분은 산등성이를 따라 나지막한 성벽이 정상을 향해 뻗으며 등반길의 길잡이 노릇을 하고 있었다. 한 번 더 큰 숨을 들이쉬고 정상을 향해 힘찬 발걸음을 옮겼다. 376m의 낮은 산이지만 경사가 꽤 급하고 능선도 오르락내리락을 반복해 생각보다 등산이 쉽지만은 않았다. 하지만 성벽을 쌓기 위해 돌을 손에 들고 산에 올랐던 민초들을 생각하며 한 발 한 발 내디뎠다. 성벽의 높이는 나의 어깨에 닿을 정도로 낮은 편이었다. 하지만 천연 성벽이라 할 수 있는 이 산에 의지하면서 수많은 외세의 침략을 견뎌 냈으며, 지금까지 김포의 산하(山河)를 내려다보는 수호신 같은 존재로 우리 곁에 남아 있다.

성벽을 따라 정상에 오르며 조선 시대로 돌아가는 상상을 해봤다. 그 당시의 장군과 병졸이 되어 적군을 맞이하는 상황을 떠올려 보니 병졸들의 이마, 손, 발에서 흘렸을 땀방울, 장군들의 복잡하고 혼란스러웠을 심경, 마을을 버리고 성벽으로 피신해 숨죽여 지내던 백성들의 두려움과 원망 등 모든 것이 나의 머리끝부터 발끝까지 고스란히 전해져 왔다. 어느덧 산 정상이 보이고, 둥그런 성벽으로 둘러싸인 장대(將臺)가 어서 오라고 나를 향해 손짓하고 있었다.

산 정상에 위치한 장대는 전시에 장군들의 지휘소로 사용되었다. 병인양요 당시 프랑스가 강화도를 쑥대밭으로 만들고는 두 척의 함정과 병사들을 이끌고 와 한성근과 지홍관이 150명의 병사와 함께 지키던 문수산성을 공격하기 시작했다. 조선군의 매복 작전으로 인하여 프랑스는 결국 세 명의 전사자와 두 명의 부상자를 남긴 채 철수하였다. 하지만 곧바로 이어진 프랑스의 공격으로 산 부근의 일부 성벽만 남고 해안가를 비롯한 성벽 시설물들이 무너지거나 불에 타 흔적만 남고 사라져 버렸다.

나는 장대 위에 올라 북쪽을 바라보았다. 손에 잡힐 듯 잡히지 않는 북한 땅이 나의 눈에 아른거린다. 저 앞에 희미하게 보이는 개성 땅에는 또 다른 수많은 이야기가 남겨져 있을 것이다. 그 이야기는 미래의 여지로 남기며 아쉬움을 뒤로 하고 산에서 내려갔다.

벌써 해는 중천을 지나 석양을 향해 달려가고 있고, 나는 피로감이 극도로 달해 산 아래로 푹 꺼져 버릴 것만 같았다. 그동안 달려갔던 역사의 현장들이 가볍지 않아 그 무게에 눌려버린 것인지도 모른다. 빨리 무언가를 먹어야겠다는 생각이 배에서 머리까지 신호를 보내고 있었다.

그동안 고된 일정으로 꽤나 지쳤으니 비교적 빠르고 쉽게 먹을 수 있는 칼국수를 먹어야겠다고 생각했다. 나 같은 여행자 부류는 왠지 청개구리 같은 습성이 있어서 무겁다가도 가벼운 것을 추구해야 하고, 그날 점심으로 해산물을 먹으면 저녁에는 고기를 섭취해야 하고, 면으로 점심을 때우면 저녁으로 밥을 먹어야 하는 법이다. 바로 근처에 있는 연호정칼국수가 나의 이런 까다로운 조건에 부합하는 식당이었다.

여행의 재미 중 절반 이상은 일명 맛집을 찾아가서 맛있는 음식을 먹는 즐거움이라 할 수 있다. 혹자는 미리 조사해서 가기도 하고, 어떤 사람들은 자신만의 감과 기준으로 즉석에서 맛집을 찾기도 한다. 나는 전자에 속한

김포를 대표하는 연호정칼국수의
샤부샤부 칼국수

다. 내공이 엄청 높지 않은 사람이 아니고서야 성공할 확률은 전자가 높을뿐더러 대중적으로 인기가 많으면 그만큼 많은 대중의 입맛에 맞을 가능성이 높다고 생각하기 때문이다. 한편으로 사람들이 그만큼 많이 찾으면 재료의 선순환으로 인해 음식이 더욱 신선하지 않을까 하는 생각도 든다.

같은 음식점이라도 속칭 인스타그램에 자주 올라오는 트랜디하고 음식의 때깔이 아름다운 식당들보다는 수십 년 동안 한자리에서 현지인들의 사랑을 받고 향토적 서정이 담겨있는 소박한 식당이 마음에 든다.

연호정 칼국수에서 유명하다는 버섯 샤부샤부 칼국수를 후루룩 삼켰다. 생면의 거친 식감과 미나리의 향긋함, 느타리의 진한 향이 입으로 들어와 그동안 쌓였던 피로가 확 풀리는 것만 같았다. 여행은 오감이라는 사실을 다시 한번 느끼며 오늘의 마지막 목적지를 향해 힘을 내보기로 했다.

이번 여정의 마지막은 한강 변의 외딴 항구에서 조용히 마무리 짓기로 한다. 한강 하구의 도로변을 따라 표지판을 보며 내려가면 넓은 한강의 물결이 철조망으로 인해 사방으로 둘러쳐 있고, 한쪽에는 항구를 감시하기 위한 군부대 초소가 서 있는 어색함과 기묘함이 공존하는 항구를 보게 된다. 이곳이 한강 최북단 항구, **전류리 포구(浦口)**라 불리는 장소다.

평소 항구는 오직 철문으로만 들어가고 나가기 때문에 굳게 닫혀 있었고, 철문 옆에서 통제하는 군인들로 인해 이 지역에서 조금만 나가면 북한 땅이 멀지 않구나 실감하게 된다. 이 마을 어민들이 군부대의 허락을 받고

어업에 나갔다 들어온
선박을 맞이하기 위해
굳게 잠긴 철문이 열렸다.

특정 시간대에만 어업을 나갈 수 있다고 하니 분단의 현실이 무겁게만 느껴진다.

전류리 포구는 민물과 바닷물이 만나는 기수역(汽水域)으로, 서해에서 자라다가 크면서 한강 하구와 임진강에서 올라오는 황복(참복과의 물고기)은 물론 많은 어류가 잡힌다고 한다. 맞은편 너머에는 북한의 개풍군이 있기에 조류를 잘못 타면 북으로 넘어가는 불상사가 생길 수 있어 27척의 허가된 어선만이 해병대의 감시하에 눈에 띄는 붉은 깃발을 달고 조업에 나선다.

항구 안에 있는 조그마한 어판장에서 참게와 숭어, 농어 등 신선한 수산물을 팔고 있었다. 어판장에서 농어와 숭어를 회 떠서 아름다운 풍경과 함께 술 한잔하고 싶었지만, 굳게 닫혀 있던 철문이 열리자 그 신기한 광경을 놓칠세라 금세 생각이 바뀌었다. 어느덧 해는 붉은빛으로 한강 물을 물들이고 멀리서 어선 한 척이 재빠르게 항구로 복귀하고 있었다. 초소에서 내려온 군인들은 돌아오는 어선을 맞아들이며 잠시 철망을 열었다가 복귀

시간에 맞춰 재빠르게 문을 닫았다.

그동안 의식하지 못했던 남북 간의 대치 상황이 실감 나는 순간이었다. 철조망이 닫힌 후 한동안 넋을 잃고 철망으로 가려진 한강을 바라보고 있었다. 철망만큼이나 답답한 현실 속에서 분단의 현실이 다가오니 목이 메는 무언가가 올라왔다.

육지 속의 섬 김포, 그 경계를 따라가는 여정

같은 동네에 사는 시민이라도 주변을 주의 깊게 둘러보지 않으면 모르고 넘어가는 장소가 많다. 우리네 일상은 다람쥐 쳇바퀴 굴러가듯 비슷하게 흘러가기 때문에 출퇴근 시간 같은 거리, 똑같은 장소, 늘 만나는 사람과의 마주침으로 이어진다. 그래서 일상을 벗어나 늘 어딘가로 떠나길 갈망하고, 새로운 세상에 대한 동경을 지니고 있다. 하지만 정작 주위에 관한 관심은 그만큼 옅어지는 듯하다. 나의 고향 울산에는 시내 한복판에 학성공원이라 불리는 조그마한 동산이 있다. 어린 시절만 하더라도 각종 놀이기구로 가득 찼던 공원이라 나에게는 유원지 그 이상도 이하도 아니었다.

그러나 나이를 먹어갈수록 주위를 둘러보게 되고, 길가의 안내판도 관심을 가지고 읽어 보는 습관이 생겼다. 알고 보니 학성공원은 임진왜란 당시 최대의 전투가 펼쳐졌던 울산성 전투의 무대였고, 가토 기요마사가 격렬한 저항을 펼치던 왜성이었다. 울산에는 이 밖에도 근교에 서생포 왜성

이 하나 더 있다. 일본에서도 보기 힘든 전국 시대의 노보리이시가키(燈り石垣, 본성과 평지 사이의 보급을 원활하게 하기 위해 성벽을 쌓은 형태)가 잘 보존되어 있어 일본 사람들이 바다 건너 한적한 왜성을 찾아올 정도라 하니, 한때 일본 전국 시대에 큰 관심을 가졌던 나로서는 부끄러운 기분이 들었다.

이처럼 우리가 사는 동네를 유심히 관찰한다면 미처 몰랐던 새로운 발견을 통해 일상의 작은 변화가 일어날지도 모른다. 김포도 마찬가지다. 김포 지도를 유심히 살펴보고 전혀 예상치 못한 사실을 발견하게 되었다. 김포는 사방이 수로로 둘러싸여 있는 육지 속의 섬인 것이다. 김포의 서쪽에는 강화를 사이에 두고 서해가 뻗어 있고, 북쪽에는 한강의 하류가 흐르고 있다. 하지만 동쪽과 남쪽은 서울, 인천과 곧장 이어지지 않냐고 반문하는 사람들이 있을지도 모른다. 분명 10년 전까지만 하더라도 육지와 연결되었지만, 2012년경 아라뱃길의 개통 이후 육지와 떨어지게 되었다.

아라뱃길의 남쪽은 인천시가 대부분을 점유하고 있지만, 그 동쪽은 김포와 서울시의 경계를 지나 한강으로 이어진다. 그 끝엔 운하를 지나가는 유람선이 운항하는 아라뱃길 김포터미널(현재는 코로나로 인해 운항이 중단되었다)과 요트 선착장인 아라마리나 그리고 김포에서 가장 번화한 쇼핑몰인 김포 현대아울렛이 자리한다. 운하가 만들어질 당시 환경 이슈로 끝없는 논란이 발생하긴 했지만, 김포의 정체성을 만들어 가는 데 나름 일조하고 있다고 생각한다. 이제부터 김포의 경계선에 있는 볼거리를 찾아 함께 여정을 떠나 보도록 하자.

김포에서 가장 높은 산은 앞서 소개했던 문수산이다. 그럼 문수산 다음으로 높은 산은 어디일까 하는 궁금증이 들지도 모르겠다. 김포는 사실 경기도에서도 서쪽 끝에 자리해 산세가 높지 않고 평야가 발달한 곳이다. 하지만 안성 칠현산에서 시작된 한남정맥이 수도권 서부의 산줄기를 따라 김포로 이어진다. 그 끝의 종착점이 바로 문수산인데, 인천 계양산을 지나 김포 쪽으로 넘어가다 보면 적당한 높이의 산을 하나 마주하게 된다. 바로 김포에서 두 번째로 높고 봄이면 진달래로 가득해 수많은 상춘객이 찾는 가현산이다.

고려 시대 때 산의 형세가 코끼리 머리와 비슷하다고 해서 '상두산'이라는 이름으로 불리기도 했고, 칡이 번성한다고 해서 '갈현산'이라는 명칭을

김포와 인천을 연결하는 경인 운하의 유람선이 출발하는 아라김포여객터미널

가현산에서 바라보는
서해의 풍경

지니기도 했다. 그러다 산에서 바다를 바라보는 석양 일몰을 감상하며 거문고를 타고 노래를 불렀다고 해서 현재의 '가현산'이라는 이름으로 굳어지게 되었다.

산은 높은 편이 아니었지만 도심에서 쉽게 접근할 수 있고 그 덕분에 다양한 코스를 선택해서 오를 수 있다. 그중 가장 인기 있는 코스는 은여울공원에서 출발해 구래낚시터를 거쳐 올라가는 길이다. 30분이면 능선에 있는 가현정에 닿게 되고, 이윽고 봄이면 진달래로 가득 피었을 정상부에 오르게 된다. 정상에 서면 멀리 서해는 물론 인천, 김포 일대의 드넓은 평지가 한눈에 들어온다. 이런 경치를 단지 한 시간의 등산으로 만끽할 수 있다는 게 가현산의 장점이지 않을까 싶다. 바로 옆에는 수애단을 설치해서 신년, 춘분, 그리고 4월 상순에 열리는 진달래 축제가 열릴 때 기원제를 개최한다고 하니 다음 축제 때 가현산을 다시 오르기로 기약한다.

김포는 한강을 사이에 두고 북한과 경계를 두고 있는 접경 지역이라 할

애기봉에서 바라본 북한 개풍군 일대의 풍경

수 있다. 그중 김포의 하성면 끄트머리에는 한강을 사이에 두고 북한 개풍군과 마주 보고 있는 봉우리가 있다. 한때 연말연시에 거대한 등탑을 쌓아 두고 불빛을 환하게 수놓았던 애기봉이라는 곳이다. 참여정부가 출범한 이후 등탑은 철거되었지만, 평화생태공원으로 새롭게 조성하기 위해 10여 년간 그 문을 굳게 닫아 한동안 민간인의 출입이 통제되었다.

해발 155m의 애기봉은 관리 주체가 김포문화재단으로 넘어간 이후 승효상 건축가의 설계로 전시관과 전망대를 짓고 2021년 10월 본격적인 개장을 앞둔 상태다. 나는 김포문화재단의 협조를 얻어 애기봉의 풍경을 미리 감상했다. 이만수 김포문화재단 팀장님의 안내로 애기봉에 관한 세세한 설명을 들을 수 있었다. 1966년 박정희 전 대통령이 애기봉을 방문할 당시, 마을 주민들이 아기라는 기생과 평안감사 설화를 들려주었고 애기에 얽힌 전설과 그녀의 한이 가족과 고향을 잃은 실향민의 한과 같다고 해서 애기봉이 정식 이름으로 굳어지게 되었다고 한다.

애기봉 전망대에 오르기 전, 승효상 건축가 특유의 노출 콘크리트 양식이 느껴지는 세련된 전시관을 둘러봤다. 전시 1, 2, 3관은 김포의 생태와 자연, 평화 그리고 미래의 주제를 집약해서 꾸며 놓았는데, 전시관 건물 안에서도 한강 하구 너머 저 멀리서 북쪽의 모습이 아른거리는 게 낯설면서도 신기했다.

이제 애기봉 꼭대기에 있는 전망대에 갈 차례다. 애기봉 전망대에서는 여러 각도로 북한의 전경을 샅샅이 살펴볼 수 있다. 날이 좋을 때는 북한 사람들이 농사짓는 장면도 볼 수 있다고 하니 애기봉이 다시 사람들 곁으로 오는 날 꽤 붐비지 않을까 하는 생각이 든다.

승효상 건축가가 설계한 애기봉 평화생태전시관

김포의 도심 사우동과 한강신도시를 찾아서

"우와~ 자기야. 이것 좀 봐봐. 신기한 사진이 있어!"

J여사가 토끼눈을 뜨며 다급하게 나를 부른다. 나는 게슴츠레한 눈을 비비며 잠에서 덜 깬 부스스한 모습으로 천천히 여사가 있는 곳으로 걸어갔다. 그녀가 내민 핸드폰에는 한 위성사진이 있었다.

"이거 맘 카페에서 공유한 사진인데 불과 10년 전 장기동, 운양동 사진이래. 완전 논, 밭투성이에 심지어 구래동이 아니라 구래리였어. 정말 신기하다!"

나는 여사의 말에 동감을 표하고는 말을 이어갔다.

"맞아, 수십 년 전만 해도 사우동(김포시청이 있는 곳) 지역만 빼고 논밭이 대부분인 지역이 많았어. 해병대 사단도 김포에 있고, 주로 강화도 갈 때 거쳐 가는 특색 없는 도시로만 알고 있었어. 지금까지 김포의 외곽 위주로 주로 돌았다면 이번 기회에 도심 위주로 탐방을 하면 어떨까?"

우리는 김포 매력의 본질을 찾아 지역에 사는 주민이 아니라 여행자의 시각으로 한번 접근해 보기로 했다. 그동안 봤던 평화누리길이라든가 애기봉 등이 오페라의 서곡이었다면, 이번에는 본격적으로 김포의 속살을 낱낱이 파헤쳐 보는 것이다. 우선 가장 가까운 구래동의 한강신도시 호수공원으로 가기로 했다.

구래동은 한강신도시를 구성하는 동네 중 서울에서 가장 멀리 떨어져 있다. 게다가 지명도 생소해 조금 낯설게 느껴질 수 있지만, 김포 골드라인

구래역 출구로 올라가면 생각보다 번화한 도회지의 풍경에 놀라지 않을 수 없다. 하지만 이런 광경을 뒤로 하고, 반대편으로 곧장 걸어가면 작지 않은 규모의 한강신도시 호수공원이 나타난다.

요즘 세워지는 신도시마다 호수공원은 기본으로 들어서 있지만, 이곳 호수공원은 특히 적당한 규모에 사시사철 꽃이 피고 꽤 공을 들인 조경과 시설이 잘 갖춰져 구래동 주민들에게 큰 사랑을 받고 있다. 특히 보름달이 뜰 무렵 물빛에 비친 달의 모습이 무척 아름답다고 하는데, 그때를 맞추기가 힘들어 항상 아쉬워하곤 했다. 호수공원에서 구래역 쪽을 바라보면 산

구래동에 위치한 한강신도시 호수공원

토리니풍의 파란 돔이 인상적인 카페가 보인다. 지금은 해외여행을 가기가 힘드니 이런 풍경을 보며 조금씩 위안을 삼는다.

김포는 언제부터 김포(金浦)라는 명칭을 가지게 되었을까? 김포의 '포'가 항구의 포임을 봐서는 예전부터 한강과 큰 관계가 있음을 짐작해 볼 수 있다. 그 유래는 1145년 고려 인종 때 발행된, 우리나라 최고의 정사로 평가되고 있는 『삼국사기』까지 거슬러 올라간다.

그 기록에 의하면 "김포현은 본디 고구려의 검포현(黔浦縣)인데 경덕왕이 고친 이름(金浦縣)으로 지금도 그대로 쓴다."라고 하고, 1486년에 발간된 『동국여지승람』에는 "김포현은 본래 고구려의 검포현인데 신라 경덕왕이 현재의 명칭으로 고쳐 장제군(長提縣: 부천) 속현으로 만들었다."라는 기록도 보이니 그 역사가 생각보다 유구함을 알 수 있다.

김포가 가진 역사적 의미는 자처하더라도 김포 쌀은 전국적으로 명성이 높지 않은가? 김포는 한강의 풍족한 유량과 거기에서 퇴적된 옥토로 인해 풍부한 평야를 지녔다. 하성면에서 생산되는 다리쌀(자광미)은 밥맛이 좋고 미질이 최상급이라 임금님 수라상에 오르는 진상미가 될 정도로 김포 쌀은 최고의 품질을 자랑한다.

아직도 주요 마트에 가면 김포 금쌀이 코너 한가운데를 당당하게 차지하고 있다. 다른 쌀에 비해 비싼 가격을 자랑하지만, 찰기가 좋은 밥맛 덕분에 많은 사람이 주저 않고 사가 금세 동이 나곤 한다. 김포시에서는 김포 금쌀을 사용하는 식당에 인증을 하고 있고, 확실히 다른 공깃밥에 비해 맛도 좋은 편이니 김포에 오면 김포 금쌀을 꼭 먹어 보도록 하자.

한강신도시를 지나 사우동으로 가는 도중 아파트가 듬성듬성 이어진 걸포동과 북변동을 지나는데, 여기서 멀지 않은 한 언덕에 김포를 대표하는 문화재가 숨겨져 있다. 바로 소나무 숲 안에 가지런히 자리 잡은 김포성당이다. 1956년 건립되었으며, 상층부의 종탑은 첨두아치 양식으로 지어져 유럽의 오래된 성당에서 볼 수 있는 중세 고딕 건축풍을 느낄 수 있다. 계단 길을 따라 쭉 올라가는 풍경도 아름답고, 소박하지만 누추하지 않은 건물의 외관이 마음에 든다. 유럽과 남미처럼 화려하고 거대한 성당은 아니지만, 우리만의 독특한 정서가 남아 있어 친근해 보인다.

전주 한옥마을에서 빼놓을 수 없는 관광 명소가 된 전동성당, 우리만의 한옥 양식으로 지어진 성공회 강화성당, 서울시청 맞은편에 자리 잡은 성

걸포동에 위치한 김포를 대표하는 근대 문화유산인 김포성당

공회 서울성당 등 우리나라도 성당이 세워진 지 100년 남짓의 역사가 쌓이면서 새로운 우리만의 문화를 창조하고 있다. 한국에서 흔하게 볼 수 있는 소나무와 회색 벽돌이 어우러진 김포성당은 참 아름다웠다.

2020년 초, 김포성당의 원형 보진을 위해 시와 성당 측이 대립을 하는 사건이 있었다. 김포성당이 낙후된 구도심 도시 재정비 구역인 북변 4구역에 포함되어 절개지가 발생할 수밖에 없는 상황이었는데, 특히 맞은편에 있는 도로를 확장시키면서 성당을 포함한 주변 환경이 훼손될 위기에 처한 것이다.

단순히 문화재 건물만 보전한다고 해서 문화재가 지니고 있는 품격까지 유지시켜 주지는 않는다. 예를 들어 유네스코는 세계유산을 지정할 때 그 주변 환경까지 고려해서 등재한다. 실제로 독일 드레스덴의 엘베계곡은 2006년에 경관과 어울리지 않는 현대식 교량을 건설할 계획을 수립하면서 세계위험유산에 등재되었다가, 건설이 시작되자마자 유네스코 목록에서 삭제되기에 이르렀다.

우리나라도 단순히 문화재 건물 자체만 보호 대상으로 삼거나 마냥 신줏단지 대하듯이 보존만 하지 말고 주변 환경과 쓰임새에 대해 좀 더 고민해야 한다. 우리도 우리 동네에 있는 문화재부터 조금 더 관심과 애정을 가져야 할 것 같다.

멀고 먼 길을 돌아 김포의 시가지라고 할 수 있는 사우동에 도착했다. 김포한강로를 타고 사우동으로 나가는 길로 빠져나가면, 시청까지 일자로 길이 쭉 이어진다. 김포시청은 그 길의 제일 안쪽에서 권위 있는 자태로 사우동을 내려다보고 있다. 그 옛날 높은 건물이 별로 없었을 시절에는 높은 지대에 자리 잡은 시청을 보며 시민들은 위압감을 느꼈을 것이다. 모름지기 관공서는 시민들이 언제든 부담 없이 이용할 수 있는 도시 한가운데 광장에 자리 잡아야 한다는 게 나의 주관이다.

축구 팬이라면 눈여겨볼 만한 장소가 김포종합운동장 한 구석에 자리해 있다. 우리 세대는 조금 낯설지만 아버지나 할아버지 세대에게는 익숙한 1960년대 한국 축구의 전설, 이회택을 기린 이회택거리가 바로 그곳이다. 소싯적에 K리그에 관심이 있던 나에게 이회택의 이미지는 솔직히 좋지 못했다. 전남 드래곤즈 감독 시절에 구태의연한 '뻥축구'를 남발해 축구가 재미없어지게 되었고, 대한축구협회 부회장 시절에는 이른바 꼰대 발언을 종종 내뱉는 바람에 축구계의 악의 축 이미지로 굳어져 가기만 했다.

철거를 앞둔 경기장 앞에는 축구인 이회택의 동상과 주요 활약을 명판에 새겨 놓았고, 그의 행적을 알려 주는 설명도 있어서 그동안 몰랐던 축구 영웅으로서의 이회택을 다시금 알 수 있어서 의외로 너무 좋았던 현장이었다. 이회택은 선수 시절 엄청난 반항아였고 종종 사고를 치기도 하였으나, 감독 시절에는 자기를 반면교사 삼아서 덕장처럼 선수를 잘 대해 주었다고 한다. 이회택에 대해 다시 알고 나니 너무 이미지로만 판단해서는 안 된다는 교훈을 얻었다.

1960년대 한국 축구를 대표한
이회택을 기념하여 만들어진 거리

이회택거리 옆에 자리한 김포종합운동장은 철거를 앞두고 있어 이를 대체하기 위해 구래동 남쪽에 새로운 축구 전용 경기장(김포 솔터축구장)이 들어섰고, K2리그에 소속된 김포FC가 홈경기장으로 쓰고 있었다. 경기장 주변으로 가면 선수들의 얼굴이 새겨진 깃발이 휻날리는 등 프로팀 못지않게 김포시에서 정성을 쏟는 듯했다. 스포츠만큼 그 지역색이 확연하게 드러나면서 정체성을 만들어 주는 확실한 매개체는 없을 것이다. 이제부터 우리 주위에 있는 스포츠팀을 사랑하고 응원해 보는 게 어떨까?

김포 사우동 지역이 전혀 볼 게 없는 건 아니다. 김포 여행지의 터줏대감이라 할 수 있는 김포 장릉이 시청 언덕 너머 양지바른 뒷산에 자리하고 있어 문화재로서 가치뿐만 아니라 김포 시민의 휴식처로도 각광받고 있다. 조선왕릉 중 하나인 김포 장릉은 세계문화유산으로 지정된 조선왕릉이지만, 이곳에 묻혀 있는 왕은 살아서는 왕이 되지 못하고 죽어서 왕이 된 분이다. 일명 추존왕이라고 하는데, 인조반정으로 왕위에 오른 인조의 아버지 원종의 왕릉이다(인조의 왕릉도 명칭이 장릉이다). 협소한 주차장과 작은 입구에 비해 부지가 꽤 넓다. 안쪽으로 들어서자마자 조선왕릉전시관과 넓은 잔디밭이 우리를 반겨준다.

수백 년이 넘는 세월 동안 백성들을 엄격하게 통제하면서 울창한 산림을 조성했고, 왕에서 시민들로 주인이 바뀐 지금, 자유롭게 나무 사이를 거닐면서 꽃도 감상하고 호수 주위에서 사색에 잠길 수도 있다. 하지만 언덕 너머 봉분과 석장이 위치한 묘역 주위는 최후의 보루를 사수하듯 사람들의 출입을 아직도 엄금하고 있었다.

도심에서 언덕만 넘었을 뿐인데 이런 공간이 남아 있다는 것은 김포시민으로서 큰 축복이다. 하지만 어딘가에서 한 중년 남성의 탄식 소리가 나의 귀를 자극했다.

"시청 뒤편에 이런 공간이 있었네. 참 아깝다, 아까워…."

아깝다고? 순간 내가 잘못 들었나 싶어서 조용히 그 사내의 목소리 하나하나에 집중했다.

"여기를 싹 다 밀어 버리고 아파트가 들어서면 얼마나 좋아? 집값도 오르고 시청 뒤편이라 분양도 잘 될 텐데, 무덤 하나 때문에 여기 다 묶였네."

나는 순간 낯이 부끄러워져 얼굴을 들 수 없었다.

우리나라가 아파트 공화국이 된 건 물론 현실적인 이유도 있겠지만, 무조건 새로 짓는 게 능사인 물질 만능 개발주의가 밑바탕에 깔려 있기 때문이라고 생각한다. 이런 논리 덕분에 종로의 피맛골이 사라지고 있으며, 특색 있는 거리들도 점차 획일적인 프랜차이즈로 도배되는 젠트리피케이션(gentrification, 낙후된 구도심 지역이 활성화되어 중산층 이상의 계층이 유입됨으로써 기존의 저소득층 원주민을 대체하는 현상)도 심해지고 있다.

최근에 조선왕릉이 세계문화유산으로 지정되면서 김포 장릉도 그 수혜를 입게 되었다. 경기도 전역에 걸쳐 수십 개의 조선왕릉이 분포되어 있는데, 다른 도시를 소개하면서 자세한 설명을 이어가기로 하고 김포의 현재와 미래라 할 수 있는 한강신도시를 향해 마지막 여정을 떠나 본다.

다시 한강신도시로 돌아왔다. 한강신도시는 크게 세 개의 지구로 나누어져 있는데, 구래동은 물론 운양동과 장기동의 동네들이 서로 독자적인 상권을 형성하면서 동네마다 조금씩 분위기가 다르게 느껴진다. 구래동이 호수를 중심으로 거대한 아파트 숲으로 둘러싸인 게 특징이라면, 운양동은 나지막한 모담산을 끼고 타운하우스촌이 형성되었다. 최근 여러 매체를 통해 몇몇 연예인들이 이 동네의 타운하우스로 입주한 장면이 종종 방영되기도 했었다. 장기동은 동네 한가운데 인공 운하가 흐르고 그 주위로 상권이 존재한다.

타운하우스가 경기도 근교 지역을 중심으로 성행하는 걸 지켜보면서 아파트에 비해 층간 소음이 적고 자기 집 앞에서 나만의 정원을 꾸며 볼 수 있어서 괜찮겠다는 생각이 들다가도, 한편으로는 아파트에 비해 관리 비용이나 노력이 많이 들고 우리가 보지 못한 불편함이 있지 않을까 하는 생각도 든다. 그래도 우리의 획일화된 주거 문화를 개선하고 그 속에서 다양한 도시 문화가 피어나지 않을까 하는 기대감도 있다.

이국적인 타운하우스 거리를 지나니 꽤 규모가 있는 문화센터처럼 보이는 건물이 나타나고 모담산 자락을 따라 한옥 처마들이 눈에 띄기 시작한다. 김포 아트빌리지라고 통칭되는 문화 콤플렉스(complex)라 보면 될 터인데, 공연장과 정기적으로 전시회가 열리는 아트센터, 운양동 샘재마을에 있었던 한옥들을 모아 놓은 한옥마을로 구성되어 있다. 김포 아트빌리지는 김포의 문화적 자산을 한 단계 업그레이드 시키는 데 큰 역할을 수행하고 있다.

이 지역에 있던 한옥들은 한강신도시가 개발되면서 사라질 위기에 처했었는데, 전통 자원의 리모델링을 통한 문화 자산의 활용이라는 명분을 가지고 살아남아 지금에 이르고 있다. 한옥은 몇 년 전까지만 해도 낡은 것, 촌스러운 것, 보존해야만 할 것으로 여겨졌지만, 최근 한옥 레트로 열풍과 함께 다시금 주목받아 세련된 문화 공간으로 살아나고 있다.

전주 한옥마을을 시작으로 서울의 북촌 한옥마을, 익선동, 경주의 황리단길과 교촌마을까지 SNS의 물결 속에 이른바 젊은이들의 '핫플레이스'가 된 것이다. 물론 변질되어 가는 한옥마을에 대한 비판의 목소리도 있지만, 시대에 따라 변화는 이뤄져야 하며 건물은 누군가가 사용하고 이용해야 빛나는 법이라고 생각한다.

신도시에서 생각도 못 한 한옥을 경험하니 한옥에서 살았던 선조들의 마음으로 돌아가 좀 더 여유 있고 느긋한 시간 여행을 하는 듯하다. 물론 운양동 도심이 멀지 않은 터라 한옥마을 사방에서 아파트 숲이 안 보이는 곳이 없지만 전혀 어색하게 느껴지지 않았다. 한옥은 카페와 식당은 물론 문화 공방으로도 쓰여 가족끼리 문화, 예술 체험을 즐길 수 있게 구성되어 있다. 한옥에서 숙박도 할 수 있다고 하니 달빛 가득한 보름날 술 한 잔 기울이며 종일 머물고 싶다.

해는 우리의 바쁜 일정을 함께 소화하기 힘든 듯 벌써 초승달에게 바통을 넘겨주었고, 우리는 마지막 장소인 장기동의 **한강 중앙공원**을 향해 길을 나섰다. 속칭 김포의 베니스로 불리는 곳으로, 장차 김포의 랜드마크를 뽑자면 1순위로 꼽힐 만하다고 생각한다.

한강 중앙공원에 도착해 초승달을 본떠 만든 '문보트'의 출발점인 호수에서 수로를 따라가다 보면, 어느새 운하의 양쪽으로 상점가가 늘어서 있

한강신도시에 새로운 활기를 불어넣어 줄 라베니체 상업지구

는 진풍경이 보인다. 얼핏 마카오의 베네치안 호텔이나 싱가포르의 마리나 베이 샌즈와 비슷해 외국에 온 것 같은 느낌도 든다. 낮에는 빈 가게들로 인해 휑하긴 하지만, 밤에 불이 들어오는 순간 라베니체의 썰렁했던 분위기는 사라지고 아름다운 야경이 펼쳐지면서 사람들은 옹기종기 모여서 술 한 잔과 함께 그날의 피로를 씻어 낸다.

김포는 어떤 도시일까? 뭐라고 정의할 수 있을까? 한강의 용화사에서 생각했던 명제를 중심으로 문수산성과 전류리 포구에서 마주친 치열했던 근대사와 분단의 비극을 다시금 떠올려 보기도 하였다. 문화 유적은 물론 신도시 조성 과정에서 생겨난 공원 등을 둘러보니 덜 알려지고 조금 다듬을 거리만 있을 뿐 충분히 도시 자체로서의 매력이 풍부하다고 생각한다.

김포는 다른 경기도 도시에 비해서 넓은 편이라서 동네를 넘어갈 때마다 농촌의 경관을 쉽게 접할 수 있다. 하지만 어느 도시보다 발전 속도가 빠르고, 인구의 유입도 매년 늘어나고 있어서 자연과 도시의 경관을 함께 체험할 수 있는 도시로서의 발전 가능성이 크다. 그 가능성의 바탕에는 한강이 있다. 강을 중심으로 펼쳐진 명소들을 이야기로 묶어서 함께 둘러보면 하루 코스로 경쟁력을 갖추지 않을까 생각해 본다. 앞으로 김포가 서울의 베드타운이 아닌 경기도를 구성하는 당당한 도시로 우리 곁에 자리했으면 좋겠다.

05

[파주]

고려와 조선을 주름잡은 인물을 따라서 가는 여행

고려와 조선을 주름잡은 인물을 따라서 가는 여행

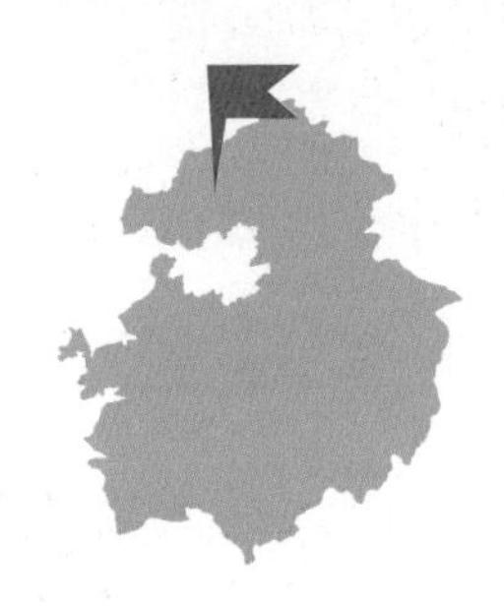

임진각은 알고 보면 유원지다?

가까이 있어도 좀처럼 가지지 않는 곳, 물리적 거리보다 심리적 거리가 먼 동네, 문이 열리길 한없이 기다리는 도시 파주를 향해 떠나 보려고 한다. 김포로 이사 오기 전까지 파주 하면 오두산 통일전망대에서 바라봤던 희미한 북한 선전마을의 풍경, 남북관계에 무슨 일이 생길 때마다 항상 언론의 스포트라이트를 받던 판문점, 굳은 헌병들의 표정, 굳이 꺼내자면 이선균 주연의 영화 〈파주〉 정도가 떠오른다고 할까? 북한과의 접경 도시가 한둘이 아니지만, 판문점이 있는 도시인 만큼 그 무게감 때문에 발길을 옮기기가 쉽지 않았다.

그나마 2기 신도시인 운정신도시 덕분에 주목도가 분산되었고, 출판단지, 헤이리 예술마을 등 파주의 문화를 이끌어 갈 만한 장소도 속속 늘어나고 있다. 그로 인해 파주의 접경 도시 이미지가 예전보다 퇴색되었다고는 하지만, 그것만으로 파주의 정체성을 설명하긴 부족하다고 본다.

임진각의 명물, 바람의 언덕

내비게이션을 임진각으로 설정하고 거기서부터 파주를 알아가 보기로 한다. 일산대교를 건너 자유로를 타면서 북쪽으로 계속 올라갔다. 길가에는 지나가는 가을이 아쉬운 듯 코스모스가 잔뜩 피어 있었다. 한없이 넓은 자유로에서는 많은 차량이 저마다 속도를 경쟁하며 재빠르게 지나간다. 이 지역이 북한과 가깝다고는 하지만, 한강 변의 철조망들과 초소만이 그 사실을 상기시켜 줄 뿐 여전히 도로는 차들로 북적였다.

운정신도시를 지나면서 차량의 행렬이 점차 줄어들기 시작했다. 이미 긴장감이라곤 찾아보기 힘든 주변 환경도 심상치 않게 변했는데, 갑자기 등장한 파란색 거대한 표지판으로 인해 지루했던 내 정신을 번쩍 들게 했다.

'개성 20km, 평양 160km, 백두산 468km'

여기서 개성까지의 거리가 다시 집으로 돌아가는 거리보다 훨씬 가깝다. 순간 북한과 가까운 최북단으로 간다는 사실이 실감 나면서 모골이 송연해지고, 운전대를 잡은 손에서 식은땀이 나기 시작했다.

어느덧 민간인이 별도의 절차를 거치지 않고 들어갈 수 있는 최북단 임진각에 도착했다. '아마 경계가 무척 삼엄하고 엄중한 분위기겠지' 하고 나름 추측을 하며 주차장에서 터널을 지나 넓은 공터로 나서자마자 생각지도 못한 광경에 또 한 번 깜짝 놀라지 않을 수 없었다. 분위기랑 전혀 어울리지 않는 바이킹, 범퍼카, 회전목마 등 각종 놀이기구는 흥겨운 음악을 내뱉고 있었고, 수많은 사람이 즐거운 시간을 보내고 있었다. 바람개비들이 흩날리는 초록색 언덕에서는 사람들이 사진을 찍고, 건너편엔 곤돌라가 저 멀리 관광객들을 민통선 너머로 싣는 광경이 보였다.

생각도 못한 유원지의 모습에 놀라 순간 내가 이상한 나라의 앨리스가 된 게 아닌지 의심도 해봤다. 하지만 이런 유원지 같은 모습도 초입에만 형성돼 있을 뿐, 구석에 국립 6·25전쟁납북자기념관이라는 비교적 새로 지은 듯한 건물이 보여 한번 들어가 보기로 했다. 기념관 안에는 전쟁이라는 비극 때문에 납북되거나 행방불명된 사람들, 그리고 그 사람들을 기다리는 가족들의 이야기를 여러 전시 기법으로 우리에게 생생히 보여 주고 있었다. 특히 납북자들의 이름이 새겨진 명판을 볼 때 가슴 속에서 먹먹함이 올라왔다.

우리의 가족이고 이웃이었던 사람들이 이념의 차이로 인해 벌어진 전쟁 때문에 평생 만나지도 못할 생이별을 하고 소식도 생사도 모른 채 쓸쓸

임진각 전망대에서 바라본 망배단과 자유의 다리 풍경

히 세상을 뜬다는 이야기가 가슴으로 다가왔다. 아무래도 접경 지역의 납북자의 비율이 가장 높을 수밖에 없지만, 전라도나 경상도에서 끌려온 분들도 상당히 많았다는 사실이 상당히 놀라웠다. 분단의 비극은 현재도 진행 중이다.

기념관을 나와 북쪽으로 계속 걷다 보면 수많은 언론에서 종종 접하는 임진각 전망대에 다다르게 된다. 임진각 앞에는 망배단이 있는데, 망배단은 매년 명절 때마다 실향민들이 고향을 향해 절을 하는 곳으로 향로와 망배탑이 함께 설치되어 있다. 전망대로 올라서니 멀리 자유의 다리와 보일 듯 보이지 않는 개성 땅이 아른거렸다. 이 뒤쪽으로 민통선이 지나가고 자유여행으로서 갈 수 있는 마지막 목적지에 온 셈이다. 좀 더 가서 장단 지역의 판문점까지 갔으면 했는데, 그러지 못해 아쉽다고 생각하며 녹슨 장단역 증기기관차 앞에 섰다.

철마는 더 이상 북으로 달리지 못하고 나의 발걸음은 여기서 멈춰야 하지만 파주로 향한 길은 이제 시작이다. '기다림의 도시 파주'가 나에게 어떤 모습으로 다가올지 앞으로의 여정이 무척 기대된다.

조선을 대표하는 역사 속 인물, 황희 정승과 율곡 이이

파주는 우리나라의 최북단에 있는 도시라 이제 더 이상 북쪽으로 올라가지 못하지만, 과거에는 사신들이 중국으로 오가는 주요 길목이었다. 흔히 사행로(使行路) 또는 연행로(燕行路)라고 부르는 길로, 한양의 서대문(돈의문)에서 시작되어 홍제원, 고양, 파주, 장단으로 이어지고 의주를 통해 중국으로 들어갔다. 그 길 중간인 이곳 파주에 사신이 머무는 공간과 숙식 장소가 설치되어 있었다.

그뿐만 아니라 파주에 흔적을 남긴 인물의 발자취가 한둘이 아니다. 교통의 요충지인 덕택인지 몰라도 우리가 알 만한 수많은 인물이 파주에 근거를 두며 죽어서도 유택(幽宅)을 이 도시에 마련해 그 흔적을 좇아 수많은 여행객과 답사객의 발길이 이어지고 있다. 임진강의 아름다운 풍경 주위로 그 인물들의 숨결이 살아 있는 유적들이 분포되어 있어서 그 발자취를 따라가 보기로 했다.

파주는 수도 한양에서 멀지 않기에 조선왕릉도 심심치 않게 만날 수 있다. 조선의 국법이 쓰인 법전 『경국대전』에는 "능역은 도성에서 10리(약 4km) 이상, 100리(약 40km) 이하의 구역에 만들어야 한다."라는 규정이 있다(일부 예외는 있는데, 대표적으로 영월에 위치한 단종의 장릉이 있다). 남한산성과 삼전도의 굴욕으로 유명한 조선 16대 임금 인조와 인열왕후가 묻혀 있는 **파주 장릉**으로 그 여정을 떠나기로 한다.

이순신 장군과 세종대왕처럼 시대를 가리지 않고 늘 존경받는 인물도 있지만, 세월이 지나면서 요구되는 사회적 분위기가 달라질 때마다 인물의 평가가 뒤바뀌는 경우가 있다. 그 인물들 중 광해군을 예로 들자면 궁궐의 무리한 중건, 이복동생(영창대군)과 친형(임해군)을 죽인 폭군으로만 알려져 왔지만, 다자외교가 중요해진 지금에 와서는 중립외교, 대동법 등으로 재평가를 받고 있다. 반대로 인조는 중립외교를 파기해 두 번의 호란(정묘, 병자)의 원인을 제공해 굴욕을 당했다는 점, 소현세자를 핍박해 원인 불명의 죽음 뒤에 있다는 지목을 받고 조선의 근대화로 갈 수 있었던 기회를 놓쳤다는 일이 부각돼 이제는 암군(暗君)의 대명사로 우리에게 알려져 있다.

파주 장릉은 많은 사람에게 비난을 받을 걱정 때문인지 몰라도 한동안 사람들의 이목을 피해 출입이 통제된 상태로 그 정체를 숨기고 있었지만, 비밀의 문이 열리자마자 파주 시민을 비롯한 많은 관광객이 자연을 만끽하는 공원 또는 역사적 교훈을 얻어가는 문화재로서 사랑받고 있다. 파주 장릉은 입구 주위로 조그만 공단과 다소 번잡한 분위기로 인해 딱히 기대

조선 16대 임금 인조와 인열왕후가 모셔진 파주 장릉

는 되지 않았는데, 기대와는 달리 풍수지리에 문외한인 나의 눈으로 보아도 명당으로 보일 정도로 산이 왕릉 주위를 고스란히 감싸고, 몇백 년 동안 보존된 숲속의 나무가 울창하게 자라 있었다.

멀리서나마 능역을 올려다보며 무덤에 묻힌 인조에 대해 생각해 봤다. 현재는 안 좋은 평가를 넘어 손가락질 받는 치욕의 군주로 전락했다. 특히 삼전도에서 무릎을 꿇고 청나라에 삼배구고두(三拜九叩頭)를 겪은 일은 본인뿐만 아니라 역사를 배우는 모든 한국인에게 가장 치욕스러운 장면으로 남지 않았을까 싶다.

그런데도 아마 세월이 지나면 긍정적인 면도 조금은 발견할 수 있을지도 모르겠다. 인조는 광해군이 벌여 놓았던 수많은 궁궐 공사를 즉위하자마자 바로 중지시켰고, 청나라에 항복했음에도 불구하고 청의 간섭을 저지시키려고 노력하였다. 또한, 이원익, 최명길 같은 능력 있는 인사를 중용하는 등의 일도 했기 때문에 재평가받을 여지도 분명히 있다고 본다. 능을 참배하러 온 방문객조차 능을 바라보며 혀를 차거나 심지어 험담을 하기도 하지만, 그것도 하나의 역사니까 소중히 여겨야 하지 않을까 하는 생각을 조심스럽게 하며 능을 나섰다.

2020년, 유난히 길었던 장마와 강력했던 태풍의 흔적은 오간 데 없고 청명한 가을 하늘과 부드러운 햇살이 임진강 변을 변함없이 비추고 있다. 혹여나 피해가 없을까 주위의 논밭의 작물들을 살펴봤다. 다행히 벼는 노랗게 익어 수확을 앞두고 있고, 포도들도 포도나무에 주렁주렁 매달려 있었다. 힘들었던 시절이 지속되고 있지만 잘 극복해서 모두들 입가에 미소가 번지길 바란다. 어느새 차는 황희 정승이 관직에서 물러나 갈매기를 벗삼아 여생을 보낸 반구정에 도착했다.

보통 유명한 관광지나 명소에 가면 주위의 경치를 '시각'으로 감상하기 바쁜데, 주차장에 차를 대고 내리자마자 무언가 강력한 냄새가 나의 '후각'을 자극하기 시작했다. 뭔가 고소하면서도 약간 비릿한 냄새가 짚불 연기를 타고 나의 코를 타고 밀려들어 온 것이다. 그렇다. 바로 장어구이 냄새였다. 장어구이를 사랑하는 분들은 내가 반구정을 언급했을 때 바로 이 장어구이집을 눈치챘을지도 모른다. 실제로 반구정을 인터넷에서 검색해 보면, 같은 이름의 장어집 '반구정 나루터'가 먼저 뜰 정도로 반구정 옆의 장어구이집 명성은 대단하다. 그 덕분에 이 주위가 온통 장어구이 마을이 되었다.

여기서 잠깐, 장어에 대해 간단히 설명하겠다. 장어의 종류는 크게 네 가지로 나눌 수 있는데, 제일 흔하게 먹을 수 있는 장어가 민물장어(우나기)다. 뱀장어라고 불리기도 하는데 간장 양념을 해서 구워 먹기도 하고, 초밥이나 덮밥으로 만들어 먹기도 한다. 고창의 풍천장어와 강진의 목리천장어가 명성이 높다. 임진강의 대부분 장어집이 민물장어집이다. 다음으로 바닷장어라고 불리기도 하는 붕장어는 횟집에서 회로 먹기도 하고 구워서 먹기도 한다. 그리고 여수 지역에서 흔하게 보이는 갯장어(하모)는 손질하기는 힘들지만 미식가들의 사랑을 받는 어종이다. 별개로 곰장어(먹장어)의 존재감도 만만치 않다.

갈 길이 멀 뿐만 아니라 반구정 나루터의 장어구이는 1인분에 5만 원이라는 만만치 않은 가격을 자랑하기 때문에 다음을 기약하기로 하고, 표를 사고 황희 정승 유적지로 조성되어 있는 반구정 경내로 들어갔다. 생각보다 규모가 크고 기념관과 영정을 모신 영당과 사당까지 정갈하게 갖춰져 있었다. 우리가 흔히 아는 황희의 이미지는 청백리로 죽기 직전까지 세종의 재상 역할을 톡톡히 해내며 너그러운 성격으로 중신들 사이를 중재했다고 전해진다. 황희는 87세까지 벼슬을 지내다가 이곳 반구정에서 3년을 머물고 별세(別世)했는데, 의학이 발달한 현대도 그렇지만 그 당시 90세면 정말 오래 살았다는 걸 알 수 있다.

계단을 천천히 올라 반구정 앞에 펼쳐지는 임진강의 전경을 바라보니 경치가 정말 예술이었다. 건너편 민통선 지역의 장단면도 눈에 아른거리고 유유히 흐르는 임진강도 장관이지만, 예전부터 이 구역 전체를 말년의 저

택으로 삼았던 황희 정승이 조금은 다르게 보였다. 내가 생각했던 청백리의 인상과는 딴판으로 여겨졌다.

반구정의 건물들은 수십 년 전에 다시 복원됐고 후손들이 지속적으로 개축했겠지만, 이 지역의 터가 좋고 부지가 잘 닦여져 있었으며, 특히 그의 사당과 행적을 기록한 비석의 위세가 만만치 않아 보였다. 청백리였다면 분명 그의 후손들에게 화려하게 장식하지 말라고 유언을 남기지 않았을까? 그의 행적을 더 추적해 보기 위해 황희 정승이 묻혀 있는 곳으로 가보기로 했다.

황희 정승의 묘는 반구정에서 차로 15분 정도 거리에 떨어져 있었다. 그래도 청백리로 명성을 날렸던 만큼 양지바른 터에 소박하게 모셔진 줄

황희 정승이 벼슬에서 물러니 마지막 여생을 보낸 곳으로 알려진 반구정

알았으나, 묘 앞의 사당에서부터 인공적으로 다듬은 듯한 큰 규모의 묘역 그리고 그 위로 문인석, 무인석은 물론 전체적으로 규모가 있어 보였다. 신하의 묘가 아니라 웬만한 왕릉을 무색하게 하는 인상이었다.

참배로를 따라 묘역으로 올라가는 계단을 오르면 더욱 그의 위세를 실감하게 된다. 무덤에는 병풍석이 둘려 있으며 묘역 전체를 감싸는 기다란 담장과 높게 솟구친 나무들까지 더욱더 위압감을 느끼게 해주었다. 병풍석은 조선 7대왕 세조(수양대군)가 유언에서 치지 말라고 유언했을 정도로 후세 왕조차도 함부로 설치하지 못했던 것이다.

황희 정승의 청백리 일화는 후세가 꾸며낸 것이 아닐까? 물론 물욕을 억제하는 사람만이 정치를 잘하는 건 아닐 것이다. 그 시절의 인물들을 현재의 잣대로 함부로 평가하는 건 위험한 일이다. 황희 정승의 여러 가지 공과 과가 있을 터인데, 만약 세종대왕이 그의 능력이 부족했다면 그의 치세를 내내 중하게 쓰지도 않았을 것이다.

역사의 현장에 서서 인물들의 흔적들을 되짚어 보니 인물의 색다른 면모들을 다시금 알아가게 되고, 그 일화와 사건들에 대해 사유할 수 있는 재밌는 시간을 보낸 것 같아 뿌듯했다. 파주 임진강 변 역사의 흔적을 찾아 다음 장소로 바쁜 걸음을 이어간다.

강길을 따라 계속 직진하다가 이번엔 방향을 동쪽으로 틀어 내륙으로 깊숙이 들어가 봤다. 강폭은 점점 좁아지고 유속은 빨라지는 만큼 그동안 다녀왔던 인물의 이야기는 과감하게 강물에 흘려보내고 새로운 명소와 장소에 얽힌 이야기를 찾아 나서자. 파주를 거쳐 간 역사적 인물들은 파주가

황희 정승의 묘

예전에는 한반도의 주요 축이 지나가는 교통의 요지임을 알려 주고 있다.

이번에는 한국인이라면 모를 수가 없는 5천 원권 지폐의 주인공 율곡 이이의 흔적을 따라가 보기로 했다. 우리가 흔히 아는 율곡 이이와 관련된 장소라 하면 강릉의 오죽헌이 대표적일 텐데, 오죽헌이 가져다주는 인상 덕분에 율곡 이이의 고향도 강릉이 아닐까 생각하는 분도 많다. 강릉은 어머니 신사임당의 고향이며 이이는 파주시 파평면 율곡리가 고향이다. 아호인 율곡도 율곡리에서 유래되었음은 물론(태어난 곳은 비록 오죽헌이지만), 그가 살아온 곳과 묘가 자리한 장소 모두 파주에 있다.

구렁이가 담을 넘듯 파평면을 살짝 언급하고 지나갔는데, 이 지역은 고려 시대부터 조선 시대 내내 영향력을 행사했던 파평 윤씨의 본거지라 할 수 있다. 파주의 이름도 여기서 유래된 것인데 이후 자세히 다뤄 보기로 하고, 먼저 율곡 이이가 즐겨 찾았으며 제자들을 가르치며 학문을 논하기도 한 화석정으로 이 여정을 시작해 보도록 하자. 들어가는 길은 겨우 차가 한 대 지나갈 정도로 좁아 초보 운전자들은 들어가기가 무척 어려울 것 같았는데, 주차장에는 차가 거의 꽉 들어차 있었다.

율곡 이이란 인물의 유명세를 실감하며 화석정으로 곧장 들어갔다. 화석정은 임진강이 굽이치는 높은 지점에 들어서 있고, 양옆의 오래된 나무들은 화석정의 깊은 연륜을 보여 주고 있었다. 이 정자는 율곡 이이 이전에 고려 말 길재가 터를 잡고 살던 곳으로, 율곡 이이의 6대조인 이명신이 물려받아 정자를 지은 후 주위에 온갖 괴석과 화초를 심고서 화석정이라 이름 지었다고 한다. 율곡 이이는 여덟 살 때 화석정에 올라 다음과 같은 시를 지었다.

숲속 정자에 가을이 이미 늦으니
시인의 정회 다할 길 없어라.
멀리 보이는 물은 하늘과 연하여 푸른데
서리 맞은 단풍은 햇볕에 붉는구나.
산은 외로운 둥근달을 뱉고 강은 만 리의 바람을 머금었도다.
변방의 저 기러기는 어디로 가는가,
아득한 울음소리 저녁 구름 속으로 끊어져 버리네.

불과 여덟 살 때 이런 서정성을 보이다니…. 산은 외로운 둥근달을 뱉는다는 구절에서 감탄을 금치 않을 수 없었다. 엄격한 대유학자의 이미지와 반대로 감수성이 풍부한 이이의 면모를 느꼈다. 그의 일화 중 어린 나이에 어머니 신사임당을 여의고 나서 충격을 받아 상을 치른 후 절에 들어갔다는 일화는 당시 유학을 중시하고 불교를 천대시한 조선 시대에는 거의 불가능한 일이었다. 율곡 이이의 인간적인 면모를 화석정에서 배워 간다.

화석정은 야사로 선조와 얽힌 흥미로운 일화도 녹아 있다. 우리가 항상 역사를 보며 아쉬워하는 대목이 이이의 '십만양병설'이다. 왜적의 침입을 걱정한 율곡 이이가 임진왜란이 발생한 후 선조가 이곳으로 피난길을 올 것을 예견하고 화석정에 수시로 기름칠을 했다고 한다. 율곡 선생이 죽은

율곡 이이의 설화가 살아 숨 쉬는 화석정

임진강 너머
송악산이 눈에
아른거린다.

화석정에 오르면 임진강의 풍경이 한눈에 들어온다.

뒤 임진왜란이 일어났고, 선조가 밤중에 이곳으로 피난을 와 앞이 컴컴해 임진강을 건너기 힘들 때 화석정에 불을 질러 안전하게 강을 건넜다는 이야기는 율곡 이이의 남다른 예지력을 짐작하게 한다.

이런저런 이야기가 녹아 있는 화석정에 임진강 절벽의 빼어난 절경까지 더해지니 온종일 정자에 걸터앉아 세월아 네월아 하며 시간을 보내고 싶었다. 얼마나 흘렀을까. 머리 위에서 재촉하는 율곡 선생의 목소리가 들리는 듯했다. 아쉬움이 남았지만 그가 묻힌 묘소와 서원으로 여정을 이어갔다.

그의 묏자리 역시 화석정에서 멀지 않았다. 앞쪽에는 그를 기리는 사당과 유생들이 공부하는 공간인 자운서원, 그리고 뒤편에는 그와 그의 씨족들의 묘소들로 이루어져 있다. 하지만 1970년대 높으신 분들이 율곡 이이 선생의 명성을 이용해 이 일대에 성역화 작업을 하기 시작했고, 그 결과 공원처럼 잔디밭과 연못까지 들어서게 되었다. 유적지 입구의 '피크닉 금지'라는 표지판이 무색하게 사람들은 삼삼오오 모여 돗자리를 피고, 아이들은 킥보드를 타면서 즐겁게 떠들고 있었다.

여기가 놀이공원인지 유적지인지 전혀 분간이 되지 않을 정도로 충격적인 광경이었다. 물론 현충원이나 장례식장처럼 엄숙한 분위기를 바라는 건 아니다. 하지만 한국을 대표하는 역사적 인물의 흔적이 남아 있고, 그가 영면한 묘역이라면 최소한의 존중이라도 보여 주는 것이 예의가 아닐까 생각한다.

그래도 묘역으로 들어가자마자 울창한 소나무 숲이 번잡한 외부의 소음

율곡 이이 유적지 내부의 넓은 잔디밭 풍경

을 차단해 주고 있어서 담장 하나의 차이로 다른 세상에 들어온 것 같은 느낌을 받았다. 율곡 이이와 그의 아버지, 어머니를 비롯하여 그의 후손들이 차곡차곡 모셔져 있었다. 맨 위의 단에는 율곡 이이가 모셔져 있었고, 바로 아래 단에는 신사임당과 이원수(율곡 이이의 아버지), 그 밑의 단과 주위 계곡에는 그의 후손들이 모셔져 있었다. 율곡 이이의 묘역까지 꽤 많은 계단을 올라가야 하지만 산속의 고요함이 무척 맘에 들었다.

선생께 절을 한 번 올리고는 그의 위폐가 모셔진 자운서원으로 이동했다. 비록 흥선대원군의 서원철폐령으로 한 번 없어졌다가 1970년대 성역화 작업과 더불어 새로 복원한 건물이지만, 서원이 자리 잡은 터와 석축들 그리고 수백 년의 연륜을 보여 주는 나무들, 이런 것들이 서원의 품격을 지

율곡 이이 묘역 주변의 울창한 소나무 숲

금도 잘 유지시켜 주는 듯했다. 가벼운 마음으로 서원을 한 바퀴 돌며 율곡 이이 유적의 답사는 이렇게 마무리 지어 본다.

더 자세한 이야기는 율곡 이이와 신사임당의 얼이 살아 있는 오죽헌에 방문할 때, 아마 강릉 이야기 때 자세히 다뤄 보기로 하자. 인조의 왕릉에서 시작해 황희, 이이의 흔적을 따라 임진강을 거쳐 갔던 여행을 통해 역사 공부도 하고 아름다운 경치도 즐길 수 있는 좋은 시간이었다. 역시 파주는 인물은 물론 그에 얽힌 스토리텔링도 풍부한 역사 도시다.

율곡 이이를 모신 자운서원의 전경

파주는 어떻게 탄생했을까?

서울을 비롯한 다른 도시 사람들에게 파주는 어떤 도시로 인식되고 있을까? 판문점으로 대표되는 비무장지대의 이미지가 강렬하지만, 몇 년 전부터 다양한 주제의 근교 여행지가 속속 들어서면서 수도권 근교의 가벼운 여행지로 각광받고 있다.

파주 프로방스부터 헤이리 예술마을, 출판단지, 벽초지수목원까지 다양한 스타일의 관광지를 갖추고 색다른 문화 체험은 물론 이른바 '힐링 명소'까지 정말 가볼 만한 곳이 많은 파주지만, 일단 그보다 시계를 앞으로 돌려 예전 파주의 모습을 유추할 수 있는 역사의 향기가 물씬 풍기는 그런 장소로 먼저 떠나 보기로 한다.

파주가 한양으로 가는 1번 국도였던 만큼 중국 사신들이 그 길을 따라 도성으로 들어갔다. 그 길의 중간에는 고려 시대부터 만들어진 그 당시 국립호텔인 혜음원이 있었다고 한다. 중국 사신들은 혜음원을 거쳐 고갯길인 해음령을 넘으며 고양의 벽제관을 지나 한양으로 들어갔다고 하니 조선 시대 말까지 수백 년 동안 이 길 위에서 수많은 이야깃거리를 남겨 놓았을 것이다. 지금도 주변엔 수많은 명승고적이 그 이야기를 품은 채 우리들을 기다리고 있다.

먼저 가볼 곳은 그 당시 만남의 광장이라 할 수 있는 용미리 석불입상

파주의 상징 용미리 석불

이다. 혜음원 가까이에 자리한 교통의 요지에 있었기에 그 길을 지나다니던 수많은 사람이 여행의 무운을 빌기도 하고 간절한 사람들은 무릎이 닳을 정도로 소원을 빌었을 것이다. 그리고 교통 표지판이 없었던 시대인 만큼 랜드마크로서 이 지역을 알리는 역할도 했었다. 거대한 석불이 집중적으로 조성되던 고려 시대의 불상답게 도로 건너편 멀리서부터 거대한 위용이 드러난다.

용머리 석불은 한동안 외롭게 서 있었을지도 모르지만, 현재는 용암사라는 절을 거쳐 계단을 따라 올라가야지 그 모습을 친견(親見)할 수 있다. 그 다소 투박한 모습에 조금 실망감을 느낄 수 있지만(설명문에서도 대놓고 투박하다는 표현이 나온다), 오히려 그런 점이 개성 있어 보였고 활력이 넘쳐 보이는 이웃집 아저씨처럼 친근하게 느껴졌다.

마치 부부처럼 사이좋게 두 개의 석불이 나란히 서 있는데 거대한 장승처럼 느껴졌다. 과거에도 사람들이 오가는 길목에 우뚝 서서 수많은 여행객의 무사 안녕을 지켜 주었을 것이다. 혜음령 일대의 수호신 역할을 했을 용미리 석불입상은 전설 같은 이야기가 곁들어져 있다.

고려 선종의 부인인 원신궁주가 후사를 보지 못해 전전긍긍하고 있을 무렵, 꿈에 두 스님이 나타나 전하기를 “우리는 파주 정지산에 있습니다. 먹을 것이 떨어져 곤란을 겪고 있습니다. 근처에 거대한 바위가 있으니 그 자리에 두 불상을 새겨 준다면 소원을 성취할 것입니다.”라고 전했다고 한다. 이 일을 기이하게 여긴 원신궁주는 사람을 보내 꿈속에서 본 곳을 찾으니 과연 말한 대로 거대한 바위가 있었다. 이후 또다시 원신궁주는 꿈을 꾸니 두 스님이 나타나 "왼쪽 바위는 미륵불로, 오른쪽 바위는 미륵보살로 조성하시길 부탁드립니다."라고 말해 바로 불상을 조성하니 원신궁주는 곧 후사를 보게 되었다는 이야기다. 후사를 보기 위해 소원을 빌러 간 옛날 사람들의 바람이 담겨 만들어진 이야기일 것이다. 세월은 흘러 남아선호 사상도 아이가 필수인 시대도 지나갔지만 용미리 석불은 변함없이 우리에게 감동을 전해 주고 있다.

"우리나라는 전 국토가 박물관이다."라는 말처럼 어떤 도시를 가든지 심지어 변두리에 있는 작은 마을을 가더라도 그 나름의 이야기가 얽혀 있고, 아름다운 자연과 역사적인 명소가 널려 있다. 그리고 그 명제는 경기도의 도시를 둘러보면 증명된다. 용미리 석불입상 앞에 서서 앞으로도 여정이 무탈하기를 빌며 절을 올리고는 가던 길을 재촉해 본다.

조금 멀지 않은 곳에 낯익은 사람과 관련된 표지판이 보였다. 고려 시대의 명장이자 특수부대인 별무반을 창설해 여진족을 물리치고 북쪽에 동북 9성을 설치한 업적으로 유명한 윤관 장군이다. 고려 시대 정보가 빈약하기에 단순한 '무장'으로만 생각했는데, 입구에서부터 널찍하고 잘 정돈된 주차장과 사당, 그리고 왕릉급 규모의 거대한 묘역이 눈에 띄어서 윤관의 배경에 무언가 있다는 직감이 뒷머리를 스쳐 지나갔다. 그렇다. 윤관은 '파평 윤씨'인 것이다.

고려 시대 초·중기 유명한 무인과 장수들을 살펴보면 대부분 문관 출신이 많다. 대표적으로 외교를 통해 북방 영토를 확장한 서희를 비롯해 귀주대첩의 영웅 강감찬도 문관 출신이고, 더군다나 윤관은 고려의 개국공신

여진족과의 전투에서 큰 활약을 펼쳤던 윤관 장군의 묘

인 윤신달의 후손으로 명문 집안의 자제 출신이다. 파평 윤씨는 고려 시대 전기를 지배했던 명문 아홉 가문 중 하나로 번성했으며, 조선 시대에는 왕비를 가장 많이 배출한 집안이었고(다섯 명), 수많은 과거 급제자와 고관대작이 나왔다.

파주 이름 자체도 파평 윤씨에서 유래했다. 조선 7대 왕 세조의 정비인 정희왕후가 파평 윤씨였는데, 세조가 계유정난을 통해 정권을 잡았고 시국이 점차 안정됨에 따라 아내를 위해 이전 이름이었던 원평에서 파평 윤씨의 파(坡)와 고을 주(州)를 붙여 파주로 이름을 바꿨을 정도니 이 성씨를 거론하지 않고서는 파주를 설명하기 힘들 정도다.

입구에는 만화로 윤관의 일생을 간략하게 정리해 놓은 안내판이 있어서 역사를 잘 모르는 어린아이도 흥미롭게 윤관을 알 수 있게 해놓았다. 하지만 냉정하게 윤관을 바라보자면 무리한 작전으로 여진족의 반격을 받아 수많은 병사를 잃고 땅을 도로 빼앗겼으며(갈라수 전투), 부장 척준경의 보필이 없었다면 지금의 공적이 있었을까 하는 의심이 드는 장면이 한둘이 아니다. 외형적인 이미지와 실제 행적의 간극이 꽤 큰 인물이 아닐까 하는 생각이 든다.

푸른 잔디밭으로 깔끔하게 덮여 있는 거대한 묘역을 살펴보며 조선 영조 때 새로 조성한 묘역이라고 하니 그 시대 파평 윤씨의 위세를 다시금 실감하게 되었다. 그래서 그런지는 고풍스러운 느낌은 덜하지만, 묘역 위에 펼쳐진 광활한 전망과 위로 불어오는 산들바람을 맞으며 여행으로 지친 피로를 조금 풀어 봤다.

조선 왕실과 큰 인연이 있는 보광사의 전경고개를 넘고 넘어 차로 계속 달리다 보면, 길가에 있는 자그마한 수많은 비석과 돌덩이가 허투루 보이지 않는다. 비록 우리나라가 국토의 면적은 작아도 어디를 가든지 이야기가 담겨져 있으며 수많은 유물과 유적이 그 사실을 증명해 주고 있다. 중국과 유럽처럼 화려한 유적은 없지만, 우리나라 유적만이 가지고 있는 매력이 있어 보면 볼수록 계속 마음에 담고 싶어진다.

길은 어느새 깊은 산 계속 사이를 지나가고, 곧이어 파주가 자랑하는 천년고찰 **보광사**에 도착했다. 보광사는 통일 신라 시대에 창건되어 이미 천 년이 넘는 역사를 자랑하는데, 이 절이 10여 년 전부터 다시금 주목받는 일이 생겼다. 바로 한효주 주연의 MBC 드라마 〈동이〉의 주인공인 영조의 생모, 숙빈 최씨를 모신 왕실의 원찰이 보광사이기 때문이다. 궁녀 중에서도 제일 말단직인 무수리로 있다가 숙종의 은총을 입어 영조를 낳은 인생 역전의 인물 숙빈 최씨는 비록 영조가 왕이 되는 걸 보지는 못하고 죽었지만, 영조는 어머니를 생각하는 마음이 지극하여 오랜 기간 숙빈 최씨를 왕비로 추송하려 노력했으며 숙빈 묘를 소령원으로 격상시켰다.

소령원에서 멀지 않은 보광사가 이때부터 왕실과 인연을 맺게 되었고, 소령원의 원찰로 삼아 대웅보전과 만세루를 중축해서 지금에 이른 것이다. 왕실과 인연을 맺은 절이라 그런지 분위기가 대체로 정갈한 느낌이 들었다. 건물들의 배치가 오밀조밀하지 않고 넓은 터에 알맞게 자리했으며, 뒤편에는 울창한 숲이 가꿔져 있었다. 이제 보광사에서 '동이'의 발자취를

조선 왕실과 큰 인연이 있는 보광사의 전경

따라가다 보면 대웅보전을 대각선으로 지나 한 칸 규모의 자그마한 건물, 어실각을 만나게 된다. 이 작은 건물이 바로 숙빈 최씨의 영정과 신위를 모신 곳이다.

어실각 앞의 제법 우람한 향나무는 300년의 수령을 자랑하는데, 영조가 어실각을 조성할 때 함께 심은 나무라고 전해지고 있다. 정말 잘 가꾼 절이다. 특히 고색창연한 자태가 그대로 남아 있는 대웅보전은 영조가 현판에 직접 글씨를 새겼으며, 외벽이 독특하다고 할 수 있다. 보통 다른 사찰에서는 문을 낸 정면을 빼고는 대부분 석회를 바른 회벽인 데 반해, 보광사는 나무로 만든 판벽 그대로 민화풍의 그림이 아기자기하게 그려 있어서 만화를 감상하는 기분이 들었다.

보광사에 대한 영조의 애정은 충분히 확인했고, 마지막으로 새롭게 조성한 뒤편의 거대한 석불상에 올라가 보광사를 내려다보며 사색에 잠겼다. 차 한잔하면서 잠깐의 여유를 즐기다 보니 그동안 각종 업무로 지친 나의 뇌가 깨끗하게 씻겨지는 듯했다.

이번엔 조선 시대를 대표하는 권신 한명회의 두 딸과 영조의 큰아들이자 정조의 양아버지로, 진종으로 추존된 효장세자가 묻혀 있는 **파주 삼릉**으로 간다. 파주 삼릉에는 왕이 없지만(진종은 죽어서 왕으로 추존됨) 어느 왕릉보다도 풍성한 이야깃거리가 있다. 한명회를 키워드로 잡고, 잘 정돈된 숲속 길을 걸으며 왕릉 주인공들의 숨은 비화들을 되짚어 본다.

파주 삼릉은 8대 예종의 원비(세자빈 시절에 죽고 왕후로 추송됨)인 장순왕후의 능 공릉과 9대 성종의 비 공혜왕릉의 능인 순릉, 추존왕 진종과 효순왕후의 능 영릉으로 구성되어 있다. 능의 주인공들을 살펴보면 순릉을 제외하고는 죽어서 왕과 왕비가 된 사람이고, 능에 묻힌 두 왕비가 한명회의 딸이라는 특징이 있다. 여기서 그 당시 한명회의 권력이나 위세가 어느 정도였는지 짐작할 수 있었다.

한명회의 인생은 우리에게 많은 시사점을 가져다준다. 어린 시절 칠삭둥이로 태어나 부모의 사랑을 받지 못한 채 자랐고, 외모도 변변치 못하고 공부에도 큰 두각을 나타내지 못해 과거에 번번이 낙방하다가 음서(집안의 특혜로 벼슬길에 나설 수 있는 제도)를 통해 말단 관직에 머물러야만 했다.

집안의 수치와 골칫덩이로 남아 있던 한명회. 보통 사람이었으면 기를 펴지 못하고 숨죽인 채 살아갔겠지만, 한명회는 그런 상황 속에서도 자신감을 잃지 않고 때를 기다렸다. 그런 그에게 인생이 180도 바뀌는 기회가 찾아왔다. 친구 권람의 소개로 수양대군을 만난 것이다. 그의 못생긴 외모와 변변치 않은 벼슬 때문에 많은 사람이 무시하고 거들떠보지도 않았지만, 수양대군은 그의 능력을 높이 평가했고 심지어 유방을 도와 한나라를 세운 책사인 장량에 비유하며 일이 있을 때마다 의견을 구하고 늘 중하게 그를 대했다.

결국 한명회는 수양대군의 책사로 활약하게 되면서 계유정난을 주도하며 수양대군이 왕위에 오르는 데 큰 역할을 수행했다. 세조가 왕위에 오르자 그는 일등 공신으로서 왕의 총애 속에 큰 권력을 얻었다. 하지만 한명회는 그 권력을 죽을 때까지 가져가기 위해 갖은 수단을 동원했다. 큰딸을 세종의 사위인 영천 부원군의 며느리로, 둘째를 신숙주의 며느리로 시집보냈다. 세조의 첫째 아들인 세자가 병약한 걸 예의주시하고 셋째 딸은 세조의 둘째 아들의 부인으로 시집보냈다. 달도 차면 기운다고 했던가. 그때부터 한명회의 내리막길이 시작되었다. 한명회가 바라던 대로 세조의 둘째 아들이 세자가 되었지만, 그의 왕세자빈인 셋째 딸은 아들을 낳자마자 산후병으로 죽고 그 아들마저 얼마 못 가서 죽은 것이다.

세자는 이후 8대 예종으로 왕위에 올랐지만 몇 년의 제위 기간만 남긴 채 세상을 떠났고, 한명회는 유력한 월산대군 대신 미리 넷째 딸을 시집보낸 자을산군으로 밀어붙여 다음 왕인 성종으로 즉위하게 한다. 결국 임금의 장인이란 타이틀을 얻었지만, 넷째 딸 공혜왕후마저도 19세의 젊은 나이에 후사 없이 죽음을 맞이해 왕실과의 인척 관계가 끊긴 한명회는 권력을 조금씩 상실해 갔다.

세월은 그렇게 지나가고 성종이 스스로 정치를 할 수 있는 나이가 되었고, 한명회는 일선에서 물러나 압구정에서 남은 생을 보냈다. 하지만 그가 죽은 뒤 수모는 계속되었다. 연산군 시기 폐비 윤씨의 일에 관련된 인물로 지목돼 무덤을 파헤치고 유골을 분쇄하는 부관참시의 수모를 당한 것이다. 그런 일화를 보면서 권력이란 참으로 부질없구나 하는 생각이 들었다. 자기의 뜻이 아닌 어른들의 의중으로 결혼하고 애를 낳다가 죽고, 생전 얼굴도 한번 본 적 없는 조카를 자기의 양아들로 삼는 등 권력의 희생양이 된 것 같아서 마음이 아프다.

무거운 현장에 다녀오니 몸의 피로함이 배로 느껴져서 조금 쉬어 가야겠다는 생각이 몸을 지배했다. 근처에 출렁다리로 유명한 마장호수로 이동

마장호수의 명물 출렁다리

해 호숫가에 잔잔히 불어오는 바람을 맞았다. 소나무 숲을 거닐며 산책도 하고, 레드브릿지 카페테라스에 앉아서 조용히 호숫가의 물결을 바라봤다. 여행에는 휴식과 답사의 균형을 맞추는 것이 중요한데, 이번 여행에는 그런 여정을 잡기 더 수월했던 것 같다. 파주를 거쳐 간 역사적 인물들을 살펴보며 그 장소에 가서 느낄 수 있는 교훈과 그 인물의 색다른 면모를 발견할 수 있는 좋은 시간이 된 것 같다. 아직도 파주에는 가볼 곳이 너무 많다.

파주는 공동경비구역(JSA)과 판문점으로 상징되는 안보 관광뿐만 아니라 이색적인 관광지가 우후죽순 들어서고 있고, 출판단지와 헤이리 예술마을에 입주한 수많은 사람이 파주만의 문화를 만들기 위해 노력하고 있다. 경기도에서 꽤 넓은 크기를 자랑하는 파주는 크게 옛 중심지인 문산, 파주

읍 지역과 남부 지역인 금촌과 세간을 떠들썩하게 만든 운정신도시로 나누어 볼 수 있다.

그리고 한강 변에서 멀지 않은 문발동 주위로 수많은 출판사가 파주 출판단지로 이전해 독특한 건축물과 도서관, 박물관들을 향기로운 책의 향기와 함께 즐길 수 있다. 또한 탄현 지역에서는 프로방스와 헤이리 예술마을 주위로 수많은 예술가가 몰려 있고, 각종 이색 맛집이 우리를 기다리고 있다. 벽초지수목원에 가면 유럽식의 아름다운 정원 풍경 속에서 산책을 즐길 수 있다.

파주의 변화가 점점 빨라지고 있지만, 우리나라의 면적 절반 이상이 산지이고 고장마다 명산 하나씩은 존재한다. 김포에는 문수산이 존재하는 것처럼 파주에는 감악산이 100대 명산, 경기 오악의 타이틀을 달고 명성을 이어가고 있다. 최근에는 산 초입을 가로질러 흔들다리를 설치하면서 기존의 등산객뿐만 아니라 가볍게 자연을 즐기고 싶은 상춘객들의 발길도 끌게 되니 수많은 사람으로 감악산 계곡은 미어터지기 시작했다.

예로부터 바위 사이로 검은빛과 푸른빛이 동시에 흘러나온다고 해서 감악(紺岳)산이란 명칭이 붙여졌다고 한다. 파주를 대표하는 산인만큼 역시나 많은 이야기를 품고 있는데, 임꺽정이 관군의 추격을 피해 숨어 있었다는 임꺽정 굴이 장군봉 아래에 남아 있고, 6·25 때는 격전지로 유명했다고 한다. 감악산 초입인 설마리 계곡 일대에 영국군 전적비와 대한의열단 비석이 남아 있다. 높이는 674m로 그리 높진 않지만 수많은 이야기와 절경이 그림같이 펼쳐진 산이라 할 만하다. 그 명성만큼 주차장은 이미 차들로 가득해 한참을 돌다가 20분 만에 겨우 주차할 정도였다. 주룩주룩 내리는 비도 사람들의 발길을 돌리지 못할 정도니, 흔들다리의 명성을 다시 한 번 실감하는 순간이었다.

출렁다리는 감악산의 초입에 위치한 터라 10분 정도만 편한 산길을 오르면 도착할 수 있다. 출렁다리의 모습 자체도 장관이지만, 멀리 내려다보이는 감악산의 산세와 계곡이 어우러지며 더욱 멋진 풍광을 만들어 내고 있었다. 출렁다리는 전국 최장 150m의 무주탑 산악 현수교로 자연과 조화를 이루도록 시공되었는데, 한 발 내딛자마자 흔들거림이 느껴져서 무척 아찔했다.

그래도 용기를 내어 한 발 한 발 걸어 봤다. 중간쯤 왔을까? 맞은편에서

파주의 대표적인 명산, 감악산

비바람으로 인해 평소보다 흔들림이 심한 것 같았다. 바람은 쌩쌩 불어오고, 아래는 낭떠러지다. 설상가상으로 다리는 엄청나게 흔들려서 순간 공중 부양하는 기분이 들었다. 그래도 반대편의 산어귀를 바라보면 신선이 살 것만 같은 멋진 풍경을 보며 놀란 가슴을 달래 본다. 이런 풍경과 흔들다리가 어우러져 사람들의 발길을 이끌어 내는가 싶다. 정상까지 가고 싶었지만 비는 그칠 기미를 보이지 않았고, 파주의 다른 명소들도 찾아가 봐야 했다. 다음을 기약하고 감악산의 풍경을 뒤로한 채 서둘러 내려갔다.

그칠 줄 모르고 내리던 비는 울음을 멈췄고, 해가 구름 속에서 말끔한 얼굴을 드러낼 때 카페에서 하릴없이 시간을 보내던 나는 이때다 싶어서 다음 명소로 이동해 보기로 했다. 그 장소는 **벽초지수목원**이다. 수목원이

벽초지수목원의 아름다운 풍경

야 산으로 가면 어디서나 쉽게 볼 수 있고, '벽초지'라는 명칭으로 볼 때 왠지 논, 밭이 연상되는 터라 딱히 특별함이 없을지도 모른다는 생각을 했다. 하지만 이국적인 느낌이 풍기는 외관에서부터 호기심을 일으켜 비싼 입장료를 지불하고 벽초지수목원 안으로 들어가게 되었다.

안으로 들어서자마자 잘 가꾸어진 꽃과 관목이 조화를 이루며 마치 유럽에 들어온 것만 같은 아름다운 광경을 연출해, 앞으로 얼마나 멋진 공간이 나타날까 하는 기대감으로 가득했다. 하지만 그 기대감은 함께 들어온 모 방송국 촬영팀에 의해 달아나고 말았다. 그들은 수목원 이곳저곳을 전세 낸 것처럼 돌아다녔고, 장시간 동안 출입을 통제하는 등 나를 비롯한 많은 관람객에게 불편함을 줬다.

물론 그들의 노고에 대해 간접적으로 보고 느끼는 바가 많다. 소수의 이른바 잘 나가는 사람들을 제외하고는 업계 환경이 무척 열악하고 제대로 대우도 받지 못한다고 한다. 하지만 눈을 조금만 크게 떠서 살피면 여기 있는 사람들도 전부 잠재적 시청자고 방송을 소비하는 주체이다. 예전만큼 방송 환경이 지상파 위주로 돌아가지 않고, 유튜브, 아프리카, 트위치 등 플랫폼이 다양해진 만큼 좀 더 촬영지의 사람들을 배려해 주길 바라는 마음이다.

각설하고 촬영팀을 피해서 벽초지수목원의 두 개의 하이라이트 중 하나라고 할 수 있는 유럽풍 정원 '신화의 공간'으로 들어갔다. 프랑스의 베르사유 궁전을 연상하게 하는 공간으로 꾸며져 있는데, 입구의 웅장한 황금빛 말리성 문에서부터 그 기대감은 커져만 갔고, 안으로 들어가자마자 새하얀 대리석으로 만든 그리스 신상들과 분수들 그리고 말끔하게 가꾸어진 나무들까지 순간 여기가 유럽인지 한국인지 분간이 되지 않았다.

물론 유럽에 다녀오신 분들은 디테일을 살펴보면 부족하다고 여길지 모르지만, 요즘처럼 외국에 나가기 힘든 여건에서 이만한 대체재가 없다고 보일 정도였다. 수많은 연인과 아이를 동반한 가족이 수많은 포토 존에서 사진을 찍으며 즐거운 시간을 보내고 있었다. 이국적인 경관을 보며 이렇게라도 위안을 삼을 수 있는 장소가 있어서 정말 다행이다.

하지만 벽초지수목원의 진정한 매력은 다른 데 있다. 두 번째 하이라이트 장소가 바로 그곳이다. 이번에 가볼 장소는 수목원이 시작되는 벽초지 호수를 따라 산책로가 이어지는 동양풍의 정자와 물레방앗간이 있는 '감동

벽초지 수목원에는 동서양의 아름다움이 두루 갖춰져 있다.

의 공간'이다. 마치 축지법을 쓰듯 걸음 한 번으로 서양에서 동양으로 넘어간다. 개인적으로는 신화의 공간보다 나은 듯했다. 길가에는 버드나무가 흩날리고 있었고, 호수에는 수련이 아름답게 자라 모네의 지베르니 정원 동양판이 이렇지 않았을까 싶을 정도였다. 걷는 걸음마다 다양한 경관을 연출해 눈 감을 새가 없었고, 카메라 셔터도 멈출 기미를 보이지 않았다.

벽초지 호수를 지나면 '사색의 공간'이 나타나는데, 이곳은 이름 그대로 깊은 나무속에 비친 한 줄기 햇살을 보며 마지막 여운을 느끼는 공간이다. 그동안 바쁘게 살며 오늘만 보느라 쉴 틈 없이 달려왔던 나에게 희망의 메시지를 전해 주는 것만 같았다. 이 공간 자체만으로도 벽초지수목원에 올 만한 가치가 있다고 본다.

파주의 새로운 변화 그리고 미래를 향한 여정

최근 파주는 서울을 비롯한 수도권 시민들이 근교 여행지로 각광받기 시작했다. 주로 당일치기 기분 전환을 위한 데이트 코스로 선호되는데, 그 선구자 역할을 했던 장소가 파주 프로방스다. 파주 프로방스는 1997년 프렌치 레스토랑 '프로방스'를 시작으로 프랑스풍의 각종 상업 시설이 들어선 단지인데, 파스타를 전문으로 했던 프로방스 레스토랑이 입소문이 나 멀리 서울을 비롯한 근교에서 드라이브 코스로 종종 들리면서 그 규모가 점점 커지기 시작했다. 결국 프로방스를 따라 아기자기하고 예쁜 건물이 들

예전부터 명성을 이어오고 있는
파주 프로방스 레스토랑

어오면서 하나의 관광 명소로 자리 잡게 되었다.

이전까지 임진각만 관광 명소로 알려졌던 파주에서 또 하나의 관광지가 생겨났고, 레스토랑 하나로 인해 주변에 많은 변화가 생겨났다. 하지만 2017년 프로방스 마을이 설립된 지 20주년이 되는 해에 새로운 사업자가 프로방스를 인수했고, 기존 프로방스 레스토랑은 간판을 '전통 프로방스' 레스토랑으로 이름을 살짝 바꿔 마을 바로 옆에 자리해 있다.

보통 한식집이나 족발, 막국수집에서나 보는 '전통', '원조' 같은 간판을 양식집에서 보게 되다니, 우리나라도 양식의 연차가 제법 쌓였구나 하는 새삼스러운 생각을 하며 레스토랑 안으로 들어갔다. 외관은 전통, 원조를 표방하고 프로방스의 명성에 걸맞지 않게 조금 평범했지만, 내부는 부티크 호텔에 들어온 것처럼 아기자기하고 예뻤다. 화려하고 세련된 느낌은 아니지만, 어릴 적 처음 경양식집에 들어갔을 때의 기억이 되살아난 듯했다.

어렸을 때 먹었던 양식이라곤 기껏해야 경양식집에서 먹는 수프와 돈가스 그리고 일본 나폴리탄의 아류인 토마토 스파게티 정도가 떠오른다. 이후 아웃백, 베니건스, TGI로 대표되는 패밀리 레스토랑 정도가 전부다. 처음 스테이크를 시켰을 때 핏물이 덜 빠진 스테이크를 보며 경악했던 기억도 나고, 주문이 복잡해 어떻게 시켜야 할지 난감했던 일과 식전 빵을 먹으면 돈을 지불해야 하나 전전긍긍했던 그런 추억이 다시금 떠올랐다. 맛은 기대에 비해 특별하진 않았지만, 예전 아버지 손을 잡고 찾아갔던 그때의 향수를 떠오르게 했다. 메인 요리인 파스타가 곧 나오긴 했는데 생각보다 평범했다. 하지만 예전 그 시절로 돌아가게 만들어 주는 이야기를 가진 훌륭한 집이라는 생각이 들었다.

이 레스토랑에서 그리 멀지 않은 곳에 **헤이리 예술마을**이 있다. 국내 최대 규모의 예술마을 및 문화지구로 파주 출판도시와 연계한 책 마을을 구상하는 과정에서 다양한 문화 예술인들이 참여하면서 문화예술마을로 규모가 커지게 되었다. 관이나 특별한 목적을 가진 단체가 아니라 문화계 인사들이 예술과 문화를 위해 자발적으로 나서면서 미술, 조각, 음악, 건축, 공예 등 수많은 예술문화인이 참여하여 집과 화랑을 세우고 마을을 아름답게 가꾸어 예술마을을 만든 것이다. '헤이리'라는 명칭은 파주 지역에서 전해 내려오는 노래인 〈헤이리 노래〉에서 따온 것이라고 한다.

헤이리 예술마을의 전경

인사동과 대학로에 이어 세 번째 문화지구로 지정된 헤이리 예술마을은 건축물 하나하나가 예사롭지 않았고, 다양한 주제의 박물관들이 마을 곳곳에 자리 잡아 방문객들의 눈길을 끌고 있었다. 마을이라는 명칭 때문에 규모가 만만할 거라고 생각하면 오산이다. 롯데월드 어드벤처보다 규모가 크기에 걸어서 마을 곳곳을 돌아다니려면 적어도 하루는 투자해야 할 정도다.

헤이리 예술마을은 거주민이 있는 만큼 개인 주택의 비율도 높지만, 마을의 60%가 관람객을 위한 문화 시설로 구성되어 있어서 한 번의 방문으로는 전부 돌아보기 힘들고 자신이 보고자 하는 관심사 위주로 계획을 세워서 가야 한다. 마을 중앙부에 티켓 판매소가 있는데, 보통 패키지 티켓으로 박물관 몇 군데와 각종 체험을 묶어 판매하니 가격을 할인받아 관심 가는 박물관 위주로 돌아보면 괜찮을 듯싶다.

박물관들은 다양한 주제로 우리를 유혹하고 있어서 어떤 박물관을 선택해서 가야 할지가 큰 난제였다. 영화, 게임, 커피, 세계인형 박물관까지 정말 많은 종류의 박물관 중에 단 세 군데를 골라야만 했다. 장고 끝에 콜라 박물관, 아트 체험 그리고 토이 뮤지엄을 선택해 돌아보기로 했다. 박물관 사이의 거리가 꽤 떨어져 있는 만큼 효율적인 시간 활용을 위해 차를 이용해 마을 외곽을 벗어나 헤이리 예술마을 전체를 살펴보면서 다녀 보기로 했다. 헤이리 예술마을은 아파트, 연립주택 등으로 구성된 우리네 도시 풍경과 달리 예술가들의 개성만큼이나 다양한 현대 건축의 종합 전시장을 보는 듯해서 좋았다. 우리나라도 이런 특정 주제를 가진 마을이나 공동체가 늘었으면 좋겠다는 생각을 잠시 가졌다.

콜라 박물관 입구에는 기념품들만 있어서 박물관을 가장한 상점이 아닐까 하는 의심이 들었지만, 지하로 내려가자마자 엄청난 콜라 관련 컬렉션을 보고는 입을 다물지 못했다. 콜라 관련 수집품들이 꼼꼼하고 체계적으로 전시된 것은 물론이고, 각 나라의 언어로 적혀 있는 콜라병이 특히 눈길을 끌었다. 도시를 주제로 만들어진 콜라병과 더불어 기본 빨간색 콜라뿐만 아니라 녹색, 분홍색 콜라도 보였고, 주방 전체를 콜라 관련 제품들로만 꾸며 놓은 작품은 정말 압권이었다.

마지막으로 방문한 토이 뮤지엄에서는 추억에 잠기는 예전 장난감들을 한자리에서 만날 수 있었는데, 아톰을 비롯하여 마징가Z 종이 인형, 기차

콜라 박물관의 수많은 콜라 관련 수집품들

모형까지 어린 시절 가지고 놀던 장난감을 보면서 퀴즈도 풀고 그 시절 기억을 떠오르게 하는 즐거운 시간이 되었다.

비록 소소한 개인 박물관일지 모르지만 그 안의 전시품들은 박물관 주인의 애정이 담긴 수집품이라 더욱더 애착이 갔다. 마을은 이 밖에도 여러 갤러리와 카페, 수공예품 매장 등으로 구성되어 있어, 한적하게 마을을 산책할 수 있다. 앞으로도 시간이 지날수록 파주의 매력으로 자리 잡길 기대한다.

여기서 언덕을 조금 내려가 한때 〈무한도전〉, 〈런닝맨〉 등 각종 예능 프로그램과 CF, 드라마, 영화에서 단골 로케이션 장소로 쓰이기도 했던 파주의 영어마을을 가볼까 한다. 현재 영어마을이라는 명칭은 사라지고 **경기미래교육 파주캠퍼스**로 간판을 바꿔 달았지만, 외형은 크게 변한 게 없다. 한때 관광객이나 영어를 배우려는 학생들로 인해 사람들이 북적였던 영어마을이었지만, 지금은 나 같은 호기심 많은 몇몇 사람들과 근처 주민들이 산책하러 올 뿐 찾는 사람도 거의 없고 마을 곳곳에 자리했던 외국인 주민들도 전부 사라졌다.

영어마을은 얼핏 보면 영국의 어느 한 마을에 들어 온 것처럼 이색적이었고, 조경도 아름다워서 바람 쐬러 가볍게 한 바퀴 돌아보기는 괜찮았다. 하지만 건물 내부는 리모델링을 핑계로 텅텅 빈 건물들이 대부분이었고, 그나마도 문이 닫힌 곳이 많았다. '유령 도시의 풍경이라는 게 이런 거구나.' 느끼며 괜시리 쓸쓸해졌다. 한때는 영어마을의 중심가를 가로질러 다녔을 트램은 한쪽 구석에 방치된 채 먼지만 쌓여 가고 있었고, 촌스러운 현

영어마을로 유명했지만 지금은 경기미래교육 파주캠퍼스로 명칭이 바뀌었다.

수막만 걸려 있어 눈살을 찌푸리게 했다.

영어마을의 실패 요인은 무엇인가 개인적으로 곰곰이 생각해 보았다. 지금도 그렇지만 그 당시엔 영어 교육에 정말 열광적이었고, 전 국민이 영어에 능통하지 못하면 세계화에 뒤처진다는 우리만의 열등감이 최고조에 달했던 시기였다는 걸 유추할 수 있다. 영어를 쓰는 인구가 현저하게 적은 나라에서 영어를 공용어로 써야 한다고 주장하는가 하면, 예전 모 교육위원장의 발언처럼 '오렌지'라고 표기하지 말고 원어에 가깝게 '오렌쥐'라고 바꿔야 한다는 촌극도 있던 시대였다. 그 영어 광풍 시대의 배경을 입어 이곳을 시작으로 선국에 영어마을이 들어섰던 것이다.

철학과 비전 없이 급하게 세워진 곳이니 계속되는 적자는 피할 수 없었을 것이고, 해외로 나가는 게 쉬운 시대로 변해 굳이 영어마을에 가지 않아도 충분하여 사람들의 관심에서 멀어졌다. 하지만 영어는 영국, 미국만 쓰는 언어가 아니라 국제사회에서 특별한 지위를 가진 언어이므로 세계로 진출하길 꿈꾸는 사람들이라면 꼭 배워야 한다. 그렇기 때문에 훗날 재개장할 때 정말 제대로 된 영어테마파크로 다시 거듭난다면 헤이리 예술마을과 연계하여 시너지 효과를 볼 수 있는 관광 명소가 되지 않을까 한다.

이제 방향을 남쪽으로 틀어 파주의 마지막 목적지인 파주 출판단지로 향했다. 개인적으로 책에 대한 애정이 있기에 정말 기대가 많이 되는 장소이기도 했다. 남은 시간을 전부 여기에 투자해서 책의 은은한 향과 함께 독서 삼매경에 빠지고 싶었다.

한국의 어지간한 출판사와 인쇄소의 반 이상이 여기에 몰려 있고, 단지를 구성하는 각 회사의 사옥들을 보면 독특하고 야심적인 건축물이 많다. 헤이리 예술마을과 마찬가지로 예술적 가치가 있는 건물에 한해서 허가를 내주기도 했고, 유명 건축 디자이너들이 도심이 아닌 교외 지역의 특성을 살려 건물 대지의 쓰임새가 좀 더 자유로운 이유도 있다.

그중 하이라이트는 아시아출판문화정보센터 1층에 위치한 '지혜의 숲'이라 불리는 도서관이다. 출판사나 개인 미술관 등의 단체에서 기증한 책들이 한데 모여 엄청난 장관을 이루고 있는데, 인문학 서적을 비롯한 컬렉션들이 충실하게 갖춰져 있고, 각 공간들이 다른 콘셉트을 지니고 있었다. 나 같은 '책 덕후'들은 정말 며칠이고 살고 싶은 그런 장소였다.

도서관 한가운데에는 카페가 있어서 커피를 즐기며 책을 읽을 수 있다. 옆에는 신간 서적 위주로 책을 살 수 있는 서점도 있는데, 결국 충동구매 욕구를 이기지 못하고 책 한 권을 사고 말았다. 출판단지 내에 볼거리는 워낙 많지만, 추천하고 싶은 장소가 하나 더 있다. 포르투갈의 유명 건축가 알바루 시자가 설계한 마메시스 아트 뮤지엄이다. 다양한 크기의 전시관을 하나의 덩어리에 담은 설계로 유명한 미술관인데, 곡면마다 창을 내어 자연 채광으로 전시실 곳곳을 밝히는 이색적인 전시 공간이다. 꼭 한번 방문해 보시길 바란다.

파주 출판단지를 나와 운정신도시의 호수공원에서 호수를 바라보면서 지혜의 숲에서 산 책을 읽으며 석양이 지길 기다렸다. 파주라는 넓은 도시에서 숨 가쁘게 돌아다니며 과연 이 도시란 무엇일까 고민해 봤다. 파주

파주 출판단지의 대표적인 명소, 지혜의 숲

는 비무장지대로 상징되는 명소들뿐만 아니라 역사적 인물들의 자취를 남긴 묘와 관련 유적들 그리고 예술인, 출판 관련 일을 하시는 분들이 이주해서 새로운 문화를 창조하는 마을이다. 그러므로 파주는 서울에서 이루지 못한 꿈을 위해 새롭게 만들어 가는 도시가 아닐까? 남북이 화합하는 날이 오면 파주가 기다리고 있는 꿈을 이뤄 낼 것이다. 그때를 기다리며 파주 여행의 장을 마무리 짓는다.

우리가
모르는
경기도

[연천]

한탄강에서 울려 퍼지는 고구려의 기상

한탄강에서 울려 퍼지는 고구려의 기상

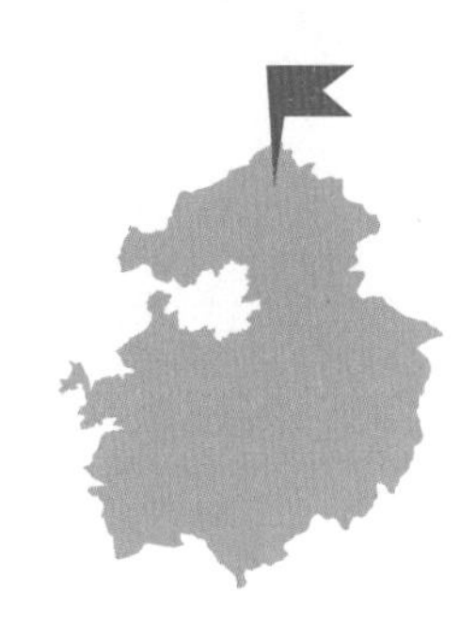

연천에 있는 아름다운 고구려 성곽들을 찾아가다

경기도 최북단에 자리한 동네, 인구 4만 3천 명으로 경기도에서 가장 인구가 적은 연천은 경기도에 사는 사람이라도 좀처럼 명칭을 들어 보기 힘든 조용한 동네다. 연천에서 군 생활을 해 본 사람이라면 겨울철 경계 근무 설 때 살을 찢는 듯한 매서운 칼바람이 먼저 떠오를 테고, 국사 공부를 나름대로 열심히 했던 사람은 우리나라 최초의 구석기 유적지인 전곡리 선사유적 정도가 어렴풋이 떠오를지도 모른다.

잘 알려지지도 않은 연천을 갈까 말까 고민하는 와중에 우연히 한 장의 강렬한 사진을 보고 그 동네를 가야겠다는 확신이 들었다. 우리나라 대부분의 성곽이 산에 있어 그 위엄이 좀처럼 드러나기 어렵지만, 사진 속의 성곽은 강가 옆의 평지에 우뚝 솟아 가보지 못한 나도 그 장대한 기상을 느낄 정도였다. 또한 해바라기가 성벽을 주위에 화려하게 피어 있어 성터를 더욱더 아름답게 빛내 주고 있었다. 그곳은 바로 연천의 호로고루성이다. 그동안 민통선 근처에 있는 잘 알려지지 않았던 이름 없는 고구려 성곽이었지만, 어느 순간 사진과 SNS 인증 명소로 유명해지기 시작하며 세간에 오르내리고 있다.

한 장의 사진 덕분에 연천으로 떠나게 되었지만, 연천은 돌아보면 볼수록 때 묻지 않은 경치는 물론 기억에 남을 만한 장소가 정말 많다는 사실을 새삼스레 느낀 좋은 답사지였다. 한탄강과 임진강이 합류하는 부근에는 곳곳에 주상절리, 폭포, 바위 등 절경이 자리 잡고 있었고, 구석기 시대부터 삼국 시대, 고려, 현대에 이르기까지 역사를 거듭할수록 많은 이야깃거리와 흔적을 만날 수 있었다.

은대리성에서 바라본 한탄강의 전경

연천은 생각보다 가깝다. 차로 한 시간 반이면 충분히 도달하는 거리인데, 북한과의 접경 지역이기에 군사도시의 이미지도 있고, 굳이 알려지지 않은 장소를 가야 하나 싶은 꺼림직한 생각 때문에 발길을 망설이곤 했다. 연천으로 가는 길은 여러 방법이 있는데 의정부를 거쳐 3번 국도를 타고 동두천, 전곡으로 들어오는 방법이 가장 흔하지만, 아무래도 제맛은 파주 쪽에서 임진강을 따라 들어가는 길이다. 그때가 가을이라면 임진강 변에 피어 있는 코스모스의 향연을 제대로 감상할 수 있는 시기다. 동쪽으로 달려갈수록 사람과 차는 줄어들고 자연이 그 자리를 차지하기 시작한다.

연천 여행을 시작하기 전 걱정 반 기대 반이었던 나의 마음은 사그라들고 오직 길 자체의 아름다움에 쏙 빠져들었다. 어느새 연천을 알리는 표지판을 지나가고 나의 마음은 더욱 너그러워져 잠시 강변에 차를 세우고 오래간만에 느끼는 마음의 자유를 한껏 누리기로 했다. 강은 십 년, 이십 년이 지나도 변함없이 'U' 자 커브를 돌며 유유히 흐르고 있었다. 그런 강물에 내 몸을 맡긴 채 연천에서 어디를 가야 할지, 어떻게 보고 무엇을 먹어야 할지 따위의 생각은 잠시 접고 그냥 머릿속을 텅 비워 본다.

시간이 얼마쯤 지났을까? 세상 고요한 낮잠에 빠져 생각을 한동안 비웠더니 열정이 불꽃처럼 다시 피어오르면서 연천에 대한 궁금증이 머릿속에 잔뜩 들어오기 시작했다.

'먼저 연천의 고구려 성곽을 따라 돌아보는 게 좋겠어!'

한탄강에서 한탄을 소리 높아 외쳤던 궁예처럼 목소리가 갑자기 끓어올랐다.

'연천이란 곳을 이제야 알게 되다니!'

역사에 관심이 많았던 나로서는 국내의 웬만한 절터와 성터는 물론 왜성까지 나름 다녔다고 생각했는데, 우리나라에서 보기 힘든 고구려 성곽이 연천 지역에 집중적으로 분포되어 있다는 사실을 연천을 답사하면서 처음으로 알게 되었다. 고구려 성곽이 연천 지역에 있는 이유를 살펴보니, 평양성으로 천도한 장수왕 이후 본격적인 남진정책을 실시해 이곳 연천을 포함한 한강 유역 일대를 전부 고구려의 땅으로 편입할 때부터 성곽이 세워지기 시작했다. 475년 한성까지 함락한 고구려는 한때 충남 북쪽까지 진출했으나 백제의 연이은 반격으로 다시 한강 지역까지 후퇴했다. 한강의 중요성으로 인해 이 땅을 잃고 싶지 않은 고구려는 아차산부터 방어막을 구축했는데, 이와 더불어 한탄강, 임진강 유역과 한강 지역을 연결하는 분지 일대에 보루들을 건설함으로써 오랫동안 경기 북부 일대의 지배권을 확보하게 된 것이다.

그런 결과로 연천 지역에 고구려 성곽이 집중적으로 남아 있게 된 것인데, 연천의 3대 성곽인 은대리성, 당포성, 호로고루가 대표적이다. 성곽의 형태가 비교적 뚜렷하게 남아 있고, 모두 강변 절벽에 의지하여 독특한 경관을 만들어 내고 있다. 이런 성곽의 형태를 강안(江岸) 평지성이라고 한다. 현무암이 풍부한 임진강, 한탄강의 특성상 높이 10~15m의 주상절리(수직 절벽)가 형성되어 성벽의 일부분만 구축하면 적의 침입을 막기 수월하다. 전국에서 보기 드문 성벽이기 때문에 사진도 잘 받고 호연지기가 절로 길러지는 듯했다.

임진강, 한탄강 가의 고구려 성곽들

먼저 전곡읍의 중심에서 가까운 은대리성을 찾아가기로 했다. 연천군 보건의료원과 주차장을 공유하고 있는데, 처음에 본의 아니게 옆의 사잇길로 잘못 들어가 길을 헤매는 실수가 있었다. 이 글을 읽는 독자들은 보건의료원 주차장에서 손쉽게 접근 가능하니까 꼭 기억해 두기 바란다. 주차장에 내리자마자 펼쳐진 너른 초원의 풍경은 마음을 더욱 시원하게 만들었고, 앞으로의 여정에 대한 기대감은 더욱 커져만 갔다.

앞에는 평지에 불쑥 튀어나온 토성이 보인다. 그곳이 은대리성이다. 성 일대는 한탄강 절벽 주위로 너른 들판이 자리 잡고 있으며, 적당한 바람이 몸 사이사이를 시원하게 적셔 주었다. 성은 삼각형 모양의 터를 가지고 있는데, 토성의 흔적은 동벽에만 남아 있고, 성의 남쪽과 북쪽은 한탄강이 내려다보이는 급격한 낭떠러지로 구성되어 있다. 이러한 환경 덕분에 은대리성은 중요한 요충지로 고구려의 방어 요새 역할을 했을 거로 추정해 본다.

성안에는 문이 세 개, 건물이 한 개, 치성(한국 성(城) 구조물의 일부로, 성벽의 바깥으로 덧붙여서 쌓은 벽)이 두 개 확인되었다고 한다. 경작지도 있었다는 사실로 비춰볼 때, 고구려에서는 성을 조성한 후 거주지로서의 쓰임새도 있었지 않았을까 싶다. 단순한 방어 요새가 아니라 고구려에서는 성안의 마을을 만들었다는 사실이 나름 신선했다. 성터는 생각보다 넓진 않았지만 오래된 아름드리 소나무 숲과 한탄강의 깎아지른 듯한 절벽

은대리성 내부

의 풍경이 더해지니 그 처연한 아름다움이 엿보이는 듯했다.

마침 이정표에 전망대 표지판이 보여, 동벽을 지나 울창한 소나무 숲 사이로 들어가 보기로 했다. 솔숲 길을 10여 분 산책하니, 드디어 절벽으로 막힌 덱(deck)이 나타났고, 치탄천과 한탄강의 합류 지점이 보이기 시작했다. 삼형제 바위라는 이름을 가진 바위가 강 한가운데 우두커니 서 있는데, 여기에는 슬픈 전설이 깃들어 있다.

한 여인과 그 밑에 우애 좋은 삼 형제가 있었는데, 어느 날 막내가 물에 빠지게 되었고, 막내를 구하기 위해 형들이 모두 강에 뛰어들었다가 죽는 비극을 맞게 되었다. 여인은 아들들을 그리워하며 매일 강변에서 울부짖었고, 석 달이 지나 삼 형제의 형상이 바위로 떠올랐다는 이야기다. 그 사실을 아는지 모르는지 강 건너편에는 수많은 사람이 오순도순 정겹게 캠핑을 즐기고 있었다. 역사를 배우며 즐겁게 산책을 했던 은대리성을 떠나 다음 목적지인 당포성으로 간다.

두고두고 찾고 싶은 은대리성을 지나 한탄강을 따라 발길을 다시 서쪽으로 돌려 보니, 한탄강은 어느새 그 장쾌한 물줄기를 임진강에게 내어 주고 말았다. 도회지의 풍경은 오간 데 없고, 도로 주요 지점마다 대전차 방호벽과 벙커로 보이는 구조물들과 곳곳에 보이는 군부대들을 보며 연천이 최전방 지역이라는 사실을 다시 한번 실감했다. 이런 시설들이 군사도시로서의 이미지를 굳히게 했지만, 어쩌면 연천의 자연이 지금까지 보전되는 데 큰 역할을 했을지도 모른다.

군사적 시설물들로 인해 다소 긴장감이 들긴 했지만, 고개를 조금만 왼쪽으로 돌리면 강의 풍경이 아른거리고, 산과 들이 어우러지는 서정적인 모습에 나의 마음은 녹아내렸다. 다른 나라를 종종 가봤지만 우리나라만큼 산과 들, 강이 한 프레임으로 담기는 곳은 좀처럼 보기 어렵다. 30분 정도를 달렸을까? 길 한쪽 조그마한 표지판에 당포성이라는 표기를 발견했다. 들어가는 입구가 좁아 험난한 여행이 되지 않을까 각오했지만, 다행히 넓은 주차장이 나타나고 언덕 비슷한 성벽과 함께 그 위에 우뚝 솟은 한 그루의 나무가 눈에 띄었다.

당포성은 임진강으로 인해 형성된 약 13m 높이의 긴 삼각형 단애(斷崖) 위에 축성되어 있으며, 입지 조건과 평면 형태 및 축성 방법은 호로고루 및 은대리성과 매우 유사하다. 요충지에 위치한 당포성은 양주 방면에

성벽 위의 소나무가 인상적인 당포성

서 북상하는 적을 방어하는 데 전략적 중요성이 매우 크다고 할 수 있다. 반면 이곳은 임진강을 건너 양주 방면으로 남하하는 적을 방어하는 데도 매우 중요한 위치이므로 나당전쟁 이후 신라가 진출하면서 당포성의 외벽에 석축벽을 덧붙여서 보강하고 계속 활용하였다.

드디어 나무가 우뚝 솟은 동벽 앞에 도착했다. 성벽 밑에서 나무 쪽을 올려다보니 먼저 성벽에 오른 사람들이 그 광경을 배경으로 사이좋게 사진을 찍고 있었다. 성벽 위에 우뚝 솟은 나무는 나름 당포성의 명물이어서 이 광경을 보기 위해 사람들이 심심치 않게 찾는다고 한다. 나도 어서 성벽에 올라 그 풍경을 즐기고 싶었다. 동벽을 돌다가 밑부분을 관찰해 보면 독특하게 파여 있는 흔적을 보게 된다. 처음에는 발굴 조사를 위해 남겨 놓은 표시가 아닐까 생각했지만, 실상은 달랐다.

가까이 다가가 세심하게 살펴보니 철로 만든 굴뚝은 물론 구덩이 안쪽에는 굳건한 철문 군용으로 보이는 시설물이 숨겨져 있었다. 당포성에서 전방 지역이 멀지 않아 군에서는 요충지라고 생각해 방어용 벙커를 설치한 게 아닌가 하는 생각이 들었다. 실제로 얼마 전까지만 해도 당포성 자리에 군부대가 한동안 들어왔었다고 한다.

동벽을 돌아 성 내부로 발걸음을 옮겨 본다. 토성의 흔적이 강하게 남아 있는 당포성에는 석축이 고스란히 드러나 보였다. 천 년이 지난 성벽의 돌들이 지금도 단단하게 버티고 있는 모습을 보니 고구려의 기상이 절로 느껴지는 것만 같았다. 성벽 아래에는 임진강 강가의 깎아지른 절벽이 보인다. 말 그대로 천혜의 요새라 할 만하다.

성벽 안쪽은 빈 공간만 남긴 채 텅 비어 있었다. 아마도 예전 군부대가 이 자리에 있지 않았나 싶은데, 그래도 이런 공간을 우리가 누릴 수 있어서 마음껏 역사적 상상력을 펼쳐보았다. 예전엔 여기서 병사들이 경계 근무도 서고, 서로 대화도 나누면서 언제쯤 집에 돌아갈까? 고향에 계신 부모님, 아내, 아이들에 대한 이야기들로 버텨 냈을 것이다. 그런 사실을 아는지 모르는지 강물은 말없이 흐를 뿐이다.

동벽 위로 계단이 설치되어서 쉽게 누구나 성벽을 오를 수 있었다. 드디어 당포성의 명물 성벽 위의 나무를 가까이서 볼 수 있다. 나무 옆에는 벤치가 설치되어 있어 성벽이 아니라 언덕 같은 느낌이다. 나도 벤치에 앉아 먼 하늘을 지켜보며 잠시 휴식을 취했다. 성벽은 거의 무너져 형체만 남

대표 명소인 호로고루성

아 있지만 아직 전쟁의 비극은 끝나지 않았다. 당장은 힘들겠지만 모든 사람의 염원대로 평화가 찾아오길 빌면서 고구려 성곽 순례의 마지막 장소로 이동한다.

그동안 갔던 고구려 성곽 중 최고의 명성과 크기를 자랑하고 연천의 대표 명소로 자리매김한 호로고루는 임진강의 옛 명칭인 '호로하'에서 따온 것이다. 북방의 호방한 기운이 드러나는 듯한 명칭은 듣기만 해도 가슴을 두근거리게 하는 무언가가 있다. 요즘 연천 여행을 검색하면 1순위로 먼저 뜨는 장소가 호로고루이고, 내가 연천 여행을 결심하게 된 계기 또한 호로고루의 해바라기밭이니 더욱 그럴지도 모른다.

최근까지 민통선 근처라는 이유만으로 아는 사람만 찾는 은둔의 명소였지만, 연천군에 주최하는 해바라기 축제를 계기로 유명세를 톡톡히 치르고 있다. 관광지로 자리 잡은 지 얼마 되지 않았기에 좁은 농로 사이로 차가 지나가야 해서 불편함이 이만저만이 아니다. 길은 좁은데 찾는 사람은 점점 많아지니 연천군에서 일방통행 시스템으로 진입로를 개편했다. 그런데도 주차장은 이미 만석이었고, 비교적 여유로웠던 은대리성, 당포성과 달리 수많은 관광객이 호로고루성 이곳저곳을 점령하고 있었다.

오랜 기다림 끝에 겨우 빈자리가 나서 주차를 하고 위를 올려다보니 구릉 위로 지금까지 봤던 고구려 성곽보다 훨씬 웅장한 자태의 고구려성 호로고루의 자태가 눈에 들어왔다. 그 아래로는 수많은 해바라기가 레드카펫처럼 깔려 있어 그 모습 자체가 장관이었다. 여름에서 초가을까지는 해바라기의 이런 모습을 보기 위해 주로 찾고, 5월에는 초록색 청보리가 펼쳐진 광경도 볼 수 있다고 하니 호로고루성은 사계절 언제 가도 나름의 매력을 즐길 수 있는 좋은 유적지다.

많은 사람이 호로고루성 입구의 해바라기밭에서 서로 사진을 찍어 주느라 북적거렸지만, 나의 마음은 해바라기밭보다는 저 멀리 든든한 모습으로 천 년 동안 우뚝 서 있는 호로고루성을 향해 있었다. 해바라기밭을 지나 언덕에 오르다 보면 통일바라기 동산이 나타나는데, 바람개비가 평원에 늘어서 있는 모습이 마치 임진각의 통일동산에 온 것 같은 기분이 들었다.

드디어 호로고루성 동벽을 바라보면 성안으로 들어갈 차례가 왔다. 성벽은 문외한인 사람이 봐도 다른 성벽과 달리 단단한 돌로 축조되어 고구려 성곽임을 직감할 수 있다. 돌벽과 흙벽이 번갈아 가며 축성되어 성벽이 더욱 단단해지는 효과를 만들어 낸다고 한다. 이 성은 고구려가 남진하기 위한 최단 코스의 주요 거점으로 교두보 역할을 했다고 하니 그 중요성으로 인해 더 튼튼하게 쌓았을 것이다.

은대리성, 당포성과 마찬가지로 임진강, 한탄강의 수직 절벽 위에 서 있기 때문에 유일하게 평지에서 접근할 수 있는 동벽만 튼튼하게 만들어졌고, 다른 부분은 강 절벽 자체가 천연 요새 역할을 하기에 굳이 성벽을 설치하지 않았다. 호로고루성에서는 고구려 기와가 대량 출토된 것으로 보아 고구려인들이 만든 기와 건물이 있었던 것으로 추측되고 있다. 당시 기와가 왕궁이나 사찰 등 아주 중요한 건물에만 사용된 건축 자재임을 미루어 짐작해 볼 때, 호로고루성은 근처의 다른 성들보다 그 위상이 높았다는 걸 알 수 있다.

그리고 성안에는 와당, 토기, 다양한 동물 뼈들이 출토되었다. 이 모든 것은 호로고루성이 군사적 기능을 뛰어넘어, 고구려인들이 정착하고 살던 도시의 기능도 수행하지 않았을까 하는 합리적 의심을 하게 만든다. 벽을 돌아 성벽을 올라가는 계단이 보이는데, 드라마 〈VIP〉에서 장나라가 올라갔다고 해서 유명해진 **천국의 계단**이라는 곳이다. 그곳을 따라 올라가면 성벽의 높이만큼이나 호쾌한 전망을 볼 수 있다. 임진강, 한탄강 등을 수없이 많이 보아 왔지만, 호로고루성 위에서 지켜본 강의 풍경이 가장 인상 깊었다.

고구려 성곽만 하루에 세 곳을 방문해 다소 지루하거나 따분할 수 있겠

호로고루 성벽으로 오르는 천국의 계단

지만, 의외로 성마다 개성과 특징이 달라 역사 공부도 하고, 아름다운 자연을 즐길 수 있는 좋은 시간이 되었다. 은대리성의 솔숲, 당포성의 성벽 위의 나무, 호로고루성의 장대한 성벽과 해바라기밭은 역사를 깊게 알지 못해도 자연과 인문의 향기가 어우러지는 좋은 체험의 기회가 될 수 있으니 꼭 방문해 보길 바란다.

연천의 때 묻지 않은 자연을 찾아서

비무장지대 남방한계선 남쪽에 있는 민간인의 출입이 제한된 경계선을 줄여서 민통선이라 부른다. 그 민통선의 구간이 유난히 긴 연천 지역은 사람들의 발길이 닿지 않을 동안 산과 자연이 아름답게 보존되었고, 최근에 민통선이 해제된 구간이 늘어나면서 그동안 드러나지 않은 숨은 비경과 역사적인 명소들이 사람들의 발길을 끌고 있다. 물론 최전방에 있는 지역인 만큼 가는 길에 있는 군 시설물과 수많은 군부대, 민간인 차량보다 많은 군부대 차량이 우리를 다소 긴장되고 움츠러들게 만들지만, 그런 핸디캡들을 떨치고 들어가면 수많은 유적과 빼어난 자연경관이 위축된 마음을 충분히 보상하고도 남았다.

이번에는 한탄강 상류 쪽으로 거슬러 올라가 보기로 했다. 한탄강은 제주도, 청송, 무등산에 이어 유네스코 세계지질공원으로 2020년 7월 7일에 인증되는 쾌거를 이뤘다. 전 세계로 따져 봐도 40개국에 140개 밖에 없으니 충분히 자랑스러워할 만하다. 한탄강은 철원을 지나 포천, 연천을 거쳐 임진강으로 합류하는 길이 136km인 작은 강이지만, 특이하게 현무암 지대로 이루어져 있으며 주상절리와 기암괴석이 많아 절벽과 어우러지면서 주변 경치가 무척 아름답다. 하지만 한탄강으로 기점을 세운 궁예의 비극이 남아 있기도 하고, 이 지역에서 유행성 출혈열의 원인 바이러스를 찾아 '한탄 바이러스'라는 명칭이 붙기도 했던 곳이다.

한탄강과 관련된 여러 이야기를 뒤로 하고 상류를 계속 거슬러 올라가다 보면 어느 순간 산으로 막혀 더 이상 올라가지 못하는 지점이 나온다. 그곳에서 내려 계곡으로 내려가다 보면 아래는 깎아지르듯 끝없는 낭떠러지와 그 사이로 가느다란 물줄기가 비단결처럼 흘러내린다. 이곳이 연천을 대표하는 폭포, 재인폭포라고 한다.

이곳에는 슬픈 전설이 깃들어 있다. 옛날에 새로 부임한 원님이 우연히 이 고을에 사는 재인의 아내를 발견했는데, 그 미모가 무척 아름다웠다고 한다. 순간 욕정을 이기지 못한 원님은 그녀를 범하고자 했지만 재인의 아내는 "쇤네는 주인이 있는 아낙입니다."라고 말하면서 강력하게 거부하였다. 하지만 원님은 포기하지 않고 재인이 외줄 타기 명인이란 사실을 알게 되고는 재인을 죽이고 여인을 차지할 음모를 꾸미게 되었다.

줄타기 대회를 개최한다는 명분으로 재인을 죽이기 위해 밧줄에 칼집을 내서 폭포 위의 절벽에 메어 놓고는 줄을 타게 한 것이다. 과연 재인이 떨어져서 죽으니 원님은 곧바로 본색을 드러내기 시작했다. 원님은 여인에게 "이제는 네 남편이 없으니, 나와 같이 살아도 되지 않겠느냐?" 하고는 강제로 수청을 들게 한 것이다. 하지만 아내는 원님의 코를 물어뜯고 자결하여 절개를 지켰다. 이 일이 알려지자 사람들은 재인과 아내의 넋을 기리기 위하여 폭포를 '재인폭포'라 하였고, 그들이 살던 마을은 '코문이'라고 하였다.

이 일화가 진실이건 아니건 중요치 않다. 재인의 아내뿐 아니라 수많은 백성과 민초가 억지 명분하에 벼슬아치와 양반들의 수탈을 겪었을 것이다. 어느 고장을 가나 이런 비슷한 일화는 전해지고 있고, 춘향전이나 흥부

슬픈 설화가 깃들어 있는 연천의 재인폭포

전 같은 판소리극도 어떻게 보면 그런 수탈의 이야기를 고스란히 전해 주고 있는지 모른다.

북쪽에 있는 지장봉에서 흘러 내려온 작은 하천이 높이 18m에 달하는 현무암 주상절리 절벽을 따라 물줄기가 쏟아지는 광경이 정말 장관이다. 내가 방문했을 때는 가을철이라 물줄기가 다소 약했지만, 현무암으로 이루어진 주상절리의 경관을 실감 나게 감상할 수 있었다. 아직은 주변 환경 개선 중이라 조금 어수선하지만, 여름철 물줄기가 시원하게 떨어질 때 다시 찾아와야겠다고 생각했다.

군부대에 막혀 더 안쪽으로 들어가지 못하는 아쉬움을 뒤로한 채 반대편으로 연천의 명소를 찾아 떠났다. 가는 길에 이 지역과 어울리지 않는 이색적인 느낌의 '조선왕가'라는 표지판이 보여, 호기심 반 기대감 반으로 한 번 들러 보았다. 한편에는 과연 잘 갖춰진 멋진 한옥 건물이 보였고, 정면에는 카페로 만들 현대식 건축물이 공사 중단된 상태로 남아 있었는데 시공사와의 갈등으로 인해 을씨년스러운 현수막만 눈에 띄었다.

그래도 어떤 곳인가 겉에라도 구경해 보고 싶어서 접근해 보니 입구에는 천막이 가로막고 있었고, 직원은 한옥 호텔로 사용 중이라는 퉁명스러운 대답만 해줬다. 알고 보니 원래 서울 명륜동에 있었던 왕가의 저택 염근당이 이곳으로 이건(移建)되어서 연천으로 온 것이었다. 현재는 호텔로만 사용되기 때문에 관람은 불가능해서 아쉬웠지만, 연륜이 깊은 한옥에서 한 번쯤 묵어 보는 것도 나쁘지 않다고 생각한다. 그 기회를 다음번으로 미루고 다시 길을 나섰다.

연천은 경기도의 어느 도시보다 고구려의 흔적이 짙게 남아 있다. 대부분이 성곽 유적이지만 삶과 죽음의 흔적을 엿볼 수 있는 유적도 있다. 신답리 고분이 바로 그곳이다. 한탄강을 거슬러 올라가다 보면 밭 사잇길 안쪽으로 넓지도 작지도 않은 개활지 한가운데 2기의 고구려 고분들이 그 자리를 지키고 있다.

신답리 고분군은 고구려의 석실 봉토분으로서, 봉분 안에 석실을 설치하고 그 위를 흙으로 덮은 양식이다. 특이한 점은 석실에 사용된 돌을 한탄강에서 흔하게 볼 수 있는 현무암을 사용한 점이다. 성곽은 전쟁 중에 언제든 쌓았다가 해체할 수 있지만, 고분까지 연천 지역에 조성된 것은 고구려가 오랜 기간 동안 연천 지역에 삶의 터전을 일구고 살았다는 걸 반증한다고 볼 수 있다.

한탄강을 따라 수많은 문화와 자연유산이 있는데, 용암이 흘러 만들어진 독특한 강의 특징을 아우라지베개용암에 가서 적나라하게 볼 수 있었다. 제주도의 주상절리처럼 강가의 깎아지른 절벽의 끝에 돌베개가 쌓여 있는 것처럼 크기와 모양이 다양한 베개용암이 나타난다. 하지만 강 건너편이라 육안으로 자세히 보기 어려워 아쉬움이 컸다.

이 아쉬움은 다음 여행지인 한탄강 가의 최고 절경 중 하나인 좌상바위에서 어느 정도 해소되었다. 재인폭포로 갈 때 좌상바위의 위용을 곁눈질로 지켜보았기에 두근거리는 가슴을 안고 잘 닦여 있는 산책로를 따라 조심조심 발걸음을 옮겼다. 풀밭에는 수많은 메뚜기와 여치가 뛰놀고, 하늘에는 꿀벌과 잠자리들이 먹이를 찾아 돌고 있었다. 현재 연천에는 인간의

한탄강의 대표적인 절경, 좌상바위

영역보다 자연의 영역이 넓다.

강을 따라 한탄강의 고요한 모습을 보며 거닐다가 길을 한 번 꺾으면 바위라기보단 산에 가까운 거대한 좌상바위의 위용이 드러난다. 높이가 약 60m로 화산재를 머금은 듯 표면에 검은 그을음을 남기고 있는 모습이다. 강가의 모래사장과 어우러져 경치가 무척 아름다웠다. 좌상바위란 이름은 원래 궁평리 마을에 있는 장승에서 유래되었는데, 궁평리 마을 좌측에 있는 커다란 형상이란 뜻에서 좌상바위가 되었다고 전해진다. 이미 여러 번 지나가고 들른 한탄강이지만 갈 때마다 새로운 매력을 발견하는 재미가 있다. 이런 중독성 때문에 나의 발걸음은 멈출 수가 없다.

아무리 좋은 풍경을 즐겨도 결국 배고픔의 유혹은 피할 길이 없다. 연천 하면 떠오르는 맛집이 무엇인가 곰곰이 생각해 보니, 연천에서 군 복무를 했던 친구의 말이 불현듯 주마등처럼 스쳐 지나가 군부대 앞의 유명 맛집 '망향비빔국수'로 가보기로 했다. 워낙 가맹점이 많기도 하고 (심지어 우리 집 앞에도 있다) 훈련소에 입소할 당시 먹었던 갈비탕이 정말 맛없었던 기억이 뇌리에 남아 조금 걱정되긴 했다. 하지만 국방색의 낡은 간판이 독특해 보였고, 유명 맛집의 기본 요소 중 하나인 건물 여기저기서 보이는 증축의 흔적들을 보니 어서 빨리 먹어봐야겠다는 생각이 들었다.

일단 기본으로 비빔국수를 주문하고, 주변을 돌아보니 대부분 사람이 만두를 주문하고 있어 나도 추가로 주문했다. 주문도 했겠다, 주위를 둘러볼 여유가 생겨서 주변 사람들을 관찰했다. 군부대 앞의 맛집답게 군인들이 옹기종기 모여 앉은 모습은 물론, 점심을 먹으러 온 현지인의 모습도 눈에 띄었다. 오랜 기간 사랑받는 연천의 대표적인 식당이란 사실이 와닿았던 순간이다.

전국 각지에 지점이 있는 식당이지만 본점의 포스는 확실히 달랐다. 영화 〈강철비〉에서 정우성이 이 자리에서 비빔국수를 게걸스럽게 먹던 장면이 떠올랐다. 첫맛은 상쾌했고 그 뒤에 알싸한 매운맛까지 더해지니 젓가락질을 멈출 수가 없었다.

깔끔한 맛이 인상적인 망향비빔국수

행복한 시간은 10분도 되지 않아 끝을 맺었고, 나도 모르게 "한 그릇 더!"라고 외칠 만큼 국수 맛의 감동은 종일 머릿속에 맴돌았다. 맛도 있었지만 연천의 역사와 전통이 깃들어 있었기에 그 맛이 더해지지 않았나 싶다. 앞으로도 지역민을 사랑을 꾸준히 받고, 맛과 정겨움이 오랫동안 유지되길 바라면서 다음 목적지로 향한다.

한반도의 역사가 앞당겨진 한탄강 변의 선사유적지

1977년 1월, 추위가 절정에 달하던 한탄강 변에서 산책을 하던 연인이 있었다. 파란 눈을 가진 군복을 입은 이방인으로 보이는 남성과 한 여인은 추운 날씨 속에서 강변을 거닐며 바닥을 유심히 바라보고 있었다. 그러다가 평평한 바닥에 자리를 잡고 잠시 쉬어 갈 생각으로 커피를 마시려고 돌을 모으던 중 군인은 한 돌멩이에 눈을 떼지 못했다. 평범한 돌멩이가 아니라 구석기 시대의 주먹도끼가 그 순간 발견된 것이다. 그 순간부터 한반도의 역사는 훨씬 앞당겨졌다.

우리나라 최초의 구석기 시대 유적인 전곡리 선사유적지가 바로 그곳이다. 그렉 보웬이라 불리는 그 이방인은 입대 전 고고학을 전공했었고, 입대 후에도 고고학에 대한 관심은 그치지 않아 강과 산을 갈 때마다 특이한 지층이 눈에 띄면 유심히 살펴보는 버릇이 있었다. 그 발견은 전 세계 고고학계에 엄청난 충격을 불러온 대사건이었다. 동아시아 지역에서는 이전까지 아슐리안형 뗀석기가 발견되지 않아, 학계에서는 석기가 발견되는 지역과 그렇지 않은 지역으로 나누며 문명의 척도를 나누었다. 하지만 이 발견을 계기로 역사책을 다시 써야 할 정도가 되었다.

시간은 흐르고 군대와 한탄강 말고 내세울 게 없던 동네 연천에서 드디어 구석기를 콘셉트로 잡아 수많은 공공시설에 원시인 캐릭터와 리얼한 원시인 모형을 설치했다. 매년 5월이면 선사유적지를 중심으로 구석기 축제가 성대히 열리고 있고, 유적지 남쪽에는 전곡 선사박물관이 새롭게 개관해서 더 많은 사람이 연천으로 몰리게 되었다.

우선 유적지를 돌아보기 전에 박물관을 찾아 어느 정도 정보를 얻어야겠다 싶어 본격적으로 선사 시대 시간 여행을 떠나 보기로 했다. 입구는 물론 근처의 화장실과 지나다니는 통로까지 좀처럼 눈길이 닿지 않는 곳까지 다양한 조형물이 디테일하게 꾸며져 있어서 박물관에 대한 기대를 한층 높

전곡리 선사박물관의 풍경

아지게 했다. 아니나 다를까 역시 박물관의 외관도 평범하지 않다. 1층을 양 측면만 남기고 붕 뜬 구조로 만들었으며, 2층을 길쭉하게 UFO 같은 외형으로 설계해 마치 타임머신을 타는 듯한 느낌을 받았다.

전시실은 큰 규모는 아니었지만, 감동을 받은 전시품이 몇 개 있었다. 실물과 똑같이 만든 살아 있는 듯한 마네킹을 인류 진화의 위대한 행진을 주제로 유인원부터 시작해 오스트랄로피테쿠스, 호모사피엔스까지 일렬로 걸어가는 모습은 정말 장관이었다. 주위에는 동물들까지 살아 있는 듯한 마네킹으로 진열해서 더 실감 났다. 전시관의 한쪽에는 긴 동굴이 설치되어 있는데, 그 속으로 들어가면 세계의 유명 벽화들이 실제 동굴의 벽화처럼 그려져 있다. 라스코, 알타미라 같은 세계적인 벽화들을 한자리에서 보니 마치 세계 일주를 다녀온 듯한 느낌이 들었다.

전곡리 유적은 그 규모가 무척 커서 다시 차를 끌고 남쪽 입구로 가야만 했다. 그 정문에는 원시인이 눈을 동그랗게 뜨면서 놀란 듯한 표정을 짓고 우리를 반겨 주고 있었다. 고대 선사인들이 살기 좋았던 지역인 만큼 넓은 평원과 강이 흐르고 있어, 많은 사람이 나들이를 즐기기 위한 목적으로도 종종 찾곤 한다. 그래도 여기저기에 있는 움막집과 조형물들은 "여기는 선사유적지입니다."라고 온

전곡리 선사박물관에 전시된 인류의 진화 모습

몸으로 말하는 듯했다. 한탄강 변은 역사의 퇴적이 누적되는 만큼 사람들의 흔적과 이야기가 흘러들었고, 아름다운 자연과 곁들어 그 유적이 곳곳에 널려 있다.

망국의 비애, 그 쓸쓸함

경기도 최북단 휴전선과 맞닿아 있는 연천은 위치만큼이나 사람들의 이목을 덜 받는 동네이기에 예나 지금이나 민간인들보다는 군인들을 더 쉽게 마주친다. 사람의 인적이 드문 연천이지만 왕조의 마지막 흔적이 진하게 남아 있다.

왕조의 시작 또는 전성기를 담은 유적과 유물은 왕조의 수도였던 도시나 박물관의 주목을 받는 장소에서 화려하게 스포트라이트를 받으며 많은 사람의 눈길을 끌고 있는 데 반해, 왕국의 마지막 흔적들은 민통선 끝자락에서 가끔 오는 방문객의 손길만 기다리고 있었다. 고구려의 당당한 풍채를 엿볼 수 있는 산 뒷자락에 신라의 마지막 왕, 경순왕의 왕릉이 자리 잡고 있다.

신라가 경순왕까지 해서 56명의 왕이 재위를 이어갔지만, 경순왕만 유일하게 경주를 벗어나 영남 지역도 아닌 외딴 연천에 묘역을 마련했다. 그것도 남방한계선과 인접한 나지막한 구릉에 자리 잡고 있었다. 주차장에서 언덕길을 10분 정도 올라가면 비교적 좁은 터에 왕릉과 비각이 쓸쓸하게 우리를 내려다보고 있다. 55대왕 경애왕이 927년 후백제 견훤의 습격을 받아 죽은 뒤 억지로 왕에 올랐지만, 이미 왕국은 경주 인근으로 쪼그라들었고 사실상 망국의 길로 들어선 지 오래였다.

후백제와 고려가 삼국통일을 위해 패권 다툼을 하는 동안 신라가 할 일은 어느 나라에 붙어야 이 나라의 백성과 국토를 안전하게 보장할 수 있겠는가 하는 것인데, 당연하게도 신라에 침입해 큰 피해와 치욕을 안겨준 후백제를 따를 수는 없는 일이었고, 이미 발해의 유민들을 받아들여 유화정책을 펼친 고려를 택하는 것은 너무나 당연하다고 볼 수 있다.

935년, 경순왕은 마의태자와 여러 신하를 반대를 무릅쓰고 고려 왕건에게 평화롭게 나라를 넘겨준 후 왕위에서 물러났다. 천년의 역사와 삼국통일의 기억만을 남긴 채 신라는 이렇게 문을 닫았다. 고려를 따르기로 한 경순왕은 고려 태자보다 높은 지위인 낙랑왕 정승공에 봉해지는 한편, 유화궁을 하사받고 경주를 식읍으로 받아 최초의 사심관으로 임명되기도 했다. 왕건의 딸과 결혼했고, 고려의 삼국통일 이후에도 정말 오래 살아 귀부한 지 43년인 978년(경종 3년)에 세상을 떠났다.

여기서 한 가지 의문점이 드는 것은 왜 경순왕의 능이 개성도 경주도 아닌 아무런 연고도 없는 연천에 위치하게 된 것인가 하는 것이다. 연천에서 개성이 생각보다 멀지 않다. 그 점을 고려해 보면 감이 조금 잡힐지도 모른다. 전하는 이야기론 개경에서 사망한 경순왕은 원래 경주에 묻히길 원했고, 상여가 경주로 향하던 와중에 고려 조정에서 연천 부근에서 더 이상 나아가지 못하게 막은 것이다. 이유인즉슨 '왕의 능은 수도 백 리로 나갈 수 없다'이지만 실은 신라의 옛 유민들이 경순왕을 매개체로 다시 부흥

운동이 일어날까 두려워서라고 보는 편이 맞다. 겉으론 큰 벼슬을 내리고 편한 여생을 살게 해주었지만, 살아가는 동안 감시의 눈초리와 갖은 견제는 결코 피하기 어려웠을 것이다. 망국 군주의 비애라고 할까?

실제로 경순왕의 능은 오랜 세월 잊혀 있다가 조선 후기에 와서 후손들이 왕릉 주변에서 묘지석을 되찾으며 발견한 것이라고 한다. 비석의 내용은 전부 마모되어 한 글자도 읽기 어려운 상태였지만, 마음의 눈으로 한 자 한 자 만들어 본다.

다시 강줄기를 따라 고개를 넘고 넘어 우리가 그동안 거쳐 왔던 여러 명소의 표지판을 다시금 살펴보고, 역사적 명소의 흔적들을 더듬어 가보니

신라 마지막 왕인 경순왕의 왕릉

연천이라는 동네의 깊이가 가늠이 되질 않는다. 이번엔 고려가 멸망하고 고려 유민들의 민심을 달래기 위해 산골짜기 깊은 곳 궁벽한 장소에 고려 시대 왕들과 공신들의 위폐를 모시고 제사를 지냈던 숭의전으로 찾아갔다.

좁은 임진강 절벽 한편에 궁색하게 자리한 터라 주차장은 무척 좁은데다가 평화누리길이 활성화되면서 자전거를 따라 국토 탐방도 하고 아름다운 경치와 함께 고려의 역사도 살필 수 있는 숭의전을 찾는 많은 탐방객으로 인해 이미 주차장은 만차였다. 역사적 명소를 향해 떠나는 걸음이 썩 가볍지는 않지만 진입로의 울창한 나무와 호젓한 숲길로 인해 머리끝에서부터 시원함이 전해지는 듯했다. 우리나라의 전국 어느 명소를 가든지 예로부터 주변의 나무와 숲이 잘 보존되어 있고, 자연경관과 문화재의 어울림이 마치 천생 부부 같아 더욱 감동으로 다가왔다.

어렸을 땐 다른 나라에 비해 규모도 작고 화려하지도 않는 우리나라의 문화재들을 보며 실망도 하고 다른 나라 사람들과 자국의 문화재에 대한 이야기를 할 때마다 움츠러들기도 하는 등 우리 문화재에 대한 열등감 아닌 열등감을 느꼈었다. 세월이 지나면서 어느덧 세계 유수의 명소도 가보고 다양한 문화를 접해 보니 오히려 우리 문화재에 대한 시각이 객관화되고, 단지 문화재 자체가 아닌 그 주변 환경까지 보는 시야가 생겨 우리 문화재만의 특유의 아름다움은 다른 나라가 따라 할 수 없는 것이란 확신이 들었다. 내 생각이 그동안 잘못된 것이었다.

우리 조상들은 다른 나라에 비해 건축물을 자연과 어우러지게 지은 것 같다. 아무리 아름답거나 거대한 건축물도 계속 보다 보면 감동이 덜해지는 데 비해, 우리 건축물은 시간이 지날수록 살고 싶고, 만지고 싶고, 계속 가보고 싶은 매력이 생긴다. 주변 환경에 비해 튀지 않게 지어서 긴장감이 사라지고, 사계절마다 앞마당에는 다양한 꽃과 풀이 새로운 아름다움을 만들어 낸다.

어느덧 언덕을 오르면 다소 엄숙한 분위기의 사당 건물군이 한눈에 들어온다. 좁은 부지에 지어져서 앞뒤로 건물이 펼쳐진 구조가 아니라 횡으로 건물들이 늘어서 있어 우리 건축물에서 좀처럼 보기 힘든 형태를 지녔다. 앞에는 건물의 연혁을 말해 주듯 거대한 나무들이 강물의 전망을 가리며 우뚝 솟아 있었다. 덕분에 시원한 경치는 보기 힘들어 아쉬운 점도 있었지만 건물 그 자체의 위엄이 되살아나는 기운을 풍기며 전체적으로 엄숙한 느낌이 강하게 풍기고 있었다.

하지만 한 고양이의 존재로 인해 그러한 긴장감이 다소 누그러졌다. 길거리에 다니는 길고양이들은 사람의 발소리만 들어도 그 자리를 쏜살같이 피하기 마련인데, 이곳 **숭의전**에 상주하는 고양이는 마치 수호신처럼 자리를 좀처럼 떠나지 않았고 사람들의 손길도 딱히 거부하지 않았다. 미물의 몸이지만 어떨 때는 사람보다 낫다. 오랫동안 숭의전의 명물로 자리하길 바란다.

숭의전은 왼쪽 문으로 들어가서 오른쪽으로 이동하면서 건물들을 살피게 되는 구조인데, 먼저 제례 준비를 하는 영암재부터 시작해 제기를 보관하는 진사청, 그리고 고려 4왕의 위패를 모신 숭의전과 16명의 고려 공신이 모신 배신청까지 둘러보고 그 문으로 나오게 되어 있었다.

숭의전에서 태조 왕건의 영정을 배알하고, 16 공신의 명패를 하나하나 살펴보며 내가 아는 인물이 누가 있나 찾아봤다. 예전에 인기리에 방영했던 드라마 〈태조 왕건〉의 영향으로 다소 낯익은 인물들도 적잖게 눈에 띄는데, 복지겸, 유금필 장군과 더불어 공산전투에서 위기에 빠진 왕건을 대신하여 목숨을 잃은 신숭겸 장군의 위패에 눈길이 좀처럼 떠나지 않았다. 고려가 멸망하고, 조선도 어느새 먼지처럼 쓰러져 갔지만 여전히 숭의전은 그 자태를 간직한 채 우리 곁을 지키고 있었다. 이러한 문화재가 우리 기억 속에서 잊히지 않도록 꾸준한 관심과 애정을 보내 주었으면 한다.

고려의 공신들과 태조 왕건의 제사를 지내는 숭의전

열차의 종점은 어디인가?

열차의 마지막 목적지 종점(終點), 지금도 마찬가지지만 어린 시절에는 열차나 버스를 탈 때마다 그곳의 종점은 어디인가 하고 궁금해했던 때가 있었다. 끝나는 지점은 과연 경유지하고 어떤 차이점이 있을까? 그곳에 가면 무언가 신비스러운 일이 펼쳐질 것만 같았다. 하교 후 시간이 남는 걸 핑계 삼아 버스를 타고 차고지까지 가본 적도 있었고, 종점을 알리는 안내 방송을 들으며 전철을 탄 적도 있었지만, 그 끝은 인적이 드문 교외지역일 뿐 특별할 게 없는 정경이었다.

어느덧 대학교에 들어가게 되고 부모님의 간섭에서 한없이 자유로워져 오로지 나를 위해 투자할 시간이 생겼다. 그러던 와중에 우연히 지하철 1호선의 장대한 노선을 본 순간 종점을 찾아 떠나던 옛 기억이 새록새록 솟아났다. 경기도의 북쪽 도시인 동두천의 소요산역에서 시작해서 충남 아산까지 이어지는 1호선의 종점을 향한 욕망이 다시금 피어난 것이다. 1호선의 종점, 소요산역을 그 근처의 소요산도 등반할 겸 날 잡고 떠나 보기로 했다.

그날은 평일, 그것도 한가한 오전이었지만 소요산을 등반하려는 등산객들로 전철 안은 앉을 자리가 없었다. 그 사람들은 종점까지 그 자리에서 일어날 기미를 보이지 않았다. 한 시간을 달린 끝에 열차는 소요산에 도착했고, 수많은 인파와 함께 하차했다. 하지만 나는 곧 새로운 사실을 알았다. 이곳은 1호선의 종점이지만 경원선 통근 열차의 두 번째 역이기도 했던 것이다. 바로 전역인 동두천역에서 출발하는 통근 열차는 이곳 소요산역까지 1호선 열차와 선로를 공유하다가 소요산을 지나 전곡, 연천, 신탄리까지 이어진다. 한 시간에 한 번만 다니는 통근 열차라 고민이 조금 들었지만 종점을 보고 싶다는 열망이 앞서 등반을 포기하고 신탄리행 열차를 타기로 했다.

30분의 기다림 끝에 통근 열차에 올랐다. 경기 북부 끝자락, 인구가 적은 편인 시골 동네를 지나가는 열차라 그런지 젊은 사람들은 거의 없고, 대부분 어르신과 부대로 복귀하는 장병들만 눈에 띄었다. 나는 큰 보따리를 밑에 내려놓은 할머니와 마주 보면서 앉아 가게 되었다. 오래된 연식을 자랑하는 기차답게 승차감이 요란했고, 속도도 그리 빠르진 않았다. 하지만 위로 올라갈수록 열차를 타는 사람도 적어지고, 도회지의 풍경도 차창 밖으로 사라져 가니 내가 생각한 종점의 이상향에 가까워지는 것만 같았다.

고개를 창가에 가만히 기대며 바깥 경치를 보며 조용히 사색에 잠기고 있는데, 한 할머니가 조용히 대화를 걸어왔다.

"저기 학생, 여기 요구르트와 옥수수 한번 먹어 봐."

마침 허기가 졌던 나는 이런 제의가 싫지만은 않았다. 그 옥수수는 어색했던 우리에게 대화의 매개체로 작용했고, 이런저런 대화를 나누다 보니 어느덧 종점인 신탄리역에 도착했다.

역에 내리자마자 앞에는 고대산이 아름답게 펼쳐져 있었고, 서울에서 느끼지 못한 시원한 공기와 정겨운 간이역, 이 모든 것이 내가 생각한 이상향에 가까운 느낌이었다. 지금은 조금 더 북쪽으로 백마고지까지 역이 연장되었지만 민통선 남쪽 끝에 있는 신탄리역이 무척 맘에 들었다. 내가 생각한 종점은 바로 이런 장소였다.

조금 더 내가 갈 수 있는 위쪽으로 최대한 올라가 보기로 한다. 낡고 빛바랜 철도 종단점의 표시는 물론 그 유명한 '철마는 달리고 싶다'라고 적힌 표지판이 보였다. 예전에는 신탄리역을 지나 금강산, 원산으로 많은 사람이 여행을 떠나는 중간 기착지였지만, 이제는 여기서 걸음을 멈춰야만 한다. 소원을 매달아두는 탑에서 나의 소중한 소원을 적어 걸어 두었고, 세월은 흘러 다시 신탄리역으로 찾아온 나는 그 소원을 다시 한번 확인했다.

"언젠가 여기서 열차를 타고 금강산까지 가기를……."

예전 기억을 되짚어 신탄리역에 다시 왔지만 아쉽게도 열차는 운행하고 있지 않았다. 2019년 4월 1일 자로 소요산을 지나 연천역까지 이어지는 전철 연장 공사에 들어갔기 때문에 동두천에서 출발했던 통근 열차의 운행이 중단되었다. 공사 중인 노선이 완공되어도 앞으로는 통근 열차 대신 서울에서 출발하는 DMZ 트레인만 이루어질 예정이라 통근 열차의 정겨움은 나의 기억 저편에서만 존재할지도 모르는 상황이 아쉽기 그지없다.

이번엔 방향을 남쪽으로 틀어 연천역으로 내려온다. 연천을 계속 여행하고 있지만 정작 연천 읍내는 이번이 첫 방문이다. 사실 연천은 군청 등 주요 관공서가 연천읍에 위치하고 있지만, 실질적으로 사람이 제일 많이 거주하고 번화한 동네는 연천읍이 아닌 남쪽의 전곡읍이다. 바로 전곡리 선사유적이 있는 그 지역이다. 그래도 이번에 연천역에 가는 것을 명분으로 삼아 찾아가는 나름의 핑곗거리를 만들었다.

지금은 잠시 운행을 중단한 연천역이지만 멀리서부터 거대한 공장의 굴뚝을 연상하게 하는 조형물이 나의 이목을 끌었다. 역에서 보이는 높은 굴뚝의 정체는 급수탑이다. 연천역의 급수탑은 문화재로 지정되었을 뿐만 아니라 그것을 중심으로 공원을 조성해서 많은 방문객이 편하게 관람하게 했다. 급수탑은 1919년 인천역과 원산역의 중간 지점인 연천역에 세워졌고, 1950년대까지 사용하다가 이제는 필요 없어서 더 이상 쓰이지 않게 되었지만 지금도 연천역을 상징하는 랜드마크로 자리 잡고 있다.

급수탑은 증기기관차에 물을 공급하기 위한 시설로서 급수를 위해 우선 우물의 물을 급수탑 바로 옆의 급수정으로 모으고 펌프를 이용해서 급수 탱크까지 올린다. 이후 열차가 그 지점에 이르게 되면 주유소에서 연료를 공급하는 것처럼 급수탑에서 물을 보충하는 것이다. 증기기관차가 디젤차로 대체되면서 급수탑의 쓰임새는 점차 사라져 갔지만, 현재는 바로 옆에 증기기관차와 함께 전시되어 있다. 나이가 지긋하신 어르신들에게는 그때의 기억을 떠올리는 매개체가 될 수도 있고, 젊은 세대들에게는 이색적인 체험 장소이자 역사를 돌아볼 수 있는 소중한 공간으로 바뀐 것이다.

인근에 공사 중인 새로운 연천역이 건설되고 나면 이젠 역으로서 수명은 끝나게 되고, 공간을 활용하기 위해 철거될지도 모른다. 하지만 개인적으로는 무작정 역을 없애기보단 철도를 주제로 한 문화 공간으로 남겨 두어서 예전 철원을 지나 금강산, 원산을 놀러 갔었던 선조들의 모습을 유추할 수 있게 만들어 둔다면 젊은 세대들 사이에서 통일에 대한 열망이 피어나올지도 모른다는 생각을 조심스럽게 해본다. 이제 연천 여행의 마지막 순간만 남긴 채 그곳을 떠난다.

김포에서 시작한 평화누리길은 파주를 거쳐 마지막 지점인 연천으로 이어지는데, 연천 지역 대부분의 산책 코스는 임진강을 따라 서쪽에서 동으로 거슬러 올라가다가 한탄강과 합류하는 지점에서부터 물길을 북쪽으로 틀며 민통선 부근까지 접근하기 시작한다.

이제 민간인이 접근하는 마지막 지점에 눈길을 끄는 거대한 조형물이 눈에 아른거린다. 바로 앞까지 차로 접근할 수도 있었지만, 이대로 연천여행의 마지막을 장식하긴 너무나 아쉬워 산책 코스를 따라 연천 최후의 만찬을 즐겨 보려고 한다. 남한 최북단 댐으로 알려진 군남댐 주차장에 차를 주차하고 트렁크에서 잠자고 있던 등산화까지 갈아 신으며 준비를 단단히 해본다.

필자가 방문했을 당시는 아직 가을이 시작된 지 얼마 되지 않았지만, 시베리아에서부터 내려온 찬 공기가 연천 지역을 지나가면서 산은 옷을 빨갛게 물들이고 노란 은행잎이 하나둘 떨어지기 시작했다. 수자원공사에서 설치한 길을 따라 슬슬 올라가 보니 어느새 탁 트인 지점이 보인다. 곧이어 산릉선 전망대에 서니 군남댐의 전체적인 조망이 확 펼쳐졌다. 군남댐은 북한의 황강댐의 방류에 대비하고 임진강의 수위 조절을 위해 2010년 건설된, 만들어진 지 얼마 되지 않은 댐이다. 규모를 크게 하면 북한 지역도 잠길 수 있다는 우려 때문에 작게 만들어졌다고 하니 이곳이 얼마나 북한이 가까운지 알 수 있었다.

이제 산등성이를 넘어 목적지를 향해 좀 더 힘을 내본다. 여기는 인간의 손때가 덜 묻은 지역이라 주위를 아무리 둘러봐도 민가 한 채, 사람 한명 보이지 않았다. 사바나 초원의 황량한 풍경에 온 것 같은 장소에서 조금 더 나 자신에게 집중하며 오랜만에 느껴지는 이런 조용한 평화를 맘껏 누려 봤다.

임진강이 유유히 흐르는 풍경을 밑에 놔두고 개안마루를 넘어 마지막 목적지인 옥녀봉 위의 조형물이 서서히 가까워지는 것 같았다. 상당한 오르막길이라 힘들었지만, 연천의 마지막 순간인 만큼 그동안 갔었던 장소의 기억을 파노라마처럼 발자국에 새기며 조심스레 올라갔다.

온몸을 땀으로 적시며 900m를 20분 동안 올라가 옥녀봉 정상에 도착하는 순간, 나에게 인사를 건네는 듯한 조형물이 눈앞에 나타났다. 거대한 위용으로 북한을 바라보는 방향으로 인사를 하는 그리팅맨이다. 북한의 연

북한을 바라보는 그리팅맨

이은 핵실험으로 남북 관계가 극에 달하던 시절, 유영호 작가는 얼어붙은 남북관계를 예술로 해소해 보겠다는 마음으로 휴전선을 경계로 남쪽은 옥녀봉, 북쪽은 마량산 정상에 그리팅맨을 설치하여 서로 인사하는 모습으로 연출하려고 했지만 아직까지 남쪽 연천에만 설치되어 있다.

하지만 결코 그 의미는 퇴색되지 않았다고 본다. 북쪽에서 내려온 시원한 바람이 나의 땀을 식혀 줬다. 아마 북쪽 동포들도 같은 바람을 맞고 있을 거라고 생각한다. 잠시 바닥에 걸터앉아 그동안 갔던 연천의 명소들을 다시금 떠올려 본다. 한탄강과 임진강이 만나는 연천은 강줄기를 따라 사람 사는 이야기, 독특한 자연경관, 선사 시대부터 시작해 고구려의 기상을 알 수 있는 성벽들과 신라 망국의 아픔이 남아 있는 경순왕릉, 고려의 옛 유신들과 왕이 모셔져 있는 사당, 남북 분단까지 아픔의 모든 시대가 겹겹이 쌓여 있다. 아직까지 사람들이 찾지 않은 자연 비경과 역사 유적지를 많은 사람과 함께하면서 연천의 모든 매력을 오롯이 즐기는 그날을 기다리며 연천편을 마무리한다.

[남양주]

다산 정약용과 조선 마지막 왕실의 자취를 찾아가다

다산 정약용과 조선 마지막 왕실의 자취를 찾아가다

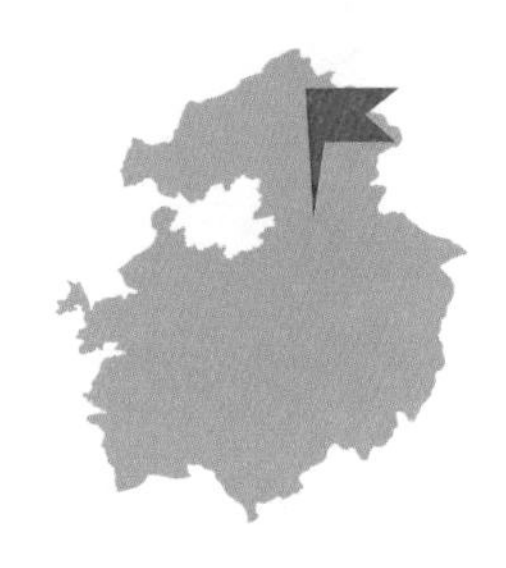

한강을 굽어보는 절경, 수종사

서울이나 수도권 지역에 사는 사람들이 강원도나 제주도로 갈 시간이 없을 때 주로 가는 근교 여행지는 어딜까? 아마 여러 지역이 있겠지만 북한강과 남한강이 아름답게 흐르는 가평과 양평이 아닐까 싶다. 강변을 따라 카페들이 좋은 목에 터를 잡고 수많은 사람을 맞이하고 있고, 소위 쁘띠프랑스, 스위스마을 등 이색 관광지와 유원지도 집중적으로 분포되어 있다. 하지만 주말마다 가평과 양평으로 향하는 인파 덕분에 사람에 치이고 가는 길은 차로 막혀 오랜 시간을 도로 위에서 보내는 일도 각오해야 한다.

서울이나 수도권에서 좀 더 가까우면서 가평과 양평 못지않은 대안을 찾길 원한다면 나는 자신 있게 남양주를 추천한다. 북한강과 남한강이 남양주에서 만나 한강으로 흐르면서 서울의 한강과는 다른 색다른 매력을 보여 준다. 특히 팔당댐을 거쳐 덕소지구에 이르는 길은 여기가 내가 알고 있는 한강이 맞나 싶을 정도로 산과 물이 아름다운 조화를 이룬다. 서울에서 사람들에게 치였던 일상을 잊고 멍하니 강을 바라보는 호사도 가능하다.

남양주는 양평의 두물머리로 가기 전 한강이 북한강하고 남한강으로 분리되는 지점에서 북한강을 따라 쭉 거슬러 올라가며 한강의 장대한 흐름과 별개로 북한강의 다른 매력을 볼 수 있다. 두물머리와 북한강을 뒤로 하고 운길산을 따라 수종사에 오르면, 그 뒤로 펼쳐지는 북한강의 아름다움에 당장이라도 북한강에 뛰어내리고 싶은 욕구가 솟아오른다. 또한 남양주는 아름다운 산들이 많다. 운길산을 비롯해 팔당역 뒤편에 있는 예봉산, 천마산, 축령산 심지어 서울과 경계를 맞닿는 곳에는 불암산과 수락산도 웅장하게 솟아 있다.

아름다운 자연경관이 많은 남양주지만 도시 자체의 매력이라든가 정체성을 물어본다면 물음표가 나올 수밖에 없다. 남양주에는 남양주가 존재하지 않는다. 어느 도시를 가든 그 도시의 중심지가 존재한다. 예를 들어 서울에는 종로, 부산에는 남포동 등 그 도시를 이끌어 갔던 중심지가 있어서 그 도시의 역사의 깊이를 더해 주고, 도시의 상징적인 얼굴을 만들어 준다. 하지만 70만의 인구를 자랑하는 남양주의 중심지는 과연 어디인가? 남양주 사람들을 붙잡아 "어디가 중심지예요?"라고 물어본다면, 거진 자신이 사는 동네를 이야기하는 경우가 많다.

한강을 따라 산의 계곡 사이 혹은 서울과 가까운 지역 여기저기에 무차별적으로 신도시가 특히 많이 세워진 도시가 남양주다. 하나의 구심점 없이 별내, 다산, 평내호평, 마석, 덕소 등 비슷비슷한 중소 규모의 시가지가 곳곳에 분산된 다핵도시, 즉 도농복합시인 것이다. 남양주의 명칭에서 보듯 원래부터 있던 도시가 아니라, 말 그대로 양주의 남쪽 경기도 최대의 넓이를 자랑했던 양주에서 떨어져 나온 역사가 있다.

웃지 못할 사연이 있는데 원래 양주는 의정부와 동두천, 구리 심지어 서울의 노원과 도봉 일대를 모두 포함하는 엄청난 규모를 지니고 있었다. 하지만 1963년 양주군 한가운데에 있었던 의정부읍이 의정부시로 승격되고, 그 외 다른 면들이 서울특별시로 편입되면서 양주는 북쪽과 남쪽이 떨어졌고 자연스럽게 분리되어 지금의 남양주가 탄생한 것이다.

월경지가 워낙 큰데 다른 뾰족한 수가 없어서 나눈 대표적인 사례이다. 게다가 남양주 지역은 한강의 상류 지역이라 상수원 보호 구역이 넓게 설정되었고 그로 인해 개발을 제한받는 상황이다. 그래서 미봉책으로 넓은 땅 이곳저곳에 중소 규모의 택지지구가 연이어 들어와 각각 섬처럼 존재해 서로 간의 소통 단절이 지속되고 있다. 시청조차 남양주는 금곡, 다산지구로 각각 나뉘어 있다. 이런 도시 구조로 인해 아직까지 남양주는 백화점 하나 없다. 남양주의 미래는 이대로 지속될까? 하나로 묶을 수 있는 아이덴티는 과연 가까운 미래에 생길까?

이번에 답사를 하면서 그 가능성을 조금 엿 본 것 같다. 남양주에는 도시를 하나로 묶을 수 있는 엄청난 인물이 있기 때문이다. 바로 다산 정약용 선생이 그분이다. 다산 정약용 선생은 필자가 굳이 첨언하지 않아도 조선 후기 실학사상으로 널리 알려진 분이고, 특히 그의 수많은 저술이 우리 인생의 지침을 가져다준다.

양평 양수리로 건너기 전 조그만 반도 모양의 마재마을에 여유당을 짓고, 서울의 관직 생활과 유배 생활을 제외한 모든 세월을 이곳에서 보냈다. 다산 정약용은 여유당 뒤편 언덕 양지바른 곳에 묏자리를 만들었다. 그리고 그 강을 거슬러 올라가면 그 유명한 다산신도시가 활발하게 건물을 지으며 남양주의 새로운 중심지로 거듭날 준비를 하고 있다.

남양주는 역사적인 답사지도 여러 군데 분포한다. 앞서 언급한 정약용 유적을 비롯해 예로부터 조선 왕가의 명당자리로 점찍어 둔 곳이다. 우선 수목원으로 유명한 세조의 광릉이 있으며, 광해군묘와 비극의 세월을 보냈던 단종의 왕후인 정순왕후의 사릉, 그리고 조선 마지막 황제인 고종과 순종의 홍유릉도 남양주에 있다. 이제 서론은 끝났다. 도시의 구조만큼이나 다양한 매력을 지닌 남양주로의 여정을 떠나 보도록 하자.

남양주의 매력은 무엇보다 한강의 아름다움을 다채롭게 살펴볼 수 있다는 점이다. 강변북로를 타고 구리를 지나 남양주로 들어오면 덕소 부근부터 오른편 너머 거대한 한강의 풍경이 눈앞으로 다가온다. 주말에는 양평 등 서울 교외 지역으로 가는 행락객들 때문에 차가 막히기 일쑤지만, 강물에 햇빛이 비쳐 일렁거리는 물결과 함께 내 마음도 차분함을 되찾았다.

덕소 지역의 도회지를 지나 팔당 지역으로 이어지는 경강로에는 수많은 베이커리와 카페가 잠시 쉬어 가라고 여행객들을 유혹한다. 특히 카페계의 공룡 스타벅스는 팔당 지역 한복판 한강이 잘 보이는 명당에 자리를 잡고 루프탑까지 갖춰 평일 대낮부터 사람들로 붐빈다.

나는 이런 번잡함이 싫어 차머리를 계속 앞으로 향했다. 팔당유원지를 지나 터널을 통과하면 속세의 시끄러움은 사라지고 강물은 더없이 고요하다. 이제 양수대교만 넘어가면 두물머리가 있는 양평으로 넘어간다. 하지만 나는 양평으로 가지 않고 그 길을 벗어나 북으로 가는 방향을 택했다.

오른편에는 한강에서 갈라진 북한강이 나의 눈길을 끈다. 남양주에서 먼저 가볼 장소는 한강의 경치를 높은 지점에서 가장 아름답게 바라볼 수 있는 절, 수종사다. 이곳을 먼저 택한 이유는 여러 가지가 있는데 우선 운길산 중턱 벼랑 끝에 자리 잡고 있어서 가는 길이 무척 험하다. 이 좁은 도로에서 맞은편에서 오는 차량과 마주친다면 그 난감한 상황은 겪어본 사람만이 알 수 있다. 참고로 초보 운전자나 엔진의 힘이 약한 차를 가지고 간다면 될 수 있도록 이 도로는 피하고 걸어서 올라오길 추천해 드린다.

게다가 많은 사람이 찾는데도 불구하고, 절의 명성에 비해 주차장 시설이 무척 열악하다. 운길산으로 올라가는 등산객들도 심상치 않게 주차하는 바람에 아침 일찍 가지 않으면 올라온 길을 다시 내려가야 하는 불상사가 생길 수도 있다. 그럼에도 불구하고 수종사의 매력과 그 절이 지닌 가치 때문에 힘든 길을 거쳐서라도 가야만 하는 곳으로 꼽힌다.

아침 일찍부터 서둘러 온 덕분에 주차장에 다행히 자리가 하나 남아 차를 대고 밑을 바라보니 저편 너머에 거대한 강이 눈앞까지 다가왔다. 그리고 반대편 산 중턱에는 수종사로 추정되는 건물들이 얼핏 보였다. 바로 앞의 일주문을 지나 꽤 높은 곳에 있어 고생 꽤나 하겠다는 생각도 있었지만 앞으로 전개될 경치의 기대감이 먼저 들었다.

수종사는 조선 전기인 1458년(세조 4년)에 당시 왕이었던 세조의 명으

수종사를 대표하는 두 보물, 수종사 팔각오층석탑과 수종사 부도

로 건립되었다. 세조가 금강산 유람을 하던 도중 이곳에서 하룻밤을 묵게 되었는데, 한밤중에 굴 안에서 물방울 떨어지는 소리가 마치 종소리처럼 울려 나와 수종사라는 명칭이 붙었다고 한다.

이곳은 조선 시대부터 자연경관이 대단히 훌륭한 곳이라고 소문이 났으며, 조선 전기의 이름난 유학자 서거정이 동방에서 제일의 전망을 가진 사찰이라 평가하며 예찬하는 시를 지었다. 조선 후기에는 초의선사가 정약용과 교류하며 다신전, 동다송 등의 차와 관련된 여러 저서를 남겨 놓아 한국 다도 문화의 원류로도 꼽히고 있다. 현재도 수종사는 '삼정헌'이라는 다실을 지어 차 문화를 계승하고 있다.

차를 타고 꽤 험한 길을 올라왔음에도 불구하고, 일주문에서부터 급격한 경사길을 또 올라가야 한다. 도중의 미륵보살로 보이는 석상에서 앞으로의 여행이 무탈하도록 기도를 드린 후 다시금 발걸음을 이어갔다. 곧이

수종사 삼정헌에서는 북한강의 경치를 내려다보며 다도를 즐길 수 있다.

어 불이문이 나오고 그 길은 어느덧 계단으로 바뀌었다. 조심스럽게 오르다 보면 수종사의 경내를 알리는 해탈문이 나온다. 겉보기와 달리 생각보다 경내가 넓었다. 이곳을 방문한 사람들은 수종사를 살펴보기보다 수종사에서 보이는 장엄한 한강의 풍경을 감상하기에 바빴다.

하지만 나는 그전에 수종사의 경내를 조금 살펴보기로 했다. 절은 규모가 크진 않지만 한강을 앞마당으로 삼고 좁은 부지에 건물들이 넓게 펴져 있어 호방한 기운이 여기저기 감돌고 있었다. 수종사는 조선 왕가들과의 인연이 유난히 깊은데, 세조와의 인연은 물론 태종의 딸 정혜옹주의 승탑과 태종의 후궁인 명빈 김씨와 성종의 후궁들이 함께 발원하여 조성한 팔각오층석탑이 있다. 조선 말 주지로 있던 풍계 해일이 고종에게 8천 냥을 하사받아 수종사를 중창하였다고 하니, 필시 왕실과 얽힌 무슨 연유가 있

수종사의 아름다운 풍경

었을 것이다.

앞서 언급한 수종사를 대표하는 두 보물, 수종사 팔각오층석탑과 수종사 부도의 솜씨가 남달라 보인다. 우리나라 석탑은 삼층석탑의 양식이 대부분인데 월정사의 팔각구층석탑을 축소해 놓은 듯한 느낌이 물씬 풍겼다. 고려 말에서 조선 전기까지는 원나라의 영향이 진하게 남아 있어 아무래도 그런 스타일을 계속 선호했을 것이다.

석탑 안에서는 선조의 비 인목왕후가 발원한 약사여래와 일광보살, 월광보살 등 불상 20구가 발견되었는데, 지금은 석탑 품을 떠나 불교 중앙박물관에 전시되어 있다고 한다. 유교를 국가의 이념으로 삼은 조선이지만 왕실의 여인 사이에서는 불교가 널리 숭상되었음을 알 수 있었다.

바로 옆에는 승탑이 하나 있는데 탑신에 용무늬가 희미하게 새겨져 있어, 한눈에 봐도 승탑의 주인공이 범상치 않은 인물임을 짐작할 수 있었다. 바로 태종 이방원의 딸인 정혜옹주의 승탑이었다. 태종 이방원은 조선 왕가에서도 불교를 억압하던 둘째가면 서러워할 인물인데, 어떤 연유로 그 딸의 승탑이 수종사에 있는 걸까?

태종의 후궁 의빈 권씨는 태종이 승하한 이후 비구니가 되었는데, 하나밖에 없는 딸인 정혜옹주가 먼저 죽자 딸의 극락왕생을 기원하며 화장했다고 전해진다. 그나마 불교의 탄압이 잠잠했던 세종 시대라 가능하지 않았을까 추측해 본다.

이제 수종사의 하이라이트인 북한강의 경치를 마음껏 감상할 차례다. 다실도 옆에 있어서 차를 받아 놓고 다실에 조용히 앉아 하염없이 지켜봐도 되지만, 산골에서 불어오는 바람을 맞으며 그 경치를 마음껏 즐기고 싶었다. 여태껏 우리나라의 많은 사찰을 가봤지만 경치가 이렇게 압도적인 절은 처음이었다.

추운 날씨 속에 따뜻한 차 한 잔을 마시니 몸과 마음이 눈 녹은 듯 녹고, 멀리 북한강과 남한강이 만나는 양수리에서 오는 기운이 고스란히 나에게 전해져 오는 것 같았다. 이제 산을 내려와 본격적으로 강가마다 전해져 오는 남양주의 역사 이야기를 나눠 보도록 하자.

수종사의 산 중턱을 내려오는 길은 올라가는 것만큼이나 쉽지 않았다. 수종사로 들어가는 차량과 아찔한 상황을 몇 번이나 겪었다. 접근하기 쉽지 않기에 수종사의 경관이 지금까지 보존되지 않았을까 하는 추측도 해

물의 정원에서 바라본 풍경

봤다. 어느새 다시 평지가 나오고 바로 눈앞에 북한강의 아름다운 풍경이 펼쳐졌다. 그 강을 중심으로 공원이 조성되어 있는데, 바로 자전거 라이딩 명소로 꽤 유명한 물의 정원이다.

경기 중앙선 운길산역에서 멀지 않은 물의 정원은 2012년 국토교통부에서 4대강 사업과 병행해서 조성한 광대한 넓이의 수변생태공원이다. 특히 전철을 타고 쉽게 접근할 수 있다는 장점 덕분에 운길산역 맞은편에 있는 자전거 대여점에서 자전거를 빌리고 물의 정원까지 라이딩을 하는 가족, 연인들이 많다고 한다. 물의 정원의 주차장은 안쪽과 바깥쪽 양옆에 있기에 자차를 이용하는 관광객들도 편하게 올 수 있는 명소로 자리매김하고 있다.

입구에는 푸드 트럭도 영업 중인데, 물의 정원 내에는 따로 매점이 없기 때문에 음료수나 물을 미리 준비하지 못했다면 여기서 사는 것도 나쁘지 않다. 물의 정원이라고 해서 인위적으로 조경을 한 것 같은 시설물이 특별히 있는 게 아니라 라이딩을 하거나 걸으면서 북한강의 아름다움을 볼 수 있는 공원에 가깝다. 5월에는 양귀비, 9월에는 코스모스를 만끽할 수 있다고 하지만, 필자가 방문했을 때는 아직 겨울이 지나간 지 얼마 되지 않아 황량하기 그지없었다. 그 황량함 속에서 강 쪽을 바라보며 오랜만에 상념에 젖었다.

물의 정원은 강변산책길, 물향기길, 물마음길, 물빛길 등 산책로와 전망대가 잘 조성되어 있다. 산책로 중간에는 물의 정원의 하이라이트라고

왈츠와 닥터만 커피박물관

할 수 있는 보행교와 각종 포토 존이 유난히 많아 가는 발걸음을 멈추게 만든다. 특히 가장 인상 깊었던 장소는 강가에 홀로 쓰러져 가는 고목 한 그루인데, 이미 수명을 다해 뼈는 앙상하지만 그 자태가 남달라 사람들의 이목을 끌고 있었다. 새벽에 물안개 필 때 오면 더욱 아름다울 것 같다는 생각이 들었다. 날은 아직 쌀쌀하고 주변에 꽃도 피지 않았지만, 그 덕분에 번잡하지 않아서 물의 정원을 걷는 시간이 행복했던 것 같다.

이제 물의 정원을 나와 북한강을 따라 북쪽으로 이동한다. 가평으로 이어지는 도로변에는 간판만 봐도 맛있어 보이는 맛집이 두루 분포되어 있다. 북한강의 아름다운 경치를 즐기며 맛있는 음식을 먹는 것만큼 행복한 일이 있을까? 순두부, 동치미 국수, 수제비 등 운길산역 근처 맛집마다 유난히 차량의 행렬로 북적인다. 하지만 나의 목적지는 북한강의 아름다움을 즐기며 맛있는 커피를 즐길 수 있는 왈츠와 닥터만 커피박물관이다.

북한강 강변에 바짝 붙은 채 붉은색 벽돌 건물로 지어져 고풍스러움이 물씬 풍기는 커피박물관은 아름다운 왈츠가 주차장부터 울려 퍼진다. 클래식카가 마당에 놓여 있어서 마치 유럽에 온 것 같은 느낌을 받을 수 있다. 커피에 대한 세계 각국의 독특한 역사와 정보를 소개하고 커피를 체험하고 소통하는 공간인 박물관과 식사와 커피를 즐길 수 있는 카페로 나누어져 있지만, 현재 박물관은 코로나로 인해 잠정 휴관 상태라고 하니 아쉽기 그지없었다.

여기까지 와서 커피 한잔하지 않으면 안 될 것 같았기에 레스토랑 내부로 들어가니 고풍스러운 찻잔과 식기들, 오래된 가구들이 어우러져 복고풍의 분위기가 물씬 풍겼다. 왈츠와 닥터만 커피박물관은 주인의 정성과 애정이 엿보이는 유럽 귀족의 저택 같았다. 아늑한 분위기 속에 세월의 때가 묻은 소파에 앉아 북한강을 하염없이 바라보았다. 한동안 넋을 잃고 주문하는 것을 잊어버리고는 웨이터가 재차 권할 때 비로소 커피를 주문했다.

참고로 이곳은 커피 값이 무척 비싸다. 순간 커피 가격인지 음식 가격인지 헷갈릴 정도였지만, 큰맘 먹고 세계 3대 커피 중 하나인 블루마운틴을 2만 원에 주문했다. 항상 가성비를 중시한 필자였지만 분위기와 맛만 괜찮다면 한 번씩 마셔보는 것도 괜찮다고 생각한다.

가격이 비싼 만큼 맛도 괜찮았고 서비스도 괜찮았다. 매주 금요일마다 금요음악회를 개최하여 여기서 클래식 음악회도 연다고 하니 연인이나 가족끼리 날 잡고 와도 좋을 곳이다. 이제 마음껏 북한강의 경치를 즐겼으니 이번에는 강에 얽힌 역사의 향기가 물씬 풍기는 장소로 함께 이동해 보도록 하자.

조선의 다빈치, 정약용의 흔적을 따라서

남양주를 대표하는 인물은 누구일까? 서울과 가깝다는 지리적 이점 덕분에 수많은 역사적 인물들이 남양주를 거쳐 갔지만, 대표적인 인물을 뽑는다면 단연코 다산 정약용 선생이라 할 수 있다.

그를 단순히 『목민심서』를 저술한 실학자라고만 정의할 수는 없다. 다양한 저술 활동은 물론 거중기를 고안해 '수원화성'이라는 계획도시를 설계할 정도였다. 가히 조선이 낳은 레오나르도 다빈치라고 할 수 있는 르네상스형 인간인데, 시대를 잘못 만나 천주교 박해사건과 연관돼 18년간 귀양살이를 하는 등 많은 고초를 겪었다.

당대에는 크게 인정받지 못했지만 현대에 들어서며 그의 삶과 사상이 재평가되고, 지금은 대한민국 국민이면 다산 정약용을 모르는 사람은 없으리라 본다. 현재 남양주 조안면 능내리(당시 광주군)에는 다산 정약용의 생가와 기념관 그리고 무덤이 있어 남양주시에서는 다산 정약용과의 인연을 유난히 강조하고 있다.

특히 뚜렷한 중심지 역할을 하는 상업지구 없이 각각의 신도시로 분산되어 있는 남양주가 다산 정약용의 이름을 딴 다산신도시를 만들고 난 뒤, 신도시 내부에는 각종 상업 시설과 도서관, 심지어 시 2청사까지 이미 들어섰다. 수도권 동북부 거점도시로 도약하려는 남양주시에 다산 정약용 선생은 단순히 인물 이상의 상징적인 존재일지 모른다.

하지만 그의 이름을 본떠 만들어진 다산신도시는 천편일률적인 아파트 숲과 개성 없는 상가 건물이 들어서 있는 여느 다른 신도시와 큰 차이가 없어 보였다. 그나마 전국 공공도서관 5위의 규모를 자랑하는 거대한 정약용 도서관이 다산 신도시에 들어섰다.

도서관은 시설 자체로는 무척 훌륭하다. 일단 지하주차장이 잘 갖춰져 있고, 세련된 인테리어를 자랑한다. 도서관 내부에는 카페도 입점해서 커피를 마시면서 독서를 즐길 수 있는 등 문화 시설을 즐기기엔 최적의 조건

다산 정약용이 말년을 보내던 여유당의 모습

이다. 하지만 이 도서관이 정약용도서관이 아니라 어느 다른 도서관과 차별성이 있을지는 미지수다. 개인적으론 정약용의 사상이 녹아들어 있는 소통하는 도서관의 느낌보다는 부자가 단순히 집을 자랑하기 위해 돈을 들여 여기저기 치장한 느낌이 물씬 풍긴다.

우리는 주거 공간을 얻기 위해 많은 돈을 벌고, 혹은 대출을 받아 직장과의 거리, 자녀 교육, 기타 환경 요건 등을 면밀히 고려한다. 그 장고 끝에 고른 집 혹은 신도시가 될 터인데, 신도시는 아직까지 문화적 요건을 충족시키지 못하는 것 같다. 요즘 땅 투기나 집값 상승으로 인해 신도시 문제가 세간에 오르내리고 있다. 다산신도시는 정약용 선생의 호를 붙여서 만들어진 도시인 만큼 앞으로 그의 정신과 삶에 부끄럽지 않도록 다시금 거듭

다산 정약용 유적지에 조성한 문화의 거리

나길 바란다.

각설하고 물의 정원에서 북한강을 따라 팔당호 쪽으로 내려가면 반도처럼 불룩 튀어나온 부분이 있는데 그곳에 정약용 유적지가 자리 잡고 있다. 정약용 선생은 이곳 마재마을에서 어린 시절을 보냈으며, 귀양살이에서 돌아와 57세부터 75세로 돌아가실 때까지 유유자적하며 지내던 곳이다. 정약용 선생의 고향인 이곳은 두물머리 서쪽에 위치하며 풍광이 무척 좋기로 유명하다. 수많은 화가와 사진작가도 이곳을 자주 찾기도 하고, 밤에는 별을 볼 수 있으며 새벽녘에는 물안개가 산을 휘감는다. 정약용 선생은 이곳에서 배를 타고 서울을 드나들었으며 주변의 수종사와 운길산 등지로 유람을 떠나기도 했다고 한다.

마재마을로 들어서기 위해서는 언덕을 넘어가야 하는데 직전에 마재성지라 불리는 장소가 있어 가볍게 한번 둘러보았다. 정약용 선생뿐만 아니라 형제들도 그 명성이 대단한데, 특히 셋째 형 정약종은 천주교 신자로 활동하다 신유박해 때 순교했다. 그런 그를 기리기 위해 마재성지를 조성하였다. 마재마을로 들어서자 맞은편에는 정약용 유적지와 실학박물관이 있는 다산 문화의 거리가 눈길을 끌었다. 그 주변에는 어느 풍광 좋은 명소와 다름없이 카페와 식당들이 들어섰다. 현실적으로 어렵지만 이런 장소에 비슷비슷한 베이커리 카페 대신 북 카페나 독립 서점 혹은 문화 공간이 들어서면 더 좋았을 텐데 하는 아쉬움이 들었다.

하지만 문화의 거리는 나름대로 괜찮게 조성해 놓아서 바닥에 새겨 놓은 다산 정약용의 저서들을 살펴보고, 거중기의 실물 모형이 있어 정약용 유적지에 왔다는 것을 실감할 수 있었다. 그 길의 끝에는 실학박물관이 있지만 시간이 안 맞아 다음 기회로 미뤄야만 했다. 아쉽긴 했지만 이러한 아쉬움이 있어야 또 오게 되니 다음을 기약했다.

본격적으로 정약용 유적지의 문으로 들어서면 넓은 잔디밭과 함께 뒤편에는 정약용의 묘가 있는 언덕이 솟아 있다. 전체적으로 포근하고 아늑함을 주는 집터였다. 우선 정면에 보이는 정약용의 생가인 여유당으로 이동했다. 여유당은 대홍수로 유실되어 새로 복원한 건물이지만 여전히 고즈넉한 느낌을 주는 아름다운 한옥이었다.

당호인 여유는 선생이 모든 관직을 버리고 가족과 함께 고향으로 들어가 지은 것으로, 그의 저서인 『여유당기』의 내용을 보면 '여'는 겨울의 냇

물을 건너는 듯하고 '유'는 사방을 두려워하라는 노자의 말에서 따왔다고 한다. 현대인의 사회 처신술에 대한 가르침을 조금 받으면서 'ㅁ' 자 형태의 집을 천천히 둘러보았다.

이제 그의 묘소로 천천히 올라가 본다. 묘는 한강이 내려다보이는 아늑한 언덕 양지바른 곳에 자리 잡고 있었다. 생전에 뜻을 펴지 못한 채 귀양살이에서 돌아온 정약용 선생은 한강을 바라보며 무슨 생각에 잠겼을까? 오히려 세상 사람들이 알아주지 못했기 때문에 수많은 저서를 남긴 것은 아닐까? 당대에는 인정받지 못했지만 그가 남긴 저서로 인해 우리는 그를 기억하고 지금도 그의 사상을 연구하고 있다. 우리나라뿐 아니라 유네스코에서도 정약용 선생을 매우 중요한 한국의 철학자로 인정하고 있다. 이처럼 그의 저서와 행적들은 현대인들에게 삶의 이정표를 만들어 준다. 남양주시도 그의 이름을 걸고 여러 사업을 하는 만큼 단순히 이름만 빌리는 행태는 되지 않았으면 좋겠다. 그를 통해 도시의 정체성을 확고히 하며 문화의 향기가 물씬 풍기는 남양주로 다시 거듭나길 바란다.

다산 정약용 유적지가 있는 마재마을에서 고개를 넘어 좌측으로 꺾으면 능내역이라 써진 표지판이 눈에 들어온다. 지금은 열차가 다니지 않는 폐역이지만 대학교에 다니던 시절에 중앙선 열차를 타고 능내역을 거쳐 갔던 기억이 희미하게 떠올랐다. 지금은 KTX도 지나가고 수많은 산에 터널을 뚫어 빠르고 편하게 갈 수 있는 중앙선이지만, 예전엔 구불구불한 철로를 힘겹게 넘어갔던 것으로 기억한다. 기차는 느리지만 강변에 바짝 붙어 시시각각 한강의 아름다움을 훑으며 지나간다. 나는 창가에 앉아 한강

옛 정취가 살아 있는 능내역

의 모습을 지켜보며 사색에 빠졌던 추억을 다시금 느끼고 싶었다.

능내역으로 진입하는 입구는 벌써 수많은 사람이 진을 치고 (혹자는 삼각대를 세워 놓고) 사진을 찍고 있었다. 기차가 다니던 시절에도 이토록 붐비지 않았건만 생각지도 못했던 모습에 깜짝 놀랐다. 능내역은 간이역이지만 조그마한 주차장을 구비하고 있었다. 폐역이 되었음에도 불구하고 황량함이 느껴지기보단 연인, 가족들이 추억을 공유하고 소통의 장으로서 기능하고 있었다.

능내역의 간판은 녹이 슬었고, 마당에는 잡초가 무성히 자랐지만 오히려 그런 점이 옛 기억을 떠오르게 하는 감성을 불러일으키는 것 아닐까? 작은 역 내부에는 예전 모습을 짐작하게 하는 흑백사진과 하루에 네 차례

연인, 가족들이 옛 추억을 찾기 위해 능내역을 방문한다.

다녔던 시간표가 그대로 남아 있었다. 흑백사진 속 사람들은 어디서 무얼 하며 지내고 있을까? 문득 궁금증이 밀려왔다.

역의 문을 열고 철길이 지나가는 곳으로 나가 봤다. 기차는 더 이상 다니지 않지만 철길 바로 옆에 자전거 도로가 반듯하게 조성되면서 자전거를 타고 능내역을 지나치는 바이크족이 심심치 않게 보였다. 사람들은 저마다 철로에 서서 사진을 찍으며 새로운 추억을 만들어 가고 있었다.

능내역 구석에는 우체통도 있으니 자신에게 쓰거나 사랑하는 가족이나 연인에게 역에서 느낀 감성을 적어서 보내는 것도 좋을 것 같다. 시간이 흐르고 어른이 되어가면서 문득 과거의 좋았었던 기억을 되짚으려 노력한다. 세월은 지날수록 변화는 빨라지고 풍경들은 점점 옅어져만 간다. 속도와 시간이 중시되고, 직선화를 거쳐 낡은 역들은 시간이 멀다 하고 사라지고 있다. 이런 간이역들의 역할은 끝났지만 우리 추억의 매개체로 삼아 부디 오래도록 보존되길 바란다.

한동안 감성에 빠져 있었다. 이번엔 다시 한강의 하류, 팔당 쪽으로 돌아간다. 우연히 팔당터널로 이어지는 6번 국도가 아니라 한강과 바짝 붙어 있는 왕복 2차로인 다산로를 타게 되었는데, 팔당댐을 거쳐 산에 맞닿아 있는 강의 우람한 자태를 몸소 느끼니 절로 탄식이 나왔다. 이곳에 숙소를 잡고 해 질 녘의 광경을 보고 싶은 마음이 들었다. 하지만 길 끝 쪽에 자리한 팔당유원지의 수많은 카페로 인해 그 정취가 깨졌다. 이제 다음 목적지인 **남양주시립박물관**으로 이동할 시간이다. 팔당역 바로 옆에 있는 자전거 대여점들이 눈에 들어온다. 추측건대 팔당역까지 전철을 타고 와서 남한강 자전거 길을 따라 두물머리나 운길산역 쪽으로 이동하는 듯했다.

그 팔당역 바로 옆에 박물관이 나름 크게 자리하고 있다. 팔당역 부근이 꽤나 번잡해서 박물관에도 어느 정도 사람이 있겠거니 생각했다. 그 기대는 입구에서부터 무너져 내렸다. 박물관을 관람하는 동안 관람객은 한두 팀밖에 되질 않았다. 박물관 팸플릿이 있어야 할 자리는 텅 비어 있었다. 안내 직원에게 물어봐도 남양주 관광 안내 지도만 심드렁하게 내준 게 다였다. 덧붙여 현재 2층은 운영하지 않고 1층 전시실만 관람할 수 있다고 알려 줬다.

필자는 보통 어느 국가나 도시를 여행할 때마다 그곳의 대표 박물관을 한 번씩 살펴본다. 박물관마다 화려한 전시품이 있는 경우도 있고 거대한 넓이로 사람을 기죽이는 곳도 더러 있지만, 박물관의 수준에 따라 그 나라나 도시의 문화적 품격을 살펴볼 수 있는 지표로 유용하게 사용할 수 있다.

남양주의 대표 박물관은 과연 어떨지 차분하게 살펴봤다. 전시실 입구에 들어서자 "한강을 끼고 있는 군사적, 경제적 요충지, 왕실의 요람, 학문의 본고장 남양주"라는 말이 나에게 거창하게 다가온다. 세조, 광해군, 고종, 순종 등 수많은 왕과 왕실의 묏자리가 대거 남양주에 분포해 있으니 왕실의 요람이란 말은 확실한 것 같다. 서울에서 멀지 않을뿐더러 풍수지리상으로도 괜찮은 곳임은 확실하다. 조말생, 정약용 선생도 남양주에 마지막 안식처를 두고 발자취를 진하게 남겼다.

박물관을 천천히 살펴보면서 남양주가 가지고 있는 문화적 저력은 존

남양주의 대표적인 박물관인 남양주시립박물관

재하지만 과연 이것을 남양주시에서는 잘 활용하고 있는지 의문이 들었다. 박물관의 주 역할이 역사적인 유물을 보존하고 대중에게 문화적으로 기여를 해야 한다는 것이라고 봤을 때, 남양주시립박물관은 단지 과거의 화려했던 역사에만 의존하는 듯한 인상을 강하게 받았다. 대중들에게 좀 더 사랑받는 박물관이 되길 바라는 마음으로 다음 목적지를 향해 떠난다.

조선 시대 왕이나 왕비가 승하하면 엄격한 국법의 예에 따라 왕릉 조성의 절차가 이어진다. 유교를 근본이념으로 삼은 조선왕조는 중국 왕조의 황릉처럼 화려하게 만들진 못했지만, 당대 최고의 지관들을 동원했고 풍수지리설에 입각해서 심혈을 기울여 왕릉의 위치를 결정했다. 왕릉의 위치가 결정되면 본격적으로 왕릉을 만드는 작업이 시작되는데, 능은 위치

남양주와 관련된 역사적인 인물, 문화를 다루는 남양주시립박물관

나 특별한 사정에 의해 조금씩 규모나 양식은 달라졌지만 전반적으로 비슷한 틀을 가지고 있다.

왕릉 입구에는 제사를 준비하는 건물인 제실이 있고, 이어서 조그만 냇가를 건너면 이곳이 신성한 장소임을 표시하는 붉은색 홍살문이 우리를 맞아 준다. 홍살문에서부터 참도라는 길이 본격적으로 이어지는데, 참도의 가운데 부분은 왕의 영혼이 다니던 신도라고 하고, 옆의 부분이 왕이 실제로 지나가는 어도라고 부른다. 참도가 끝나는 지점에는 지붕이 '丁' 자 형태로 튀어나온 정자각과 그 위로 솟아오른 왕릉의 봉분이 어렴풋이 보인다. 정자각은 향을 올리고 제사를 지냈던 장소로, 정자각 내부에 제사상은 좀처럼 보기 힘들지만 모형이 남아 있어 왕실의 제사상은 어떤지 짐작해 볼 수 있다.

정자각 뒤편은 능침 구역으로 왕과 왕비가 묻혀 있는 봉분은 물론 무인상과 문인상 등 여러 석물들이 집중적으로 배치되어 있다. 하지만 이 구역의 출입은 보통 금지되었고, 특별한 날이 아니면 멀리서만 봐야 하는 아쉬움이 있다. 자연스레 조선왕릉의 관람은 문화재, 유적 답사의 느낌보다는 자연을 즐기고, 숲을 거니는 공원의 산책처럼 여겨졌다.

비슷비슷한 양식과 구성으로 인해 왕릉과 묻혀 있는 인물들에 대한 사전 정보가 없다면 자칫 지루한 여정이 될 수 있다. 하지만 유네스코가 세계문화유산으로 지정하면서 그 가치를 인정받은 조선왕릉인 만큼 열린 마음으로 마주 본다면 아는 만큼 인식의 지표도 넓어지지 않을까 싶다.

오백 년의 역사를 간직한 왕실 숲

남양주는 경기도의 다른 도시 가운데서도 유난히 조선왕릉이 많기로 유명하다. 서오릉과 서삼릉이 위치한 고양과 동구릉의 구리와 달리 대규모 왕릉군은 없지만, 남양주의 자리 좋은 곳 여기저기에 여러 사연을 가진 왕릉들이 분포해 있다.

그중에 나의 발길이 가장 먼저 닿는 곳은 바로 영화 〈관상〉의 주인공이자 계유정난으로 조카를 쫓아내고 왕위에 오른 수양대군, 즉 세조가 묻힌 광릉이었다. 꽤 이름을 알린 왕의 무덤이지만 현재 광릉은 세조보다는 국립수목원(전 광릉수목원)의 울창한 숲으로 이름난 곳이다.

광릉에 접근하기 위해서는 크게 두 가지 방법이 있는데, 하나는 양주의 회암사지를 관람하고 한적한 시골길을 통해 접근하는 것이고 다른 하나는 수도권 순환 고속도로에서 퇴계원IC를 나와 남양주의 중심부를 북에서 남으로 가로지르는 왕숙천을 따라 올라가는 것이다. 아마 한적한 여행을 선호했다면 전자를 택했겠지만, 나는 남양주의 전체적인 도시 구조를 살펴보고 싶은 마음이 강했다.

왕숙천을 따라 올라가면서 빠르게 건물들이 세워지고 있는 신도시의 광경을 볼 때마다 우리나라의 수도 집중 현상이 갈수록 심각해지고 있는 것이 보였다. 왕숙천을 따라 신도시가 조성된다면 진건, 진접, 별내, 퇴계원 등으로 생활권이 각기 떨어져 있는 남양주를 한 곳으로 이어지게 만드는 것에는 도움이 되겠지만, 한편으로 예전의 아름답고 한적했던 남양주의 풍경이 점점 사라져 가는 게 아쉬웠다. 각설하고, 어느덧 진접을 지나 광릉숲으로 들어가는 갈림길에 도착했다. 들어가는 초입은 일명 '광릉내'라고 부르는 마을로 주말마다 많은 사람이 광릉숲을 방문하기 위해 찾아와서 자연스럽게 먹거리 타운이 형성되었다.

1980년대에도 이곳을 찾는 사람들이 많았다는 것을 보여 주듯 1984년부터 영업해 온 한 식당이 눈에 띄었다. 외식의 역사가 비교적 짧고 변화가 빠른 한국에서 40년 가까이 장사를 했다는 의미는 맛이 최소 기본 이상 보장된다는 뜻일지도 모른다. 버섯과 견과류 등이 들어간 돌솥밥과 불고기를 같이 곁들여 먹으니 역시 예상대로였다.

광릉돌솥밥의 주 메뉴인 소고기 불고기

이제 본격적으로 광릉숲을 탐사해 볼 차례다. 봉선사를 지나 초입으로 들어서자마자 키가 웃자란 활엽수들이 쭉쭉 뻗어 하늘을 막으며 늘어서 있었고, 빈틈없이 들어찬 수많은 나무와 식물이 뿜어내는 녹색의 싱그러움과 흙냄새가 나의 코를 시원하게 자극했다. 서울에서 멀지 않은 동네에 이런 공간이 아직 남아 있다는 것 자체가 신비하게 느껴질 따름이었다.

광릉숲은 조선 세조가 생전에 직접 이곳을 둘러보고 장지를 정한 이후에 경작과 매장은 물론, 조선 시대 460여 년 동안 풀 한 포기 뽑는 것조차 금지되었던 보호 지역이었다. 그 당시 백성들은 감히 들어가지 못하는 금단의 구역이었지만, 시대가 바뀌면서 그 혜택을 일반 시민들 누구나 마음껏 누릴 수 있게 되었다. 수백 년간 잘 보존된 원시림을 차를 타고 지나가는 호사를 누리면서 새삼스레 이 지역에 사는 사람들이 부러워지기 시작했다.

광릉숲은 자동차뿐만 아니라 도보로도 잘 다닐 수 있게 산책로가 조성되어 있다. 봉선사에서 시작해서 광릉을 거쳐 국립수목원으로 이어지는 경로로, 총 3km의 거리로 구성되어 있으며 한 시간 정도면 충분히 걸을 수 있다. 어느덧 광릉이라 써진 주황색 표지판과 함께 광릉주차장이 보이기 시작했다. 드디어 세조와 정희왕후가 묻힌 광릉에 도착한 것이다. 광릉숲의 원래 주인이자 우리에게는 수양대군이라는 이름으로 친숙한 세조는 조카와 신하들을 죽이고 왕이 되었다는 이유로 많은 비난을 받고 있다. 생전

쿠데타로 정권을 잡은 조선 7대 임금 세조의 광릉

광릉 입구에 보존되어 있는 하마비
(말에서 내려 걸어가야 하는 표시)

에 저질렀던 악행을 용서받고 싶은 마음인지 모르겠지만, 월정사, 낙산사 등의 여러 불교 사찰을 중흥시켰으며 석실과 병풍석을 조성하지 말고 무덤을 간소하게 만들라는 유언을 남기기도 했다.

천천히 숲을 가로지르며 세조에 대한 이런저런 평가를 되새겨 봤다. 왕이 되고 나서 비교적 무난한 정책을 펼쳤지만 명분이 없는 쿠데타로 정권을 잡았다는 사실은 변하지 않는다. 정권 자체가 유지할 동력이 딱히 없었기 때문에 세조는 공신들에게 권력을 마음껏 나눠 주며 이른바 '형님 정치'를 펼치게 된다. 공신들은 제어할 윗선이 없기에 갈수록 심하게 수탈했고 백성들의 피해는 더욱 극심해졌다.

쿠데타라는 행위는 현대에도 형태를 바꿔가며 계속 반복되고 있다. 저 멀리 미얀마에서도 그 피해는 계속되고 있지 않은가? 어느덧 정자각에 오르니 동원이강릉(같은 산줄기에 좌우 언덕을 달리해서 왕과 왕비의 능을 따로 모신 형태) 형식인 광릉이 위엄스러운 자태로 우뚝 서 있었다.

왼쪽 언덕의 봉분이 세조가 묻힌 능이고, 오른쪽 언덕의 봉분은 성종을 수렴청정했다고 알려진 정희왕후의 능이라고 한다. 세조에 대한 다양한 평가가 있겠지만 다른 건 몰라도 후손들에게 좋은 숲 하나 물려준 것은 잘한 일이라 생각한다.

이제 그 숲 안으로 들어가 본격적으로 우리나라 최고의 수목원인 국립수목원으로 한번 가보도록 한다. 국립수목원은 예전에 광릉수목원으로 널리 알려졌다가 현재 국립수목원으로 이름이 바뀌었다. 광릉에서 나오자마자 바로 길 건너편에 국립수목원 입구가 보이면서 '여기서부터 포천입니다'라고 알리는 표지판에 눈길이 갔다. 불과 몇백 미터밖에 떨어지지 않았는데 광릉은 남양주시에 속하고 국립수목원은 포천시에 속하는 아이러니함이 전해져 왔다. 그래도 같은 남양주권에 속해 있는 만큼 국립수목원도 남양주편에서 함께 다루기로 하자.

몇백 년 전부터 울창한 산림이 조성되어 있는 광릉숲을 바탕으로 조성된 국립수목원은 다른 수목원들과 달리 미리 전화나 인터넷 예약을 통해서 들어가야 하는 까다로움이 있다. 절차가 복잡함에도 불구하고 주차장에는 벌써 차로 가득해서 좀처럼 주차할 공간이 보이지 않았다. 도시 생활에 지친 현대인들이 숲으로 돌아가 좋은 공기를 마시고 싶은 욕구가 꽤 크다는 것을 엿볼 수 있었다. 국립수목원은 과연 그 명성답게 입구에서부터 참나무의 우람한 자태가 멀리서 아른거리기 시작했다.

광릉숲은 세계적인 희귀종, 크낙새·하늘다람쥐·장수하늘소·원앙새 등 20여 종의 천연기념물이 서식하고, 천연림을 비롯한 2,931종의 식물과 2,881종의 동물이 뛰어놀고 있어 생태계의 원형을 이루고 있다. 또, 국내에서 가장 오랜 역사를 지닌 동식물의 낙원이며 천연 자연사박물관이라 불린다. 이곳은 2010년 '유네스코 생물권 보전지역'으로 지정되었다.

수목원 내 조성된 길을 따라가다 보면 침엽수원, 전나무숲 등 자연 그

국립수목원(구 광릉수목원)

대로의 원시림이 잘 보존되어 있으며, 난대식물원실, 산림박물관 등 볼거리도 다양하다. 특히 국립수목원 한쪽 끝에는 육림호라는 아름다운 호수가 있어, 그 곁에 있는 휴게소에서 커피 한잔하며 바라보는 전망이 무척 아름답기로 유명하다.

규모가 무척 큰 만큼 어디를 어떻게 돌아봐야 할지 행복한 고민이 들었다. 아직 겨울이 채 가시지 않아 나무와 꽃들이 앙상한 모양을 하고 있었다. 하지만 나뭇가지를 자세히 살펴보면 푸른 멍울이 조그맣게 피어 있다. 유난히 추웠던 혹독한 겨울을 이기고 자연의 순환 법칙에 따라 봄은 변함없이 우리에게 다가온다. 작년은 국가적, 아니 전 세계적 재앙으로 인해 누구나 가릴 것 없이 힘든 나날을 보냈다. 나는 나무에 피는 멍울을 보면서

국립수목원 경내에 위치한 산림박물관

조그마한 희망을 발견했다.

일단 첫 목적지를 산림박물관으로 잡고 오랜만에 맑은 공기를 한없이 마시는 호사를 누렸다. 어느 순간 보니 거대한 국토녹화기념탑과 함께 다소 수목원과 어울리지 않는 여러 시설물이 배치되어 있었다. 역대 대통령들이 심은 식수와 여러 분재나무 그리고 수목원에 기여한 사람들의 '명예의 전당'이 자리 잡고 있었다. 물론 이런 사람들의 노력으로 인해 아름다운 수목원이 현재까지 잘 보존된 것은 틀림없다. 하지만 굳이 이렇게 티를 내면서 비석을 세우고 조형물을 설치하는 것은 오히려 그 사람들의 명예에 누를 끼치는 것이 아닐까 싶기도 하다.

드디어 거대한 박물관이 눈에 들어왔다. 1987년에 개관한 산림박물관

산림박물관에서는
수목원 관련 각종 자료를
생생하게 볼 수 있다.

은 우리나라 산림과 임업의 역사와 현황, 미래를 설명하는 각종 임업 사료와 유물, 목제품 등 4,900여 점에 이르는 자료들이 전시되어 있다고 한다. 다소 낡아 보이는 겉모습과 달리 박물관의 내부는 정말 인상적이었다. 마치 거대한 산장 안으로 들어온 듯, 나무로 장식된 인테리어와 함께 강한 나무의 향기가 코를 거쳐 폐 속을 찔렀다. 입구 바로 옆에 있는 1전시실에서는 거대한 나무의 밑동을 중심으로 여러 종류의 나무 표본을 살펴볼 수 있으며, 거대한 나무 주위로 수목원에 서식하고 있는 동물들의 박제를 진열해 놓아서 더욱 실감 나게 관람할 수 있었다.

2층으로 올라가면 산림의 역사부터 목재의 가공과 이용, 광릉숲에 대한 정보를 최첨단 기법과 모형으로 설명해 놨다. 전시 구성과 관람 동선까지 훌륭했다. 자연스럽게 동선은 1층으로 이어지고, 어느덧 박물관 밖으로 나와 바로 온실에 당도하게 되었다. 온실까지 관람을 마치고 다시 수목원 끝에 있는 육림호로 걸어갔다. 걸어가면서 마시는 숲의 향기와 눈이 시원해지는 수목의 향연 그리고 새 소리, 이 모든 것이 어우러지니 오감 전체가 만족스러웠다. 앞으로도 수목원이 잘 보존되어 경기도의 명물로 계속 남아 있길 고대한다.

이제 수목원을 나와 아까 지나쳐 왔던 봉선사로 다시 돌아간다. 봉선사는 광릉 입구에 있는 만큼 세조와 관련이 있다. 원래는 고려 광종 시기 운악사라는 이름으로 창건된 작은 절이었다. 하지만 조선 예종 시기 세조의 광릉을 조성하면서 능침을 보호하기 위해 세조의 비 정희왕후 윤씨가 89칸

봉선사 입구

규모로 중창하고 봉선사(奉先寺)라 고쳐 불렀다. 봉선사의 명칭 자체가 '선왕의 능을 받들어 모신다(奉護先王之陵)'라는 뜻이 담겨 있으니 세조와 아주 깊은 관련이 있는 절이라 할 수 있다.

특히 드라마 〈여인천하〉의 주인공으로 알려졌던 문정왕후가 불교 중흥 정책을 펴면서 강남 봉은사를 선종의 대표로, 이곳 봉선사를 교종의 우두머리로 삼고 전국 사찰을 관장하게 했었다. 그런 연유로 봉선사의 앞마당에서는 승려의 과거시험인 승과시가 열리기도 해서 크게 번창하는 계기가 되었다. 현재도 봉선사는 조계종 25 교구 본사로서 그 세를 꾸준히 유지하고 있다.

봉선사의 입구는 광릉의 상업지구와 혼재되어 있어서 다소 어수선한

현판이 한글로 새겨진 봉선사의 중심 법당

현대적으로 재해석된 봉선사의 관음보살상

분위기가 느껴진다. 입구에 차를 세우고 경내로 들어가자마자 기존의 절과 다른 점이 몇 가지 보였다. 우선 일주문의 현판이 한글이다. 그리고 문화 센터에 온 것처럼 예절 교육, 사찰 요리 수업, 연등 만들기 체험을 알리는 현수막이 곳곳에 보였다.

그리고 경내 초입에는 거대한 호수와 잔디밭이 넓게 펼쳐져 있었고 그 주위에는 클래식 음악을 틀고 있는 카페도 보여서 순간 공원에 온 건지 절에 온 건지 아리송하게 느껴질 정도였다. 봉선사의 중심 법당은 대웅전이 아니라 한글로 '큰 법당'이라고 적힌 현판이 걸린 곳이었다. 상해에서 흥사단에 가입, 독립운동을 펼치다 30세에 출가한 운허(雲虛, 1901~1980) 스님과 관련이 있는 게 아닐까 싶다. 운허 스님은 동국대 역경원장을 지내면서 이곳에서 대장경의 한글 번역을 시도했다고 한다. 이처럼 대중 교화에 주력한 그 교풍이 그대로 이어져 온 것 같다.

그 밖에도 봉선사는 보물 제397호로 지정된 조선 전기의 양식을 잘 간직하고 있는 범종과 춘원 이광수의 추모비가 서 있어 눈길을 끈다. 산사의 느낌은 전혀 들지 않았지만 늘 비슷한 느낌의 절이 아니라 전체적으로 편안하게 쉬고 올 수 있는 공원 같은 아늑함이 있었다.

하루 코스로 광릉과 국립수목원 그리고 봉선사까지 둘러보면서 역사와 그 장소에 담긴 여러 이야기도 되새겨 보고, 시원한 공기와 아름다운 자연 속에서 나름 호사도 누려 봤다. 남양주에는 사연 많은 왕들의 무덤이 유난히 많다. 이번엔 조선 마지막 왕가의 무덤군으로 떠나 본다.

조선 마지막 왕실의 보금자리

맘에 들었던 여행지를 떠나는 것은 막 사랑에 빠진 연인과 기약 없는 이별을 하는 것만 같다. 늘 다음이란 여지를 남기고 가지만 어느새 나의 마음은 새로운 사랑에 대한 기대감으로 부풀어 오르고 있었다. 이제 광릉 구역을 나와 다시 왕숙천을 따라 밑으로 쭉 내려간다. 숲으로 가득했던 광릉 숲의 울창한 풍경은 신기루처럼 사라지고 무분별하게 치솟은 아파트들과 땅을 아무렇게나 파헤친 듯한 택지지구의 풍경이 눈에 들어왔다.

집은 끊임없이 생겨나고 있지만 정작 그중에 내가 살 집은 있을까 싶다. 아무리 버둥버둥 살아도 눈만 감았다 뜨면 집값은 천정부지로 치솟아 있다. 이런저런 상념에 빠져 있다가 표지판을 바라보니 사릉역에 도착한 것을 알게 되었다. 광릉이 위치한 진접읍에서 왕숙천을 따라 남하하다 보면 하천 건너편에는 퇴계원이 위치해 있고, 그 건너편에는 진건읍이 있다. 진건읍에는 조선왕릉 중에서도 사연이 많은 왕과 왕비의 무덤이 많은데, 우선 단종의 비인 정순왕후의 무덤 사릉이 있다. 그 사릉에서 고개를 넘으면 왕위에서 쫓겨나 제주도에서 쓸쓸한 죽음을 맞은 광해군의 묘가 산릉선 한구석에 고개만 빼꼼 내밀고 있었다.

사릉의 주인공인 정순왕후는 어린 나이에 단종의 왕비가 되었지만 어린 남편과 평생 보지 못할 생이별을 하고 말았다. 삼촌인 세조에 의해 왕의 자리에서 쫓겨나 산골 벽지인 영월로 귀양을 가게 되었기 때문이다. 곧이어 단종은 죽음을 맞게 되고, 정순왕후는 군부인으로 강등되어 현재의 동대문 밖 정월원에서 생활하며 품앗이로 생계를 유지했다고 한다. 가끔 집 뒤편의 동산에 올라 영월을 바라보며 단종을 그리워했다고 하니 얼마나 고달픈 삶이었을지 감히 상상이 가질 않는다.

지금은 금곡동으로 향하는 수많은 차량의 행렬이 무심코 사릉 고개를 넘어 사릉을 지나치지만, 한 번이라도 가엾은 여인의 사연을 되새겨 주었으면 하는 바람이다. 사릉 고개에서 사릉 말고 조그마한 이정표가 강하게 눈에 들어왔다. 사연 많은 광해군묘를 가리키는 현판이다. 현재 광해군묘는 영락교회 공원묘지로 가는 길 한쪽 철조망 옆에 마치 숨어 있듯 모셔져 있다.

시대가 변하면서 그에 대한 평가는 계속 변하고 있다. 조선왕조 당대부터 몇십 년 전에 이르기까지 반정으로 쫓겨난 왕이라는 이유로 광해군의 평가는 줄곧 부정적이었다. 하지만 세월이 지나면서 그의 행적에 대한 평가가 재조명되었고, 특히 최근에는 미·중 사이에 끼어서 외교전을 펼치는 우리나라의 상황과 광해군의 중립 외교 정책이 묘하게 겹쳐 보이는 효과 덕분에 긍정적인 평가를 받은 적도 있었다.

하지만 다른 한편으로는 광해군의 무리한 궁궐 중건, 영창대군, 임해군을 비롯한 형제들을 죽인 죄, 이이첨 등 간신들의 중용 등을 통하여 부정적인 측면이 증가하는 추세다. 역사는 과거의 이야기지만 과거 사람들의 어떤 측면을 부각하는지에 따라 전혀 다른 이야기가 전개된다. 그게 역사의 매력이 아닐까 싶다.

사연 많은 이야기를 뒤로하고 고개를 넘어 한때 남양주의 유일한 도회지였던 금곡동으로 들어가게 되었다. 한때 남양주군과 분리되면서 잠시 미금시로 존재했었던 금곡동은 현재 남양주에 우후죽순으로 들어오는 신도시들 때문에 기세가 많이 주춤한 상태다.

그렇지만 아직 남양주시청이 금곡동에 있고, 조선 왕가의 마지막 보금자리가 이 동네에 남아 있다. 대한제국의 처음이자 마지막 황제로 존재했던 고종과 순종은 물론, 고종의 왕비인 명성황후와 왕실의 마지막 역사를 장식했던 영친왕과 덕혜옹주의 묘역이 함께 있는 홍유릉이 바로 그 장소다. 경기도의 다른 조선왕릉들은 시 외곽 지역에 주로 위치해 있는 데 반해, 홍유릉은 크지 않은 금곡동의 시가지 면적을 절반 이상 차지하고 있다.

세계문화유산이 동네 한복판에 자리하고 있다는 것은 축복일 수 있겠지만, 주민들 입장에서는 동네의 발전을 가로막는 골칫덩어리가 될 수 있다. 실제로 홍유릉이 있는 금곡동은 문화재가 있는 500m 내에 여러 가지 규제가 있기 때문에 발전과 보호라는 두 마리 토끼를 잡기 위해 여러 가지로 고심 중이라 한다.

능역으로 들어오면 홍릉과 유릉의 갈림길이 나오는데, 일단 유릉으로 먼저 가보기로 한다. 홍유릉과 다른 조선왕릉들의 큰 차이점은 고종과 순종이 황제에 올랐기에 기존의 조선왕릉 형태를 계승하면서 황제의 예우로 하여 능을 조성했다는 것이다.

우선 정자각 대신 침전을 세웠고, 능침에 있던 석물(문, 무인석, 석양, 석호)은 종류와 개수를 늘리고 크기도 크게 조성하여 침전 앞으로 배치했다. 사실 대부분의 조선왕릉은 능침에 접근할 수 없어서 역사 탐방보다는

남다른 규모를 자랑하는 홍유릉의 재실

자연을 산책하는 느낌이 강하다. 하지만 홍유릉은 입구에 석물이 일렬로 늘어서 있어 꽤 흥미로운 관람이 되었다.

유릉은 조선 또는 대한제국의 마지막 황제인 순종과 그의 두 왕비인 순명왕후, 순정왕후가 모셔진 합장릉이다. 입구에 있는 재실부터 웬만한 양반집 못지않게 꽤 큰 규모를 자랑했다. 특히 왕릉의 영역을 나타내는 홍살문에서부터 수많은 석물이 일렬로 도열해 있어서 그동안 받지 못했던 위압감을 처음으로 느꼈다. 그 크기도 다른 왕릉의 석물의 두 배 이상이고, 종류도 훨씬 다양했다. 우리나라에서 볼 수 없는 동물인 코끼리와 낙타의 석상의 이국적으로 보였다.

유릉 능침은 재실에서 바로 정중앙 언덕에 있는 게 아니라 약간 옆으

다른 조선왕릉과 달리 황제의 예우로 조성된 홍유릉

로 비껴 나듯 안장돼 있었다. 망국의 황제였다는 사실이 부끄러워서 그런 걸까? 그가 이미 즉위했을 때 사실상 일본에게 국권이 넘어간 상태였다. 그는 할 수 있는 게 아무것도 없었고, 무언가 할 수 없는 상태의 황제였다. 1926년에 그가 사망하면서 일제는 조선 백성들을 달래기 위해 베트남의 카이딘 황제릉처럼 화려하게 조성되었지만, 조선 민중들에게 무능력했던 조선 왕가의 기억은 낡은 휴지통에 던져 버리고 새로운 대한의 시민 의식이 싹트고 있었다.

이제 고종과 명성황후의 능침인 홍릉으로 이동해 본다. 입구에는 둥그런 모향의 연못에 둥그런 섬이 있는 연지가 조성되어 답사로 지쳤던 몸을 잠시 쉬어 갈 만하다. 홍릉도 유릉과 마찬가지로 입구에 석물이 조성되어

고종과 명성왕후가 모셔진 홍릉

있는데 유릉과 다소 차이가 있다. 겉으로 보기에는 유릉의 우람한 석물보다는 다소 작고 투박한 모습이 보인다. 유릉의 석물은 일본인들이 제작한 것이고 홍릉은 조선 장인들이 직접 조각한 것이라고 한다. 하지만 어딘가 딱딱하고 어색한 인상을 떨쳐 버릴 수 없는 유릉의 석물과 달리, 홍릉의 석물은 해학적인 미소가 엿보이고 보면 볼수록 계속 쳐다보고 싶은 마음이 든다. 사실적이라고 해서 결코 좋은 작품이라 할 수는 없다.

고종과 명성왕후는 우리나라 근대사에 있어 빼놓을 수 없는 인물이다. 앞서 설명했던 광해군만큼, 아니 그 이상으로 논란이 많다. 과연 우리나라의 근대화를 위해 무슨 역할을 했을까? 일제의 방해에도 불구하고 자주독립을 위해 노력했을까? 아니면 자기 보신과 영달만 추구했던 암군일까? 여러 가지 논란이 지금도 끊이지 않고 있다. 명성왕후에 대해서는 한때 드라마나 사극, 뮤지컬 등의 영향과 더불어 일본에 의해 죽임을 당한 비극 때문에 긍정적인 시선으로 바라봤지만, 민씨 가문 부정부패의 원흉이라는 점이 부각되어 점점 안 좋은 평가가 우세하고 있다.

이제 홍릉의 구석에 자리 잡은 문을 열고 나가 조선 왕실의 마지막 인물이 영면하고 있는 영원으로 향해 본다. 예전에는 홍유릉과 독립된 공간으로 상당 기간 비공개 상태로 있다가 최근에 새롭게 단장하고 대중들에게 공개되었다. 고종황제의 아들로 마지막 황태자였던 영친왕과 이방자 여사가 묻힌 영원, 비극적인 인생을 살았던 덕혜옹주, 그리고 독립운동을 했던 의친왕의 묘가 근방에 있다. 근대의 인물들은 아무래도 현대의 삶을 살고 있는 우리네 인생과 밀접한 관련이 있기에 더욱 논란도 많고 피부로 와닿는다. 서울과 근방에 있는 남양주로 와서 아름다운 자연은 물론 역사적 인물의 발자취도 둘러보며 되새겨 보는 것도 의미 있는 일이 되지 않을까 하는 생각을 가지며 남양주 답사를 마무리 짓는다.

우리가
모르는
경기도

[양평]

남한강에 흐르는 침묵 속의 고요함

남한강에 흐르는
침묵 속의 고요함

북한강과 남한강이 만나는 두물머리

양평! 듣기만 해도 설레고 어딘가로 떠나고 싶은 그 이름. 우리나라의 수많은 지역 중 이름만 들어도 특정한 이미지가 떠오르는 도시가 더러 있다. 경주나 부여는 역사 도시의 대명사로 여겨지고, 강릉이나 속초는 도시 이름만 들어도 푸른 바다가 떠오른다. 양평이나 가평은 이름만 들어도 당장 시원한 강바람을 쐬어야 할 것만 같다. 서울에서 장중하게 흘러가는 한강을 거슬러 올라가면 남양주를 지나 북한강과 남한강이 두 갈래로 갈라진다.

같은 한강이건만 북한강이 지나가는 가평과 남한강이 지나가는 양평은 비슷하면서도 다른 인상을 준다. 가평 하면 청춘이란 단어가 먼저 생각난다. 청량리나 성북(현재 광운대)에서 출발했었던 경춘선 무궁화호 열차는 대학생들을 싣고 대성리, 청평, 가평, 강촌 등 가평의 북한강 변을 따라 산재해 있는 일명 펜션촌에 내려다 주었다. 방 한가운데 옹기종기 모여 앉아 청춘을 불살랐던 기억이 아직도 뇌리에 강하게 박혀 있다. 그런 선입견 때문인지 몰라도 북한강은 유난히 푸르고 물살의 세기도 빠르게 보인다.

하지만 남한강이 흐르는 양평은 이름부터 뭔가 편안함을 주는 듯하다. 실제로 은퇴자들이 내려와서 생활하는 도시 중 양평의 비율은 꽤 높고, 지역마다 전원주택 단지가 산재해 있다. 최근 스타벅스가 국내 최대 규모의 매장을 양평에 오픈한 게 우연은 아니라고 생각한다. 남한강을 양변에 끼고 용문산을 비롯한 아름다운 명산을 병풍으로 두르고 있는 양평은 인구당 예술인이 가장 많이 살고 있는 고장이라 할 수 있다. 실제로 용문면에 예술인들이 집단으로 거주하는 예술인 마을이 있다.

양평읍 한복판에 자리한 양평군립미술관은 일개 군의 미술관 치고 전시회의 주제나 구성이 알차기로 유명하다. 몇 달마다 바뀌는 참신한 주제로 지역 작가들의 작품 전시를 유도하고 지원하는 종합센터로서의 역할을 충실히 수행하고 있다. 문학 쪽으로는 『소나기』의 작가 황순원이 자기의 고향과 생김새가 비슷해 생전에 애정을 보였던 양평에 아름다운 문학촌을 조성해 놓고는 자신의 묏자리를 함께 만들었다. 발길 닿는 데마다 눈에 밟히는 갤러리와 미술공원은 양평의 문화적 가치를 더욱 높여 주고 있다.

양평과 강은 떼려야 뗄 수 없는 관계에 가깝다. 두물머리에서 북한강 변을 따라 가평으로 이어지는 이른바 서종면 지역은 강의 경치가 특히 아름답다고 소문이 자자하다. 아름다운 강변길을 따라 우리나라의 주요 카페 체인점과 수많은 카페가 들어서 있어 주말에는 카페를 찾는 사람들로 인해 늘 혼잡하다. 굳이 서종 지역이 아니더라도 남한강 변의 한적한 곳 어

북한강과 남한강이 만나는 두물머리의 모습

디를 가든 아름다운 자연을 마음껏 즐길 수 있다. 발길이 닿는 곳 어디든지 자연과 맛있는 음식이 있지만 먼저 가야 하는 장소가 있다.

남한강과 북한강이 만나는 양수리는 물고기 모양의 길쭉한 섬이다. 과거 양수리는 남한강 최상류의 물길이 있던 강원도 정선과 단양, 그리고 물길의 종착지인 뚝섬과 마포나루를 이어 주던 마지막 정착지였던 탓에 매우 번창하였다. 그러나 1973년 팔당댐이 완공되고 나서 지역 전체가 그린벨트로 지정되었고, 양수리는 나루터의 기능을 더 이상 이어가지 못했다. 하지만 팔당호에는 이른 아침 물안개가 피어오르고, 양수리 강변에 늘어서 있는 오래된 고목들과의 조화가 아름답다고 입소문이 나며 양평 제일 가는 관광지로 탈바꿈하였다.

양수리의 끝머리, 넓고 푸른 강변을 한없이 쳐다볼 수 있는 두물머리는 주말마다 몰리는 사람들로 인해 초입부터 수많은 차량으로 길이 북적인다. 주차장 입구부터 난잡해 있는 카페와 식당들로 인해 주위는 꽤 어수선하다. 골목을 따라 강바람이 부는 방향으로 나아가면 한없이 펼쳐진 백사장과 깊이를 알 수 없는 호수 같은 강의 풍경이 어느새 나를 마주한다. 백사장에서 오직 앞만 바라본다면 수목화 속에 내가 들어온 듯하다. 한없는 고요함과 침묵의 목소리만 환청처럼 다가온다.

멀리서부터 우람한 자태의 고목이 범상치 않은 기운을 뿜고 있어 저절로 발길이 가게 되는데, 이 고목은 400년 전부터 두물머리의 자리를 늘 지켜 왔고 배 타는 이들의 무사 안녕과 마을의 안정을 기원하던 도당굿을 지

두물머리의 상징인 도당 할배 느티나무

내던 도당할배 느티나무이다. 원래는 할매 느티나무도 옆에 자리하고 있었지만 팔당댐 수몰로 사라지고 더 이상 제도 지내지 않는다. 현재는 홀로 외로이 서서 풍경을 즐기러 온 관광객들의 휴식처 또는 포토 존의 역할만 수행하고 있다.

이제 봄의 문턱에 왔지만 강바람이 꽤나 쌀쌀하다. 길가에 새워져 있는 빈 황토돛배는 언제쯤 사람들을 싣고 다시금 강가로 나아갈지 기약이 없다. 오직 드넓은 호수 같은 강가를 건너는 것은 찬바람뿐이다. 멀리 남한강과 북한강이 합류하는 지점이 눈에 들어오기 시작한다.

성질 급한 북한강이 어머니 같은 품의 남한강과 만나 한강으로 변모하는 모습은 무척 경이롭다. 이제 한강은 서울로 향하면서 그 아름다움과 화려함을 가지기 위해 수많은 아파트가 경쟁을 펼칠 것이다. 두물머리 건너편에는 연꽃으로 유명한 경기도 유일의 지정 지방정원 세미원이 있다. 세미원과 두물머리는 일명 배로 연결한 배다리로 건너갈 수 있는데 그전에 배가 조금 출출하다. 마침 두물머리에는 최근 미디어를 타고 명물로 자리 잡은 '연핫도그'라는 게 있어 가기 전 간단하게 먹어 보기로 했다.

핫도그가 그리 특별한 맛은 아닐 테지만 사람들의 인기를 얻는 요인과 차별점이 분명 있을 것 같다는 궁금증도 한몫했다. 과연 명성대로 수많은 사람이 핫도그를 한 손에 들고 있었고, 핫도그를 파는 곳은 푸드 트럭 수준이 아니라 거대한 비닐하우스 안에 자리 잡고 많은 종업원이 각자의

두물머리의 명물, 연핫도그

양평을 대표하는 관광지, 세미원

임무를 척척 해내고 있었다. 사람들 틈에서 겨우 핫도그를 받아 한입 먹어 보니 허기 때문도 있겠지만 새삼스레 맛있게 느껴졌다. 이제 위장에 연료도 채웠겠다. 슬슬 다음 장소로 이동해 보자.

두물머리의 동쪽으로 가다 보면 강 건너편에 무언가가 보이기 시작한다. 바로 경기도 지방정원 1호로 등록된 세미원이라 불리는 정원이다. 두물머리와 강을 두고 떨어져 있는 세미원은 배다리로 연결되어 있어 쉽게 건너갈 수 있다. 한동안 거리 두기와 보수 공사를 이유로 반년 가까이 문을 닫았던 세미원은 2021년 3월 2일부터 재개관했다. 명칭은 말 그대로 물을 보며 마음을 아름답게 하라는 옛 성현의 말씀에서 기원했고, 정원 곳곳에 수질 정화 기능이 뛰어난 연꽃을 주로 식재하며 정원의 명물로 자리 잡았다.

이제 막 봄의 기운이 들어오고 있는 3월에 방문하여 연꽃의 화려한 자태는 기대하기 어렵지만, 배다리를 건너기 직전에 보이는 상춘원이라고 하는 온실에 들어가면 1년 내내 아름다운 꽃과 나무를 감상할 수 있다. 싱가포르의 가든스 바이 더 베이처럼 엄청나게 큰 규모는 아니지만, 내부에 폭포도 흐르고 조경으로 멋을 부린 한옥도 있다.

정조 시대 때 한강을 건너기 위해 배를 엮어 만들었다던 배다리를 두물머리와 세미원 사이에 나름 비슷하게 재현해 놓았다. 세미원에 가기 위해서는 배다리 입구의 매표소에서 표를 끊어야 한다. 5천 원의 입장료가 다소 비싸다고 생각할 수 있지만, 아름다움을 보기 위한 대가라고 생각하면 전혀 아깝지 않다.

세미원의 배다리

배다리를 건너 세미원의 본격적인 자태를 감상하러 갔다. 배다리를 멀리서 지켜보았을 땐 전혀 흔들릴 것 같지 않아 보이는 단단함이 느껴졌는데, 막상 건너니 흔들다리 못지않게 꽤나 흔들렸다. 원래 여행의 묘미가 익숙하지 않은 새로움을 체험하는 것이 아니겠는가? 배다리를 건너면서 정조의 기운을 받고 조금 기운을 내본다.

건너편엔 아름드리 소나무와 중국식 벽돌 건물로 보이는 기와집이 한 채 아른거렸다. 세미원은 크게 세 부분으로 나누어 볼 수 있다. 우선 배다리에서 가까운 반도 모양의 톡 튀어나온 구역과 중간의 연꽃이 식재된 연못이 있는 구역, 그리고 마지막으로 정문에 가까운 돌과 소나무로 정원을 꾸며 놓은 지역이 있다.

세한도의 모습을 재현한 약속의 정원

먼저 가게 될 곳은 반도 모양의 톡 튀어나온 구역인데, 중국식 기와집은 바로 추사 김정희가 말년에 그렸던 명작인 세한도의 모습을 그대로 재현한 약속의 정원이라는 곳이다. 세미원에서 비교적 최근에 조성된 곳인데 커다란 소나무 두 그루와 집의 모습을 직접 눈앞에서 보니 마치 세한도의 그림 한복판에 내가 서 있는 듯했다. 세한정 내부에는 세한도와 관련된 영상과 자료들이 전시되어 있었다. 세한도는 화려한 관직 생활을 보내다가 사건에 휘말려 제주로 유배 가게 된 추사 선생이 의리를 끝까지 지켜준 제자에게 보내 준 그림이라고 한다.

내가 미술 전문가는 아니지만 그림 자체만 보면 단순히 집 한 채와 소나무 몇 그루가 그려진 게 전부라 해도 과언이 아니다. 하지만 추사 김정희 선생의 살아 왔던 인생 역경이 그림 안에 녹아들어 있다고 생각하니 그림이 새롭게 보였다.

이번엔 반도 끝부분으로 내려와 두물머리와 또 다른 한강의 색다른 모습을 감상해 본다. 곁에는 모네의 정원이라 불리는 사랑의 연못이 자리하고 있지만, 자연이라는 압도적인 풍광에 무엇을 더하겠는가? 아직 겨울이 채 지나지 않은 시점에 방문해 연꽃으로 가득해야 할 연못들과 꽃들이 만개해야 할 나무들은 아직 텅 비어 있었지만, 그 나름대로 한적함을 즐길 수 있었다. 7~8월엔 홍련지, 백련지, 페리 기념 연못을 수놓고 있는 연꽃이 장관을 연출한다고 하니 그때를 기약하며 마지막 구역으로 넘어갔다.

갑자기 소나무 숲이 울창해지면서 그동안 보았던 경관과 꽤 달라진 모습을 볼 수 있었다. 장독대를 둥그렇게 쌓아둔 분수가 먼저 보이는데, 의외로 장독대가 설치 미술로서 꽤 훌륭한 모습을 보여 준다는 사실에 놀랐다. 경복궁의 장고(醬庫)만큼 인상적이었다. 다음으로 한반도 모양의 연못에 백수련을 심고 소나무와 무궁화를 둘러 심은 국사원도 있고, 문을 지나가기만 해도 수명이 3년 늘어난다는 불이문도 재현되어 있다.

어느새 세미원 정문까지 들어오게 되었다. 입구에는 높이 솟은 꽤 독특한 건물이 눈에 띄는데, 바로 연꽃 관련 생활 용품, 음식 관련, 옛 문서 등을 전시한 연꽃박물관이다. 두물머리에서 시작한 기나긴 산책 길이 세미원에서 마무리되었다.

펜데믹 상황이 1년이 넘게 진행되어 끝이 보이지 않는 터널 같은 답답한 상황 속에서 시원한 강바람을 쐬며 가슴이 뻥 뚫린 듯한 광경을 마음껏 누려 보니 잠시나마 답답함이 사라졌다. 연꽃이 만개할 때 다시 찾아볼 생각인데, 그때쯤 상황이 호전되길 바란다.

예술가들이 가장 선호하는 양평의 매력은 무엇일까?

이곳저곳을 돌아다니다 보니 벌써 점심이 지나 다소 배가 고팠다. 양평의 명물이라 하면 이젠 전국 어디에나 간판이 있는 양평해장국과 옥천면 일대에서 찾아 볼 수 있는 옥천냉면이 있다. 그래서 냉면집을 가보기로 했다. 원래는 황해도에 살던 실향민들이 이 일대로 내려와서 냉면집을 차리게 되었고, 점차 냉면집이 몰려 있는 마을로 이름이 나기 시작했다. 옥천냉

양평의 명물인 옥천냉면은 완자와 꾸덕한 식감으로 유명하다.

면은 진주, 평양냉면과 다른 독특한 맛을 자랑하는데, 고기 육수에 콤콤한 간장의 향과 설탕의 달달함도 느껴지는 듯했고, 면 자체의 꾸덕한 식감도 생소하게 느껴졌다. 진주냉면에 육전을 곁들어 먹는 것처럼 돼지 완자와 함께 옥천냉면을 먹는다면 새로운 냉면의 세계에 푹 빠지게 될 것이다.

우리나라는 국토 크기는 작아도 고장마다 다양한 개성과 특징이 넘쳐난다는 걸 이번 여행을 통해 실감했다. 이제 배도 채웠고, 본격적으로 양평읍으로 달려가 양평이 가지고 있는 매력에 대해 탐구해 보도록 하자.

누구나 나이가 점점 먹어갈수록 은퇴 후 어떻게 살 것인지에 대한 고민은 한 번쯤은 해보았을 것이다. 자연이 어우러진 경치 좋은 시골 한복판에 그림 같은 집을 짓고, 커피 한 잔 걸치는 여유로운 삶, 그런 미래를 얻기 위해 하루하루 치열한 나날을 보낼지도 모른다. 직장을 그만두고 탈 서울을 외치며 아름다운 노후를 보내기 위해 양평으로 거주지를 옮기는 이른바 경제력 있는 뉴 실버 세대가 늘어나고 있다. 그뿐만 아니라 직장 생활에 구애받지 않는 예술가들도 양평을 선호한다.

경기도 동부의 외지라 할 수 있는 양평의 매력이란 대체 어떤 것일까? 우선 서울과의 접근성이 나쁘지 않다. 서울에서 한 시간 이내로 충분히 접근 가능하며 KTX는 물론 전철도 수시로 지나간다. 자연과 어우러지는 삶을 즐기면서 문명의 세계에 한 발 걸쳐 놓을 수 있는 양평의 아름다움을 함께 누려 보도록 하자. 옥천냉면의 신기하고 낯선 맛을 경험한 후 남한강 변을 따라 읍내 방향으로 이동한다.

혹자는 스위스의 알프스, 중국의 장가계, 캐나다의 밴프 국립공원과 비교하여 한국은 자연경관이 별 볼일 없다고도 한다. 물론 옥색이 감도는 푸른빛 호수와 위엄 넘치는 설산은 없지만 우리나라의 자연경관은 어머니의 품 같은 따뜻함이 있다. 늦은 오후 햇살을 받으며 물결이 조용히 일렁이는 남한강은 보고 있기만 해도 마음이 편안해진다. 마치 자연과 물아일체가 된 느낌이랄까? 장엄하게 흘러가는 남한강을 제대로 감상하고 싶어서 가는 길을 잠시 멈춰 들꽃수목원으로 들어갔다.

양평읍으로 가기 직전 남한강 변에 자리한 들꽃수목원은 큰 규모는 아니지만 적당한 크기에 아기자기하게 조경이 잘 가꾸어져 있어 부담 없이 산책하기 제격이다. 야생화와 허브들이 유럽식 조경으로 소박하게 어우러져 있다. 하지만 들꽃수목원의 가장 큰 자랑거리는 벤치에 앉아 한없이 남한강을 바라볼 수 있다는 점이다.

아직 3월이라 다소 황량한 느낌을 받을 수 있지만 사계절 내내 아름다운 꽃을 감상할 수 있는 허브온실이 있다. 현재 코로나 시국으로 인해 잠시

남한강을 바라보면서 아름다운 꽃과 함께 거니는 들꽃수목원

운영이 중단되었지만, 밤에 가면 아름다운 빛의 향연을 볼 수 있고, 자연생태박물관도 있다고 하니 상황이 좋아지면 한 번 더 찾고 싶은 곳이다.

들꽃수목원을 나와 다시 양평읍으로 향하다 보면 거대한 규모의 독특한 건물이 눈길을 사로잡는다. 미디어를 통해 꽤 화제가 되었던 스타벅스 더양평 DTR점이 바로 그곳이다. 국내 최대 규모를 자랑하고 빵을 직접 굽는 베이커리 매장이 들어섰다고 해서 개점 날부터 카페에 들어서기 위해 엄청난 줄을 자랑하기도 했었다. 조용하던 시골이 스타벅스라는 거대한 공룡을 만나 동네 전체가 요동친 셈이다. 스타벅스는 시장을 찾아 들어가지 않아도 스타벅스 자체가 시장을 만들고 있었다.

스타벅스 양평점은 한때 여러 미디어의 노출을 통해 한동안 인파에 몸

남한강 가에 들어선 양평 스타벅스

살을 앓았었지만, 필자가 찾아갔을 당시에는 의외로 주차 공간에 꽤 여유가 있었다. 계단을 통해 2층에 있는 입구로 들어가 보면 본사에서 신경 썼던 지점답게 인테리어가 정말 인상 깊었다. 특히 넓은 통유리를 통해 보이는 남한강의 전망은 무척 훌륭하다.

통유리 앞에 떠 있는 섬의 자태가 예사롭지 않았다. 예전엔 이포보에서 팔당댐까지의 남한강 구간을 양강이라고 부르기도 했었다. 양평읍 내를 흐르던 양근천이 스타벅스 부근에서 남한강과 만나면서 거대한 물결을 형성하고, 양강섬 또는 떠드렁섬이라고 불리는 귀여운 규모의 작은 섬이 바로 앞에 서 있다. 현재 양강섬은 양평읍과 강상면을 잇는 양강대교 부근에서 이어진 제방을 통해 접근할 수 있고, 반대편 물안개 공원 부근의 부교를 통해 섬 안으로 들어갈 수 있다.

양강섬은 섬 주변을 따라 산책로도 잘 조성되어 있다. 중간중간 설치되어 있는 벤치에 앉아 강을 바라보고 있자면 평화로운 광경에 젖어 세상 근심이 절로 사라지는 기분이다. 자리를 잡고 앉아 양평읍 방면을 바라봤다. 웅장한 규모의 스타벅스와 높이 치솟은 빌딩들이 보이기 시작하는 양평역 부근이 훤히 보였다. 수도권 개발의 붐은 어느새 양평까지 번져 있었다. 길 중간중간 보이는 부동산 관련 현수막과 치솟고 있는 오피스텔, 타운하우스를 보며 평화로웠던 양평은 이제 없는 것인가 하는 걱정이 들었다.

드디어 양평의 중심이라 할 수 있는 양평읍에 들어왔다. 다른 지역과 읍이나 면과 달리 간판도 깔끔하고, 군데군데 작은 로터리 방식으로 도로를 정비해 놓았다. 중앙선 양평역이 개통되고, 은퇴 이민자를 비롯해 서울을 떠나고 싶어 하는 수많은 예술인이 양평으로 들어오면서 읍내 전체에 활기가 도는 것 같다. 인구 당 예술가의 비율이 가장 높은 도시 양평, 양근대교를 건너 양평읍 방면으로 들어갈 때 커튼월(통유리벽) 형식의 범상치 않은 건물이 바로 눈에 띄었다.

2011년 12월 16일 개관하여 양평의 대표적인 문화 공간으로 자리 잡았고, 내실 있고 수준 높은 프로그램으로 전국에서도 손에 꼽히는 **양평군립미술관**이다. 건물도 아름답지만 특히 미술관의 기획 능력이 정말 수준급이라 본다. 지역 예술가들의 작품 위주로 전시회를 활발히 개최하고 있으며 다양한 교육 프로그램을 통해 큰 호평을 얻고 있다.

미술은 생각의 사유를 넓게 해주고, 마음의 평화를 얻게 해주는 삶을 풍요롭게 만드는 문화적 행위이다. 고장마다 훌륭한 미술관이 많이 들어와서 문화적으로 더욱 풍요로웠으면 하는 바람이다. 아름다운 자연과 더불어 좋은 작품들을 마음껏 감상하고 나니 아무것도 먹지 않아도 배가 부른 느낌이었다.

소설 『소나기』를 닮은 마을

고장마다 그 고장을 대표하는 예술가나 문학인이 한 명쯤은 있을 것이다. 각 지방자치단체들은 고장 출신의 예술가를 적극적으로 홍보하기도 하고 관련 콘텐츠를 발굴하여 도시의 정체성을 다져나가는 데 큰 역할을 부여하기도 한다. 그럼 양평을 대표하는 인물은 누구일까? 다사다난했던 근현대사에서 큰 족적을 남긴 두 인물의 생가가 양평에 남아 있다.

우선 대한민국 독립운동의 대부, 몽양 여운형 선생의 기념관과 생가가 중앙선 신원역 언덕 너머 자리하고 있다. 여운형 선생이 태어난 곳이고, 해방 전후에도 종종 양평에 내려오곤 했다고 한다.

대다수의 독립운동가가 만주나 상해 등지에서 독립운동을 전개했지만, 몽양 여운형 선생은 반드시 일본이 패망하고 우리나라가 독립될 것을 예측하고 그 이후를 대비해 독립운동을 해오신 분이다. 광복을 맞은 후 조선총독부로부터 치안권을 넘겨받고, 건국준비위원회를 결성하여 전국에 145개의 지부를 결성하는 등 주권 회복을 위해 많은 노력을 하셨다.

하지만 강대국들의 이해관계로 인해 남북 분단은 막을 수 없었고, 그런 상황 속에서 몽양 선생은 좌우합작위원회를 구성해 점점 고착화되는 분단을 멈춰 보려 했다. 하지만 1947년 혜화동 로터리에서 극우파로 추정되는 한지근이라는 청년에게 암살당하면서 그의 노력은 물거품으로 끝나고 말았다.

몽양 기념관에는 몽양 선생의 친필, 사용했던 가구, 서거 당시 입었던 혈의 등이 전시되어 있다. 기념관 내부를 천천히 둘러보면 몽양 선생의 일생은 물론 그의 가치관도 엿볼 수 있다. 놀라웠던 사실은 그가 권투, 농구, 멀리뛰기, 수영, 씨름, 야구 등 모든 스포츠를 섭렵한 만능 스포츠맨이었다는 것이다.

기념관에는 그의 건장한 몸매를 자랑하는 상반신 노출 사진이 있었고, 근육질의 몸을 자랑하고 있었다. 몽양 선생은 민족정신을 이어가기 위해서는 건강한 육체가 필수라고 하였으며 왕성한 스포츠 활동으로 건강한 방식을 통하여 독립운동을 이어가야 한다고 주장했다. 실제로 몽양 선생은 『현대철봉운동법』 같은 운동서도 직접 저술하기도 했었다. 맞다. 모든 일의 기초는 건강이다. 건강이 뒤받쳐 주지 않으면 여행도 사업도 사랑도 힘든 법, 여운형 선생의 건장한 몸을 바라보면서 나태했던 자신에 대해 반성했다.

기념관 2층으로 올라가면 뒤편의 여운형 선생의 생가와 이어진다. 생가는 6·25 때 불타 없어진 것을 새로 복원한 것이다. 'ㄱ' 자형의 사랑채와 'ㄴ' 자형의 안채가 어우러져 'ㅁ' 자형의 한옥을 이루고 있는 생가는 복원

된 것이었지만, 내부에 비치된 가구들은 몽양 선생이 거주하셨던 계동 집에 있던 것을 후손들이 기증한 것이다. 소박한 집 내부에는 여운형 선생이 면도하셨던 모습 그대로 마네킹이 재현되어 있었다. 여운형 선생의 생가와 기념관에서 그의 이루지 못했던 소망인 민족 통일의 씨앗이 우리 생에는 이루어지길 빌어 본다.

그다음으로 찾아볼 양평의 인물은 위정척사론으로 유명한 이항로 선생의 고택이다. 화서 이항로 선생의 생가는 카페거리로 유명한 서종면에서 깊은 산속으로 들어가다 보면 나오는 남한강의 지류인 벽계천이 바로 보이는 자리에 위치하고 있다. 그가 살던 한옥과 모신 사당 그리고 기념관으로 구성되어 있는데, 선생의 친필과 문적은 물론 그가 독립운동에 어떤 영향을 끼쳤는지 가늠해 볼 수 있게 구성되어 있었다.

근현대사나 국사 교과서를 통해 접한 그의 첫인상은 답답한 수구 세력 그 이상도 이하도 아니었다. 시대에 뒤떨어진 사상과 낡은 생각을 지독하게 고수하고, 기득권을 지키기 위해 서양의 선진 문물을 반대하고 우리나라의 근대화를 가로막는 원흉이라고만 생각했었다. 하지만 세월이 지날수록 시야는 넓어지고 우리나라 말고 다른 나라의 예를 지켜보면서 빠르게 서양 문물을 받아들이는 일이 결코 긍정적으로만 볼 수 없다는 사실을 새삼스레 느낀다. 애초에 서양 열강들은 아시아 국가들의 근대화를 명분으로 삼아 식민 수탈만을 목적으로 삼았는지도 모른다.

최익현, 유인석, 양헌수 등 이름값 높은 후학을 많이 양성했던 이항로 선생의 고택답게 사랑채의 방이 유독 많았다. 역사 교과서에서 줄 하나 잘

못 적힌 죄로 오랫동안 시대를 읽지 못한 보수주의자로 치부되어 왔던 이항로 선생이지만, 그의 일대기를 살펴보면 조금 편협한 생각을 했던 게 아닌가 싶다.

을사늑약 즈음 이루어진 무장봉기 대부분을 이항로 선생의 제자들이 주도했고, 경술국치 이후에는 그의 후학들이 만주로 건너가 독립운동을 지속했다. 나중에 상해에서 임시정부를 만든 박은식과 김구 선생도 이항로 선생이 만든 화서학파의 일원이었다. 물론 소중화 사상 같은 것은 시대에 뒤떨어졌다는 사실은 인정하지 않을 수 없으나, 자신을 중하게 생각하고 자신의 가치를 고양하고자 했던 이항로 선생의 자주 정신은 분명 되새겨 볼 필요가 있다.

여운형, 이항로 선생은 교과서에서 주로 접했던 굵직한 인물들이라 그냥 생가와 관련 자료만 있지 않을까 하는 막연함만 가지고 있었다. 하지만 인물의 흔적이 깃들어 있는 장소에 직접 와보니 그 이면엔 어떤 이야기가 녹아들어 있는지, 인물의 새로운 면모를 살펴볼 수 있는 좋은 기회였다. 여러분들도 자신이 사는 고장의 인물과 관련된 장소를 한번 찾아가 보길 추천해 드린다.

이번에는 예술의 고장 양평을 만들어 주는 문학인을 알아보도록 하자. 양평에 거주하고 있고, 연을 맺은 수많은 예술, 문학인이 있지만 그중에서도 양평을 대표할 수 있는 한 분이 계신다. 바로 첫사랑에 대한 아련함이 깃들어진 소설 『소나기』의 황순원 작가다.

사실 양평은 황순원 작가의 고향도 아니고, 그가 오랜 기간 살아왔던 지역도 아니다. 하지만 황순원 작가는 양평을 종종 찾으며 『소나기』를 구상했고, 북녘에 고향이 있어 유년 시절 자신의 고향을 빼닮았다며 양평을 각별히 아꼈다고 한다. 그런 연유로 황순원 작가의 묘역이 양평에 조성되었고 그 묘역을 중심으로 문학촌을 형성했으니, 이른바 황순원 작가를 기리는 문학촌인 소나기마을이 서종면 산자락에 자리 잡고 있다.

문학촌에 들어가기 위해서는 주차장에 내려 10분간 비탈길을 올라가야 하는데 초입에는 소를 키우는 농가 한 채가 버젓이 우리를 맞아 준다. 이것조차도 소설 『소나기』의 감성을 살리는 무대 장치의 일부가 아닐까 하는 착각을 불러일으킬 정도로 분위기가 정다워 보였다.

비탈길을 10여 분 오르다가 고개를 오른쪽으로 꺾어 들어가면 노천극

소나기 마을에 들어선 황순원 문학관

장, 문학관 등이 전망 좋은 터에 같이 모여 있다. 그뿐만 아니라 마을 주변에는 산책로를 조성하여 징검다리, 섶다리 개울, 수숫단 오솔길 등 소설 『소나기』의 배경을 재현해 놓았다.

15분 정도 소요되는 산책로에는 작가 황순원의 소박한 작품비가 곳곳에 놓여 있어, 그의 수많은 작품을 되짚어가는 문학 사색에도 빠져 볼 수 있다. 하지만 소나기 마을에서 우선 가봐야 할 곳은 그의 모든 문학 활동이 집대성되어 있는 **황순원문학관**이다.

그의 소설 『소나기』를 읽다 보면 우리말의 아름다움과 다양한 표현력을 실감하게 된다. 특히 "잔망스럽다"라는 표현이라든가 "비에 젖은 소녀의 몸내음새가 확 코에 끼얹혀졌다" 등의 문장은 읽으면 읽을수록 그 맛이 새롭게 느껴진다.

아름답고 순수한 문장을 주로 남겼던 황순원 선생의 일생을 살펴보면 장인 정신의 일념으로 살아오지 않았나 생각될 정도로 원리 원칙과 고집을 끝까지 견지하셨다. 그는 평생 '작가는 작품으로 말한다'는 신조를 지키며 어떠한 잡문 청탁이나 언론 인터뷰에 응하지 않기로도 유명했는데, 많은 언론사가 인터뷰하러 집에 찾아왔다가 문전박대를 당하기가 부지기수였다고 한다.

황순원 선생은 말과 행동이 다른 작가의 삶을 경계했으며, 권력의 회유에 굴하지 않고 세속의 유혹을 탐하지도 않았다고 한다. 기념관 내부에는 그가 수많은 걸작을 만들었던 집필실을 원형 그대로 재현했다. 그가 사용하던 물품과 책상이 세월의 흔적을 그대로 맞은 채 가지런히 놓여 있는데,

황순원문학관에서는 그의 집필실과 작품들의 세계를 살펴볼 수 있다.

그가 추구했던 신념처럼 서재는 일체의 장식이나 군더더기 없이 단아하고 소박했다. 그는 마치 대장간의 장인처럼 이 자리에서 스스로 직접 교정을 보았다고 한다.

황순원 선생의 고집은 작품을 취재하러 가는 태도에서도 잘 나타난다. 작품 속에서 길이 어디로 난 것인지 정확히 기술하기 위하여 하루를 쓴 적이 많았고, 작품을 쓸 때 장소나 시간에 구애받지 않고 생각날 때마다 메모지에 빽빽이 적었다고 한다. 비록 황순원 작가와는 결이 다른 일개 여행 작가에 불과한 나지만, 문학관에서 그의 치열했던 작가 정신을 가슴에 새겼다.

건너편에 있는 다른 전시실에는 황순원 선생의 작품의 대표적인 장면을 재현해 놓은 파노라마가 펼쳐져 있었다. 『카인과 아벨』, 『독 짓는 늙은이』, 『목넘이 마을의 개』 등 주요 작품들을 하나하나 살펴보면서 예전에 교과서나 문학 전집에서 그의 작품을 읽었던 기억이 새록새록 떠올랐다. 그 당시에는 단지 입시를 위해서 읽었지만, 이제 다시 작가의 소설을 천천히 음미해 보고 싶다는 생각이 들었다. 문학관을 나와 바로 옆 양지바른 곳에 자리한 황순원 선생 부부의 묘역을 참배했다. 그의 무덤은 특별한 장식도 화려한 문장이 쓰인 비석도 없이 자리해 있었다.

"20세기 격동기의 한국 문학에 순수와 절제의 극의 이룬 작가 황순원, 일생을 아름답게 내조한 부인 양정길 여사 여기 소나기마을에 함께 잠들다."

두 문장의 짧은 글이지만 두 분의 인생을 엿볼 수 있는 좋은 글이라 생각한다.

이번엔 카페를 넘어 양평에 오면 반드시 가봐야 할 장소로 자리매김한 더그림으로 떠나 본다. 옥천냉면으로 유명한 옥천면의 사나사 계곡에 자리 잡은 더그림은 우리가 꿈꾸는 전원생활을 맛보게 해주는 정원 또는 카페로 유명한 곳이다. 원래는 더그림의 대표가 별장으로 지으려고 가꾸던 장소를 사람들에게 개방하기 시작했고, 아름다운 정원과 유럽풍 건물이 만들어 내는 이색적인 사진 명소로 인기를 끌고 있다.

이곳의 시스템은 조금 독특하다. 매표소에서 표를 사면 더그림 내부에 있는 음료를 선택해서 교환할 수 있고, 자기가 마음에 드는 자리에 앉아 음료를 마시는 시스템이기 때문이다. 내부로 들어서자마자 드넓은 잔디밭에 드라마나 영화에서만 보던 저택이 바로 눈앞에 시원하게 펼쳐져 있었다. 날씨는 적당히 따뜻하고 밝은 햇살이 잔디밭의 푸르름을 더더욱 돋보이

수많은 드라마와 예능 촬영장으로 활용되었던 아름다운 카페, 더 그림

게 하고 있다. 이미 커피의 맛은 중요하지 않았다. 햇살이 잘 비치는 자리에 걸터앉아 이 분위기와 한적함을 계속 즐기고 싶었다. 나도 열심히 살다가 은퇴할 때 이런 집을 짓고 한적하게 양평에서 살면 어떨까 하는 생각이 문득 들었다. 왜 사람들이 도시 생활에 지치면 양평으로 오는지, 그 이유를 조금 알 것만 같았다.

이제 양평에서의 마지막 발걸음은 양평이 자랑하는 가장 대표적인 명소라 할 수 있는 용문사로 이어진다. 사실 용문사는 대학 시절부터 종종 찾아왔었다. 용문사를 품고 있는 용문산은 100대 명산 중 하나이며 1,000m가 넘는 만만치 않은 산이다. 하지만 오랜만에 용문사에 와보니 입구에서부터 수많은 카페와 음식점이 더욱 많아진 느낌이었고, 이제는 사찰이 아니라 관광지가 되었다는 느낌을 받았다.

하지만 용문사에 은행나무가 있는 한 사찰의 신성함은 퇴색되지 않을 것이다. 수령이 1,200년이 넘은 은행나무는 마치 수호신처럼 용문사를 감싸 안고 있었다. 이번 가을 은행잎이 풍성할 때 다시 찾을 계획이다. 두물머리에서 시작된 양평 여행은 용문사에서 마무리 짓게 되었다. 아직 가보지 못한 양평의 아름다운 장소가 더 있을 것이다. 그러나 남한강을 따라 양평의 명소들을 방문하면서 수도권에서 멀지 않은 동네에 매력적인 장소가 많다는 사실을 다시 한번 실감했다. 이런 곳들이 오랫동안 잘 보존되고 유지되길 빌며 양평편을 마친다.

우리가
모르는
경기도

[수원]

세계문화유산 수원화성을 돌아보자

세계문화유산 수원화성을 돌아보자

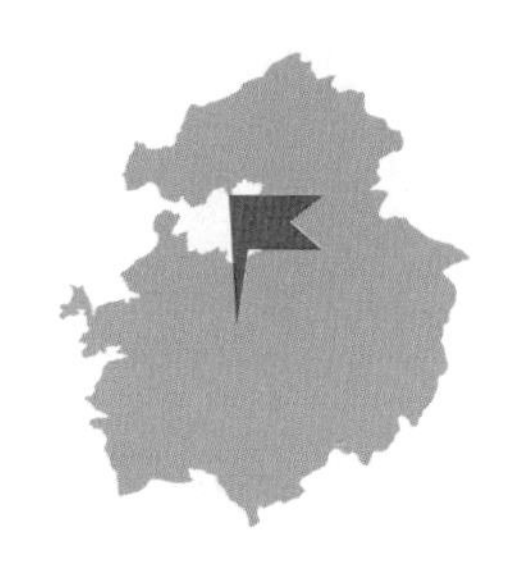

경기도의 새로운 중심, 광교신도시

경기도는 대한민국에서 가장 많은 인구를 가진 지자체이자 현재도 끊임없이 인구가 증가하고 있다. 도회지의 변화가 워낙 빠르다 보니 몇 년 단위로 새로운 신도시가 끊임없이 생겨나고 있지만, 원도심과 이질적이고 획일적인 설계로 이렇다 할 문화를 찾아보기 힘든 곳이 많다. 경기도의 대부분 도시는 서울의 영향을 강하게 받을 수밖에 없는 게 현실이다. 그럼에도 불구하고 서울과 다른 독자적인 문화권을 형성하고 도심에 역사적 향기가 진하게 남아 있는 경기도 도시를 뽑자면 떠오르는 곳이 하나 있다.

조선 시대 정조가 꿈을 안고 신도시를 조성한 이후 경기도 상업의 중심지로 우뚝 선 곳, 수원이다. 특히 정조가 건설한 수원화성은 이 도시의 정체성을 확실하게 만들었다. 경기도청이 있으며 수도권에서 가장 많은 인구를 자랑하고, 서울, 인천과 함께 수도권의 한 축을 담당하고 있는 수원으로 향하는 여행을 여러분과 떠나 보고자 한다.

서울에서 적당한 거리에 떨어져 있으며 수원화성이라는 세계적인 랜드마크를 가지고 있는 수원이지만, 수원화성을 제외하고는 다른 관광지가 있을까 하는 생각도 든다. 수원역에서 출발한 도보 여행자에게는 대개 화성행궁에서 시작해 화성의 방화수류정 같은 사진 명소들을 한 바퀴 둘러본 뒤 통닭거리에서 마무리하는 식의 한나절 여행이 대부분일 것이다. 하지만 반나절 안으로 수원의 모든 것을 둘러보았다고 판단하는 것은 섣부른 판단이라 본다. 물론 화성 안으로 들어가면 화려한 행궁과 팔달문, 장안문, 방화수류정 등 전국에 이름난 명소도 많지만, 이외에도 골목마다 새로운 이야기를 품고 있는 아름다운 거리가 많다.

수원화성을 가로지르는 수원천

우선 젊은이들이 만들어 가는 행리단길이 있으며, 행궁동에는 벽화마을뿐만 아니라 오래된 공방 가게 수원의 예전 모습을 짐작하게 하는 건물들이 있다. 팔달문 주위에는 전국 어디에서도 보기 힘든 수많은 전통시장이 대거 모여 있어 구경만 해도 반나절이 훌쩍 지나간다. 화성 주위를 벗어나면 광교신도시의 이름난 호수공원이 우리를 맞아 준다. 예전엔 원천유원지로 이름을 날렸지만 지금은 광교신도시의 마천루를 보며 21세기의 도시 생활이 이런 것이 아닐까 하는 기분도 만끽할 수 있다.

이번엔 수원시청이 있는 매탄동으로 내려가 보자. 수원이 낳은 여성 화가인 나혜석을 기리는 거리를 따라 효원공원으로 들어가 보면 한쪽에 아름다운 중국 정원인 월화원이 있다. 대충 구색만 맞춘 관공서의 정원이 아니다. 월화원의 문을 열고 한걸음 들어가는 순간 이곳이 중국인지 한국인지 구별이 되지 않을 정도다. 그만큼 정교함이 돋보이는 곳이다. 봄에 꽃이 필 때 방문하면 더 아름답고, 요즘같이 해외여행이 쉽지 않은 상황에서 좋은 대안이라고 할 수 있다.

이토록 볼 게 많은 수원이지만 막상 그 여정을 처음 시작하려고 하니 어디서부터 출발해야 할지 감이 잡히지 않았다. 수원시 지도를 여러 번 살펴본 끝에 광교신도시에 수원을 주제로 하는 박물관이 두 개(수원박물관, 수원광교박물관)나 있다는 사실을 깨달았다. 마침 영동고속도로를 타고 동수원IC로 들어가자마자 광교를 지나치므로 과감하게 수원의 미래라 할 수 있는 광교신도시 지역부터 찾아가 보기로 했다. 길고 긴 수원 여정의 첫 출발지는 광교신도시를 마주 보고 있고, 경기대학교와 담장을 끼고 있는

수원의 문화와 역사를 다루는 수원박물관

수원박물관이다.

예전엔 선진국들의 박물관을 부러워했지만 우리나라도 점점 문화 수준이 올라가기 시작하면서 웬만한 지방자치단체마다 그 고장을 대표하는 박물관 하나씩은 있다. 그뿐만 아니다. 사람들의 흥미를 돋우기 위해 전시하는 기법과 구성이 몰라보게 좋아졌다. 게다가 이런 공립박물관들의 입장료가 대부분 무료라는 사실이 놀랍다(이로 인해 사설박물관을 방문하는 사람들의 숫자가 줄어든 점은 아쉽긴 하다).

이제 수원박물관으로 들어가 내가 앞으로 방문하게 될 수원이 어떤 곳인지 차근차근 둘러보기로 했다. 수원박물관은 2층의 절반을 나누어 크게 역사관과 서예관으로 구성되어 있었다. 역사관에서는 수원에서 발굴된 고대 유물부터 시작하여 조선 시대까지의 변화상, 그리고 일제강점기의 시련을 극복하고 현대에 이르기까지 성장해 온 수원의 모습을 전반적으로 확인할 수 있었다.

도시가 발전하기 위해서는 교통과 위치도 중요하지만, 무엇보다도 물이 풍부해야 한다. 수원이라는 명칭에서 볼 수 있듯이 광교산에서 흘러내리는 물줄기는 광교천, 수원천, 원천천으로 이어져 수원 시내로 흘러간다. 그리고 축만제, 만석거, 신대호수, 원천호수 등 수많은 저수지를 만들어 내며 수원을 더욱 풍성하게 만들었다. 그 덕분에 수원은 정조가 꿈꾸던 신도시로 선정되면서 경기도의 중심지로 우뚝 서게 되었다.

수원박물관의 유물들을 차근차근 관람하고 이동하면 갑자기 분위기가 바뀌며 1960년대의 팔달문 앞 골목으로 우리들을 이끈다. 예전 수원 남문 골목에 존재했던 가게들을 고스란히 옮겨 놓은 듯했다. 마네킹도 배치해 놓아 시간 여행을 하는 것 같다. 특히 수원 양념갈비의 원조라 할 수 있는 '화춘옥'을 그대로 재현해 놓았다. 화춘옥 내부에서는 사람들이 양념갈비 한 접시를 놔두고 냉면과 설렁탕을 한 그릇씩 먹고 있었다. 어른들에게는 그때의 향수를, 어린이들에게는 그 당시 사람들이 어떻게 살았는지 피부로 와닿게 만드는 좋은 교육의 장이 되고 있다.

이제 수원은 토박이뿐만 아니라 다양한 이주민이 들어오기 시작하면서 100만 명이 넘는 대도시가 되었다. 찬란한 과거를 가지고 있는 수원이 앞으로 어떤 미래를 그리게 될지 생각해 보며 광교신도시에 대해 본격적으로 알아보도록 하자.

수원박물관에 전시된 1960년대 수원의 모습

우리나라의 신도시를 둘러싼 논쟁이 날로 격화되고 있다. 날로 과밀해지는 서울 집중 현상과 그로 인한 경제·사회적 기능이 과도하게 몰리면서 주택난은 점점 심각해졌다. 그것을 타개하기 위해 서울 근교의 일산, 분당 등 이른바 1기 신도시가 탄생했고, 동탄과 판교 등 2기 신도시까지 계속 정책을 이어 나갔다. 하지만 신도시는 우리에게 어떤 의미로 다가올지 생각해야 할 점이 많아 보인다. 획일화된 도시 구역과 프랜차이즈로 도배된 상가들, 자급자족 기능이 부족해 베드타운으로 전락한 신도시는 투기를 부추기고 집값 상승의 주범이 되기도 했다.

신도시로 이주하는 사람들은 갈수록 늘어만 갈 것이고, 머지않은 미래에 대한민국의 절반 이상이 신도시에 살지도 모른다. 분당과 판교, 일산신도시는 소속되어 있는 도시와의 유대감도 부족한 상황이다. 신도시의 특성상 여행자의 매력을 끌 만한 명소도 많이 없을 텐데, 특이하게 광교신도시 호수공원이 2014년 올해 최고의 경관으로 뽑혔고, 수많은 관광객이 몰린다고 하니 일말의 기대감을 가지고 광교신도시로 향했다.

수원박물관에서 차를 몰고 5분만 가면 고속도로 톨게이트 맞은편에 광교 역사공원과 공원 한복판에 자리한 **수원 광교박물관**이 보인다. 광교역사공원에는 세종의 장인으로 유명한 심온 선생 묘와 태종의 8남인 혜령군의 묘가 함께 있어 가벼운 마음으로 역사탐방을 하기 알맞게 되어 있었다. 하지만 우선 광교박물관에 가서 광교신도시에 대해 조금이라도 알고 싶은 마음이 강하게 들었다.

광교박물관은 신도시를 새로 택지지구로 조성하는 과정에서 발굴된 신

광교박물관에서 바라본 광교신도시

석기 시대 집터를 비롯해 조선 시대까지 1,100여 기의 유구가 조사되었다. 이를 바탕으로 광교의 역사를 되짚어 보고 광교신도시의 미래에 대해 고찰해 보기 위해 박물관을 설립했다고 한다.

광교신도시는 새로 만들어진 뉴타운이지만 수원의 색채가 짙다. 왜냐하면 수원의 대표적인 진산인 광교산에서 비롯되었기 때문이다. 광교산은 928년 왕건이 견훤을 정벌하고 돌아가는 길에 이산에서 광채가 하늘로 솟아오르는 광경을 보고 부처님의 가르침을 주는 산이라 하여 산 이름을 친히 '광교'라 지었다고 전해진다.

원래 광교신도시 지역(이의동)은 청송 심씨, 청주 한씨, 안동 김씨, 상주 황씨 등 여러 성씨가 집성촌을 형성하고 이 지역의 사회와 문화를 주도하

독특한 건축물로 유명한
광교신도시 갤러리아백화점

였다. 특히 청송 심씨는 심온의 묘를 이곳에 두게 되면서 광교 지역과 인연을 맺기 시작했고, 이후 이 일대의 가장 큰 동족 마을을 이루었다. 다음으로 큰 집성촌은 안동 김씨였다. 김언침의 묘를 광교 지역에 두면서 형성된 것으로 추정되고, 광교신도시 조성과 더불어 안동 김씨 묘역의 상당수가 이전되었는데, 그 과정에서 복식을 비롯한 다양한 부장품이 출토되었다.

그 밖에도 광교박물관에서는 국회의원, 문교부 장관, 대한 체육회장을 역임했었던 민관식 선생이 기증한 스포츠 관련 자료들이 전시되어 있었고, 역사학자 이종학 선생이 기증한 독도 관련 자료와 조선 시대 고서, 고지도 등 수많은 연구 관련 자료가 있었다. 하지만 광교박물관의 성격에는 조금 맞지 않은 생뚱맞은 것들이라 다소 어수선한 분위기가 느껴졌다. 그렇지만 광교신도시에는 역사공원과 박물관 등 매력을 끄는 요소가 분명히 있다. 내친김에 광교신도시의 속살을 조금 더 파악해 보려 한다.

광교신도시는 정조가 화성을 설계하면서 했던 말 중에 "고금의 아름다운 것을 이 성에 갖추도록 하라."라는 말에 영감을 얻은 만큼 디자인이 화려한 건물이 많았다. 건축계의 노벨상이라 할 수 있는 프리츠커상을 수상한 렘 콜하스가 디자인에 참여한 광교 갤러리아백화점은 호불호가 갈릴 정도로 파격적인 디자인을 자랑한다. 퇴적암에서 영감을 얻었다는 외관은 수많은 암석이 겹겹이 쌓여 있는 듯하고, 현실이 아니라 우주의 다른 행성으로 온 게 아닌가 하는 착각마저 불러일으킨다.

초현대적인 건물이 가득한 광교신도시지만 수도권 신도시 중 가장 높은 녹지 면적을 자랑하는데, 그 일등 공신은 바로 **광교호수공원**이 아닐까 싶다. 현재 광교신도시의 랜드마크로 자리 잡은 것은 물론, 수원에 오면 꼭 가야 할 곳으로 손에 꼽힌다. 신도시마다 흔하게 볼 수 있는 호수공원이지만 왜 광교호수공원만 유독 유명한지 궁금증이 들었다. 보통 신도시가 조성되면 택지 계획에 따라 호수공원이 함께 만들어진다. 하지만 광교호수공원의 역사는 일제강점기로 거슬러 올라간다.

원래 농업용수를 공급하기 위해 만들어진 저수 시설이었고, 여천 저수지와 신대저수지 두 곳으로 구성되었다. 이후 여천저수지는 원천저수지로 이름을 변경했다. 특히 원천저수지에는 수원시의 유일한 놀이공원이나 다름없었던 원천유원지가 있었다. 1977년 국민 관광지로 지정된 이래, 호수 주위에 많은 행락 시설과 놀이기구가 들어서면서 수원 시민들에게 사랑받

수원 시민뿐만 아니라 전국에서 찾아오는 명소로 자리 잡은 광교호수공원

는 유원지가 되었다. 수원 시민 중에는 원천유원지에서 즐거운 시간을 보냈던 기억을 가진 사람이 더러 있을지도 모른다.

하지만 2008년 광교신도시 개발이 본격적으로 시작되면서 원천 그린랜드를 필두로 여러 놀이공원과 식당 등이 폐업하였고, 원천호수와 신대호수가 한데 묶여 자연생태공원으로 새롭게 태어난 것이다. 야간에 호수에서 광교신도시를 바라보고 있으면 호수와 도심의 조화가 정말 잘 어울린다는 생각이 든다.

그런 아름다움을 보러 수원 시민은 물론 전국에서 많은 사람이 더더욱 몰리는 게 아닌가 싶다. 크기 자체도 일산 호수공원의 2.2배에 달하는 전국에서 손꼽히는 규모이며, 처음부터 인위적으로 조성된 여타 호수공원과 다르게 원래 있던 호수와 숲을 최대한 보존하면서 만들어졌기에 숲도 더 울창하고 아름답다.

천천히 호수를 한 바퀴 산책하며 울창한 숲의 공기를 마음껏 들이마셔 본다. 이방인이라 광교신도시의 교통, 교육, 물가 등 세세한 사항은 알지 못하지만, 이런 아름다운 공원이 있다는 사실 하나만으로 이 동네 주민이 부러웠다. '신도시의 이상향이 이런 게 아닐까?' 하는 생각도 하면서 광교호수공원의 랜드마크인 프라이부르크전망대로 이동했다.

나무 모양의 원통형으로 우뚝 솟은 전망대는 독일의 세계적인 생태도시인 프라이부르크와의 자매결연 체결을 기념하여 만들어졌다고 한다. 전망대에 오르니 원천호수와 광교신도시는 물론 반대편 신대호수의 풍경도 선명하게 보였다. 높은 곳에서 시원한 광경을 내려다보고 있자니 그동안 막혀 있던 답답한 가슴이 시원하게 풀렸다.

앞으로 우리의 주거지는 어떻게 변할까? 과연 끊임없는 신도시 개발이 앞으로 계속 지속될지 나는 잘 알지 못한다. 그러나 수원의 광교신도시를 둘러보며 수원 원도심과 정체성을 함께하면서 그 도시의 가치를 더해 주는 신도시가 생긴다면, 그것 자체로 의미 있는 시도가 아닐까 생각하며 광교신도시 탐방을 마친다.

정조의 효심을 만나다

나라마다 그 나라를 대표하는 랜드마크나 문화재가 있다. 보통 그 나라의 홍보 영상을 만들 때, 예를 들면 인도의 타지마할이라든가 프랑스 에펠탑의 풍경은 빠질 수가 없다. 그럼 경기도를 대표하는 문화재는 어디일까 하는 궁금증이 문득 일어난다. 삼국 시대부터 경기도가 있는 한강 유역은 치열한 영역 다툼의 현장이었으며, 고려 시대부터 조선 시대를 거쳐 현대에 이르기까지 경기도는 역사의 한복판에 서 있었다. 세계문화유산만 해도 광주와 성남의 남한산성, 경기도 각지에 뻗어 있는 조선왕릉, 수원화성까지 세 개나 있다.

그중 수원화성은 단연코 경기도를 대표하는 랜드마크가 아닐까 싶다. 화성은 동·서양 성곽의 장점과 조선의 창의성을 바탕으로 아름답게 건설된 신도시의 원조격이라 볼 수 있다. 지금은 별개의 도시로 분리되어 있지만 원래 수원과 화성은 같은 도시라 할 수 있는데, 수원부의 읍치(고을 소재지)가 화성시 화산동 일대였다고 한다. 하지만 바로 이곳에 정조가 아버지 사도세자의 능원(현재의 융건릉)을 조성하면서 기존 읍치를 밀어 버리고 이곳 수원화성에 새롭게 시가지를 만들면서 수원의 역사가 본격적으로 시작된 것이다.

수원화성(華城)의 명칭은 현재 화성시에 위치한 화산(華山)에서 유래한 것이다. 정조가 자신이 꿈꾸는 나라를 만들기 위해 이전 도시들과 달리 철저한 계획 속에서 건설했고, 그 당시 최첨단 과학기술을 동원하여 만들어

팔달산에서 바라보는 화성행궁과 수원화성의 전경

졌다고 한다. 당대 천재인 정약용이 화성을 건설하기 위해 거중기를 발명했으며, 서양식 축성법을 기초로 한 성제와 기중가설을 지어 올려 축조 중이었던 수원화성 수축에 기여했다.

수원화성의 외벽은 벽돌로 되어 있지만, 내벽은 자연의 지세를 활용했다. 이 점을 들어 흔히들 '동양 성곽 건축의 백미를 보여 준다'고 평가하기도 한다. 수원화성은 동서양 성곽의 장점을 두루 보여 주는 독특한 형태이기 때문에 유네스코 세계문화유산에 지정되었다. 물론 일제강점기와 한국전쟁을 거치면서 많은 부분이 훼손되었지만, 축조 상황을 기록한 것이 세계기록유산 『화성성역의궤』에 남아 있었다. 그 덕분에 팔달문 부근을 제외하고는 거의 대부분 원형에 맞게 복원할 수 있었다.

지금도 수원시의 중심에 위치한 수원화성은 길이 5.7km 정도의 둘레길을 형성하고 있으며 성곽을 따라 걸으며 다양한 경관을 감상할 수 있다. 중국이나 유럽의 성곽이 정사각형 혹은 직사각형 원형으로 단순하게 이어져 있는 데 반해, 화성은 산자락, 평지, 물을 건너가며 성벽이 이어졌기에 지루할 틈이 없다. 어느 지점에서도 시작할 수 있고, 체력 요건이나 시간에 따라 다양한 코스를 즐길 수 있다. 팔달문에서 시작해 다시 원점으로 회귀하는 코스는 넉넉히 세 시간이면 한 바퀴를 돌 수 있으니, 걷는 것을 좋아하는 사람이라면 이 코스로 도는 것이 좋을 듯하다.

중간에 팔달산이라는 산이 있어 등산을 하기 부담스러우면 장안문에서 시작해 연무대까지 천천히 걸어봐도 화성의 진가를 알기에 충분하다. 걷는 것을 싫어해도 괜찮다. 화성 어차를 타고 이동하면서 편안하게 관람하는 방법도 있으니 말이다. 최근에는 헬륨기구를 타고 150m 상공에서 수원화성의 전체적인 모습을 아우를 수 있는 '플라잉수원'이라는 열기구도 생겨 기호에 따라 다양한 방법으로 매력을 살펴볼 수 있다. 광대한 넓이를 자랑하는 수원화성이기에 어디서부터 어떻게 봐야 할지 무척이나 고민되었지만, 성곽을 오르기 전 가장 먼저 가봐야 할 장소는 수원화성의 중요성을 실감 나게 해줄 화성행궁이다.

화성행궁은 굳이 비교하자면 한양의 경복궁에 비견될 정도로 수원화성 성곽 내부의 가장 핵심 구역이라고 할 수 있다. 조선 시대 왕이 머물던 임시 거처인 행궁 중 규모나 기능면에서 난언 으뜸으로 꼽히는 장소다. 평상시에는 수원부 관아로 사용되다가 정조 행차 시에는 화성행궁에서 머무르며,

어머니인 혜경궁 홍씨의 진찬연 및 과거 시험 등 여러 행사를 거행했다고 한다. 화성행궁으로 접근하기 전 먼저 꽤 넓은 행궁 광장을 마주하게 되는데, 광장에서는 많은 사람이 자전거를 타고 다니거나 연을 날리는 광경을 종종 목격할 수 있다. 아파트나 상가 건물로 가득한 도회지에서 시야가 확 트인 넓은 공간이 있다는 것만으로도 수원 사람들에게는 축복일 것이다.

조선 시대 행궁 광장은 출입을 엄금한 금단의 구역이 아니었다. 정조가 백성들에게 구휼을 하기도 했고, 지금으로 따지면 각종 문화 행사가 열리던 소통의 장소였다고 할 수 있겠다. 주위에는 주차장(2단계 복원 공사로 인해 규모가 많이 줄었다)과 아이파크미술관 그리고 서울 보신각에 해당하는 여민각이 함께 있어 볼거리가 무척 풍부하다.

넓은 화성행궁 광장

행궁 광장에서 정면을 바라보면 신풍루라는 현판이 새겨진 건물이 나타나는데, 화성행궁의 정문이 바로 그곳이다. 이 문을 통과하면 본격적으로 행궁의 내부로 들어오게 된다. 신풍루 앞에서는 화성행궁의 명물이라 할 수 있는 무예24기 시범 공연이 화요일에서 일요일, 오전 11시에 열리는데, 현재는 사회적 거리 두기로 인해 화성행궁 내부 유여택에서 진행된다고 한다.

무예24기 공연은 정조가 박제가, 이덕무, 백동수 등에게 편찬을 지시한 무예 훈련 교범 『무예도보통지』에 실린 무예를 선보이는 것인데, 필자가 본 시범 공연 중 고증이나 구성이 단연 최고였다. 활쏘기 시범 및 대나무 베기로 시작한 공연은 장창(조선 시대 무기 중 가장 길다)과 당파(삼지

화성행궁의 정문, 신풍루

창)의 교전, 낭선(대나무에 붙은 곁가지에 독을 묻힌 철편을 달아 만든 무기), 등패(방어용 무기)의 합동 시범, 쌍검무와 조선에서 완성된 전통 검법까지 숨 가쁘게 달려간다.

무예24기의 하이라이트는 가장 위력적인 무기인 월도를 다루는 시범과 조선 후기 단독 전투 진법인 원앙진을 직접 두 눈으로 실감 나게 접해 보는 것이다. 사극이나 영화에서만 보던 옛날 무기들을 실제로 접할 수 있는 좋은 기회니 놓치지 않길 바란다. 이제 본격적으로 화성행궁과 행궁동 주변에 대해 소개해 보도록 하겠다.

수원화성의 핵심 공간인 화성행궁은 겉에서 보았을 때는 여느 관아 건물이랑 크게 다르지 않아 보이지만, 내부로 들어가면 그 격식이나 품격이 마치 궁궐의 축소판을 본 듯하다. 화성행궁은 건립 당시 21개의 건물 576칸의 규모로 지어졌고, 조선 행궁 중에서도 가장 큰 규모를 자랑했다. 정조 이외에도 순조, 헌종, 고종 등 역대 왕들도 화성행궁을 찾을 정도로 의미가 남다른 행궁이었지만 일제의 파괴를 피해 가지 못했다.

일제는 궁궐은 물론 예전에 관아로 쓰이던 곳을 집중적으로 훼손시켰는데, 전각을 부순 자리에는 주로 관공서나 학교가 들어섰다. 화성행궁은 일제강점기 때 낙남헌, 화령전 등의 일부 전각만 남긴 채 거의 전 건물이 헐리는 아픔을 겪었다. 행궁의 터에는 수원시의 각종 관공서와 신풍초등학교 등 많은 시설이 들어섰다. 하지만 1997년 수원화성이 유네스코 세계문화유산에 등재된 것을 계기로 하여 화성행궁의 전각들은 다시 예전 모습을 찾게 되었고, 2003년 10월 일반인들에게 공개되었다.

현재는 2단계 복원 공사가 한창 진행 중이다. 행궁 권역 내에 있던 117년의 역사를 자랑하는 신풍초등학교를 이전하는 과정에서 많은 마찰이 있었지만, 학교를 광교신도시로 옮기면서 그 자리에 있었던 우화관을 다시 복원하고 있다. 원래는 2020년 복원 완료 예정이었지만, 2021년 3월 말 기준 발굴 조사조차 아직 마무리되지 않은 듯했다.

신풍루를 거쳐 좌익문, 중양문을 지나 중심 전각이라 할 수 있는 봉수당으로 이어지게 된다. 물론 기존 궁궐인 경복궁, 창덕궁처럼 거대한 규모라 보기 힘들다. 하지만 건물 주위에는 회랑이 둘러쳐 있었고 세 개의 문을 통과해야 정전으로 이어지는 구조, 격식 있는 붉은 단청으로 인해 이곳이 궁궐임을 깨닫게 한다.

드디어 행궁의 중심인 봉수당 권역으로 들어왔다. 봉수당은 임금 행차 시 정전으로 쓰인 건물로 정조의 친어머니인 혜경궁 홍씨의 회갑연(진찬연)을 열었던 장소로 유명하다. 영화 〈사도〉에서 정조(소지섭 배우)가 어머니(문근영 배우)를 위해 직접 춤을 췄던 장면이 새록새록 떠오른다.

아무래도 새롭게 복원한 행궁이라 역사적 상상력을 자유롭게 펼칠 수 있게 소품이나 마네킹으로 충실하게 재현해 놓은 게 인상적이었다. 정조가 혜경궁 홍씨에게 문안을 올리는 장면이나 집무를 보는 장면을 마네킹으로 충실히 재현해 놓았다. 보통 고궁을 가면 화려한 외부와 달리 내부는 상당히 썰렁한 장소가 많아서 항상 그 점이 아쉬웠는데, 이를 풀어 주는 포인트가 많았다.

봉수당의 오른편에는 화성행궁과 조금 떨어져서 다른 구역을 형성하고

왕의 집무실 역할을 수행했던 봉수당

있는 권역이 존재한다. 정조의 어진이 모셔진 화령전 권역이 바로 그곳인데, 행궁 권역과 화령전 사이에는 바로 신풍초등학교가 있었다. 현재는 복원 공사 중이라 주위가 상당히 어수선하지만, 사람들이 꽤 붐볐던 행궁과 달리 화령전 구역은 오래된 사당에 나 홀로 떨어져 있는 듯하다.

주위는 고요하고 새소리밖에 들리지 않는 고요하고 위엄 가득한 장소라 할 수 있다. 내부에는 정조의 어진이 모셔진 운한각과 행랑으로 연결된 복도각, 그리고 제사를 지내던 부속 건물인 안청으로 구성되었고, 현재는 보물 2035호로 지정된 유서 깊은 건물이다.

화성행궁에는 드문드문 명맥을 지속적으로 이어가는 전각들이 남아 있어 화성행궁의 품격을 계속 유지할 수 있었다. 화령전의 정조 어진은 비록 6·25 때 불타 새롭게 그려진 상상화지만, 그의 얼이 담긴 화성행궁에 걸려 있는 것이라 느낌이 남달랐다. 암울했던 조선 후기에서 한 줄기 빛이 되었던 정조는 적어도 수원이라는 도시의 정체성을 만들었고, 그가 만든 도시는 거대한 대도시로 성장했다. 정조가 하늘 위에서 뿌듯해하지 않을까?

다시 행궁 권역으로 돌아가면 행궁의 건물들과 등을 지고 화경전 쪽을 바라보는 건물이 있다. 행궁(화경전 권역은 엄밀히 말해 행궁에서 조금 떨어져 있다)에서 유일하게 일제강점기에도 훼손되지 않고 원형 그대로 보존된 건축물인 낙남헌이 있다. 정조는 당시 낙남헌에서 수원의 백성들을 위해 잔치를 베풀고, 무과 시험을 치르고 상을 내리는 등 다양한 행사를 열었다고 한다.

낙남헌은 벽이 없는 개방된 구조로 많은 사람을 수용할 수 있었다. 때문에 일제는 이곳을 수원군청으로 사용했었고, 이후에는 신풍초등학교 교무실로도 사용되었다고 한다. 기껏해야 큰 관아 정도로 생각했던 필자의 생각이 틀린 것이다. 낙남헌 뒤편에는 정조가 왕위에서 물러나 노후 생활을 꿈꾸며 지었던 건물인 노래당(老來堂)이 있다. 행궁 전각의 건물 이름을 자세히 살펴보면 정조가 희망했던 마스터플랜을 어림잡아 짐작할 수 있다.

이제 봉수당을 다시 지나가 반대편의 부속 건물이 몰려 있는 구역으로 넘어간다. 이 구역은 문화재라는 느낌보다는 드라마의 세트장 같은 인상이 강하게 느껴진다. 그도 그럴 것이 〈대장금〉, 〈이산〉 등 수많은 사극과 영화를 화성행궁에서 촬영했다. 브라운관에서만 보았던 광경들이 피부로 익숙하게 다가와서 그럴지도 모른다. 봉수당에서 내전 방향으로 들어가면

정조의 어진이 모셔진 화령전 구역

혜경궁 홍씨가 거처하던 장락당이 나오고 역시 마네킹과 모형으로 그 당시 생활상을 충실히 재현하고 있었다.

고궁을 다니면서 왕도 왕이지만 궁궐에 살던 수많은 내시와 궁녀는 어디서 지냈을까 하는 궁금증이 늘 있었는데, 화성행궁에는 이런 호기심을 어느 정도 해결해 줄 수 있는 장소가 있었다. 장락당 뒤편 회랑 세 칸을 궁녀와 상궁 내시의 방으로 재현해 놓았다. 그들은 한 칸도 채 되지 않는 고시원만 한 방에서 생활하고 있던 것이다. 이런 점은 칭찬해 줄 만하다. 앞으로 남은 화성행궁의 건물들은 정말 복잡해서 마치 미로를 통과하는 듯하다.

유여택, 비장청, 서리청, 남군영, 북군영 등을 통과하며 그 건물에 대한

화성행궁에서는 왕뿐만 아니라
내시와 궁녀들의 생활을 엿볼 수 있다.

의미를 살펴보고 다녔다. 건물 곳곳에는 그 당시의 수라간이라든가 갑옷 등의 병기류, 심지어 정조의 아버지인 사도세자가 갇혔던 뒤주까지 우리가 궁금해했던 부분들을 모형이나 유물로 충실히 재현하고 있었다. 2차 복원까지 완료되면 행궁은 예전 모습을 완전히 갖추게 될 것이다. 앞으로 건물들을 어떻게 활용할지가 관건이라고 본다.

마지막으로 화성행궁의 뒤편으로 살며시 발걸음을 옮겨 본다. 생각보다 큰 행궁의 규모에 지친 사람들은 맨 구석에 있는 후원 구역까지 좀처럼 가보질 않는다. 후원의 뒤편 언덕에는 '미로한정'이라 불리는 육각형 모양의 정자가 있다. 소박해 보이는 정자지만 이곳에 오르면 화성행궁의 전체 모습을 조망할 수 있다.

미로한정(未老閑亭)은 '늙기 전에 한가로움을 얻어야 진정한 한가로움이다(未老得閑方是閑)'라는 시구를 인용한 것으로, 왕위를 물려주고 수원에서 노년을 보내고자 하는 정조의 의지가 드러나 있다. 정조는 종종 이곳에 올라가 수원화성이 번성하고 발전하는 모습을 그려 봤을 것이다. 가을에 미로한정에 오르면 단풍이 장관이라고 하니 그때를 기약하며 행궁과 작별을 고했다.

화성행궁도 살펴보았으니 이제는 화성 내부의 골목마다 깃들어 있는 이야기를 찾아 둘러볼 시간이다. 수원화성과 한양도성은 흡사 어린 조카와 삼촌뻘의 관계와 유사하다. 크기는 한양도성의 4분의 1 정도밖에 안 되지만 성 내부에 흐르는 하천이라든지(청계천과 수원천) 종로거리가 있고, 궁전이 있는 것까지 비슷하다.

서울의 종로가 지금의 광화문광장 부근인 육조거리에서 시작해 동대문(흥인지문)까지 이어지는 거리라면, 수원의 종로는 장안문(북문)에서 팔달문(남문)까지 이어진다. 수원화성이 축조된 이래 사람들로 늘 북적이던 거리였으며 경기 남부의 상업 중심지로 자리매김한 곳이다.

수원화성과 나란히 흐르는 수원천의 끝부분에서는 오늘날까지 수원의 대형 시장인 남문, 지동, 영동시장 등이 10개 넘게 몰려 있어 지금도 늘 사람들로 붐빈다. 한때 수원화성의 보존을 위해 문화재 개발 제한 구역으로 묶여 상권이 침체되었지만, 지금은 행궁동의 골목 구석구석이 새롭게 거듭나고 있다.

행궁의 오른편 골목에는 오래된 주택들이 많이 몰려 있었는데, 젊은 사람들이 모이기 시작하고 낡은 주택의 내부를 현대식으로 리모델링하기 시작하면서, 거리는 이색적인 카페나 음식점으로 가득한 곳으로 바뀌게 되었다. 이제는 그 거리를 **행리단길**이라고 부른다. 행리단길은 역사적인 분위기만 감돌던 수원화성을 젊은 사람들이 좀 더 많이 찾게 하면서 수원화성의 색깔을 더욱더 다채롭게 만들고 있다. 분위기 좋은 카페에 앉아서 잠시 여유와 사색의 시간을 즐겨도 좋고, 조그마한 서점을 방문해 독서의 향연을 마음껏 누려도 괜찮다.

행리단길의 오래된 건물들을 보고 있자면 이 건물에는 어떤 스토리가 담겨 있을지 궁금증이 일어난다. 소위 '○리단길'을 보고 있으면 젠트리피케이션으로 인해 주민들이 살던 터전은 없어지고, 결국에는 프랜차이즈로만 도배되는 비극을 맞게 된다. 하지만 행리단길은 아직까지 그런 조짐은 보이지 않았다.

행리단길에서는 아직도 구멍가게, 페인트 가게 등을 쉽게 찾아볼 수 있다. 일상의 풍경을 잃지 않으면서 보행자가 걷기 좋은 환경을 세심하게 배려해 놓았다. 골목마다 벽화는 물론 다양한 조형물을 살펴보며 흥미를 잃지 않게 만들고, 차가 다니는 도로와 인도 사이의 턱을 낮추고 높이를 비슷하게 만들어서 차가 다니지 않을 경우에 쉽게 차도조차 걷기 좋은 공간으로 조성한 것이다.

행리단길은 크게 세 개 구역으로 나뉜다. 행궁에서 화서문까지 이어지는 화서문 옛길, 옛 신풍초등학교에서 장안문으로 가는 장안문 옛길, 마지막으로 근대 화가 나혜석이 나고 자랐던 나혜석 옛길이 있다. 행궁동의 골

수원화성 여행에서 빠지지 말아야 할 명소로 뜨고 있는 행리단길

목마다 많은 이야기와 볼거리를 담고 있다.

특히 화서문과 장안문 사이에는 한옥을 활용한 카페나 게스트 하우스들이 점점 생겨나는 추세인데, 수원화성 한옥 보존 지역에 위치한 '장안사랑채'는 2018년 대한민국 한옥공모전에서 대상을 수상한 바 있다. 예절 교육, 전통문화 체험 등 다양한 프로그램을 즐길 수 있지만, 한옥 건축물 자체가 아름다운 곳이므로 사진을 찍기에도 제격이다. 또한 행궁동 행정복지센터 옆으로 가면 나혜석 생가터로 가는 골목길이 나와 일제강점기 시절 여류 화가로 명성을 날리던 나혜석 화가의 관련 작품들을 벽화로 만나볼 수 있다.

현재는 생가터에 비석만 남아 있고, 확실한 고증을 하지 못해 기념관도 세우지 못하고 있다고 한다. 대신 행궁광장의 **수원 아이파크미술관**에 가면 그의 작품 몇 점이 상설 전시되어 있다. 나혜석에 관한 이야기는 인계동 나혜석거리를 소개하면서 자세히 이어 나가도록 하겠다. 수원화성 안쪽에는 행리단길 말고도 다양한 이야기와 볼거리가 숨겨져 있는 장소가 많다. 이번엔 행궁의 왼편 팔달문 방면으로 걸어가 보자.

서울 인사동 같은 느낌을 주면서 예쁜 소가구들을 파는 가게가 유독 많은 거리다. 바로 **공방거리**라고 불리는 장소인데 예전에는 다소 칙칙한 느낌을 주는 낡은 상점들만 많았던 기억만 남아 있었다. 현재는 예전의 오래된 느낌은 살리면서 간판도, 길도 깔끔하게 정비되어 있었다. 화랑에 걸린 그림들, 품격 있는 벼루와 붓 그리고 앙증맞은 공예품들을 보며 충동구매 욕구가 끊임없이 일어났다. 공방거리에서 팔달문으로 이어지는 길 중간에

서울 인사동과 비슷한 풍경의 공방거리

심상치 않아 보이는 건물 한 채가 눈에 띈다.

넓은 잔디밭을 가진 마당에는 소나무 여러 그루가 심어져 있었고, 이층집의 양옥은 한눈에 봐도 꽤 높은 분이 살고 있는 부잣집 같아 보였다. 보통 일반 가정집이라면 높은 담장이 쳐져 있을 텐데 그렇지 않을 걸로 보아 일반인에게 개방된 문화 공간이란 느낌이 확 왔다. 그렇다. 이곳은 수원의 열린 문화 공간인 후소다. 원래는 지역 유지인 수원 백병원 원장의 자택이었지만, 그분이 사망하고 난 뒤 수원시에서 그 주택을 사 현재는 모든 시민이 누릴 수 있는 장소로 탈바꿈했다.

오래간만에 넓은 잔디밭과 잘 가꾸어진 정원을 보니 기분이 한층 좋아지는 것 같았다. 1층과 2층으로 전시실이 나누어져 있는데, 1층에서는 분

공방거리 한편에 자리 잡은 수원의 열린 문화 공간, 후소

기마다 다양한 기획 전시가 이루어진다. 2층에서는 수원 출신의 유명한 미술사가 오주석(『오주석의 한국의 미 특강』, 『오주석의 옛 그림 읽기의 즐거움』 1~2권의 저자)의 서재와 미술사 자료실을 구비해 놓았다.

공방거리에는 골목 어디를 가든지 연륜이 만만치 않은 가게들과 한옥으로 만든 건물들이 눈에 띈다. 후소에서 멀지 않은 골목 어귀쯤에 오래된 한옥 한 채가 눈길을 끌었다. 안내판을 천천히 읽어 보니 여기가 1961년에 개봉된 신상옥 감독의 영화 〈사랑방 손님과 어머니〉를 찍은 장소라고 한다. 내부 구조가 무척 궁금했지만 문은 굳게 닫혀 있었다(나중에 안 사실인데, 사진 촬영이나 취재를 원하는 경우 주인이 문을 열어 주기도 한다니 필요한 사람은 문의해도 좋겠다).

영화 <사랑방 손님과 어머니>로 유명세를 치른 한옥 가옥

골목을 나오면 곧바로 '한데우물'이 보인다. 예전엔 상수도 시설이 따로 없어서 마을마다 공동 우물을 운영했을 터인데, 이렇게 도심 한가운데 우물이 남아 있는 게 신기할 따름이다. 화성 안 골목, 거리마다 그 도시의 역사, 이야기가 녹아든 장소가 생각보다 많은 것 같다. 다음에 다시 올 때 어떤 식으로 골목이 변할지 기대와 여운을 남기며 다음 장소로 이동한다.

미처 다 소개하진 못했지만 수원화성 안에서 필자가 제일 추천하는 장소는 수원화성의 중간 부분을 가로지르는 수원천 냇가를 천천히 걸어 보는 것이다. 화성의 남쪽 남수문에서 시작해 방화수류정이 있는 화홍문(북수문)까지 수원천이 이어진다. 혹자는 동네 하천과 크게 다를 바가 없다고 생각할 수도 있겠지만, 오래된 버드나무와 낮은 주택들이 어우러져 정다운 분위기가 감돈다. 변화가 유독 잦은 화성 주변의 동네지만 10년 전이나 지금이나 수원천은 변함이 없이 흐른다.

아침부터 꽤 많은 명소를 돌아다녔더니 배가 고프다. 중국 만두, 갈비 등 먹을 것이 다양하기로 유명한 수원이지만, 외지인이 수원에 오면 한 번쯤은 가보는 먹자골목이 있다. 바로 팔달문 안쪽 수원천에서 올라가면 골목 내부에 10여 개의 통닭집이 몰려 있는 **통닭거리**다.

치킨은 호불호가 크게 없는 음식이기에 남녀노소 누구나 맛있게 먹을 수 있는 음식이지만, 유독 수원 통닭거리에 있는 치킨들은 재래시장의 통닭 같은 친숙한 외관에 양도 푸짐하다. 통닭거리는 용성통닭과 진미통닭의 투톱 체제로 이루어져 있었으며, 가마솥 통닭으로 유명한 매향통닭도 인기가 많았다.

하지만 최근 영화 〈극한직업〉에서 갈비 통닭이 크게 화제가 되면서 배경이 되었던 수원 통닭거리에 지각 변동이 일어났다. 남문통닭이라는 가게에서 영화에서 나왔던 왕갈비 통닭을 재현해 내면서 많은 사람이 그 가게로 몰리게 되었고, 이 가게는 갈비 통닭을 메인으로 걸어 넣고는 가게를 크게 확장함은 물론 프랜차이즈화시켜서 전국으로 널리 퍼지게 된 것이다. 그래서 필자도 용성, 진미

수원 통닭거리에서 가장 유명한 진미통닭

등 다른 통닭은 이전에 먹어 봤으니 요즘 인기가 많다는 남문통닭의 왕갈비 통닭을 포장해서 그 맛을 보았다.

사람마다 입맛은 다 다를 테고 각종 리뷰에서 별로라고 한 사람도 더러 있었다. 게다가 유명세 덕택인지 가격도 다른 가게에 비해 비쌌다. 하지만 확실히 갈비 소스 베이스라 맛은 있었다. 햄버거빵에 치킨과 샐러드를 같이 싸 먹는 방식도 상당히 독특했다. 수원 옛 도심에 담긴 골목들을 풍성하게 돌아보는 시간이 되었던 것 같다.

조선 성곽의 마스터피스

이제 수원 여행의 최고 하이라이트라 할 수 있는 수원화성을 한 바퀴 돌 차례이다. 약 5.7km의 성곽을 따라가면 되기 때문에 가벼운 운동화와 편한 옷을 갖춰 입고 출발지인 팔달문(보통 남문으로 불리는 곳)으로 향했다. 걷기만 해도 화성의 웬만한 곳은 다 둘러보기 때문에 솔직히 수원 시민이 부럽기만 하다.

흔히 유럽의 아름다운 도시라고 하는 피렌체나 로마, 세비야, 드레스덴 등은 걸어서 한 시간 이내에 모든 명소가 몰려 있어 도시의 밀도를 더욱더 촘촘하게 만든다. 우리나라 대부분의 도시 명소들은 외곽 지역에 떨어져 있어 자차를 이용해야 하는 불편함은 물론이고 도시의 이미지도 딱히 각인되질 않는다. 하지만 수원은 대부분 명소가 화성 성곽 주위에 몰려 있어 인프라만 잘 갖춰지면 세계 유수의 역사 도시가 될 잠재력이 있다고 생각한다.

이런저런 상념에 잠기다 보니 어느새 팔달문 오른편에 성곽길이 끊임없이 이어지는 장관이 펼쳐진다. 더불어 그 성곽길은 바로 팔달산으로 이어지는데 성벽을 따라 올라가는 경사길이 상당히 가팔라 보였다. 화성 성벽길에서 제일 난도가 높은 팔달산 구간이다.

128m 높이의 낮은 산이라서 등산이 취미인 사람들은 쉽게 오를 만하다. 하지만 등산을 1년에 한두 번 아니, 계단조차 싫어하는 사람에게는 고난의 장벽이 아닐 수 없다. 굳이 산을 오르지 않겠다면 팔달산 구간을 과감하게 제외해도 상관없지만, 자연과 어우러지는 수원화성의 전경을 보고

수원화성의 상징, 팔달문

팔달문에서 팔달산 방향으로 오르는 길

싶다면 반드시 오르길 추천한다.

화성 성곽이 산의 능선을 타고 지나가는 팔달산은 수원의 주산(主山)으로 옛날에는 탑산으로 불렸다. 산의 지금의 명칭으로 바뀐 것은 고려 말의 학자인 이고까지 거슬러 올라간다. 은퇴한 이고는 속세를 떠나 이 산자락에 은거하고 있었는데, 공양왕이 사람을 보내 근황을 묻자 "집 뒤에 있는 탑산의 경치가 아름답고 산정에 오르면 사통팔달하여 마음과 눈을 가리는 게 아무것도 없어 즐겁다."라고 대답했다고 한다.

왕조가 고려에서 조선으로 바뀐 뒤에 태조가 이고에게 출사를 권하자 이고는 이를 거절했다. 태조는 이고가 은거하는 산의 모습이 궁금해 화공을 시켜 탑산을 그려 오게 하였는데, 태조가 그림을 보고 "과연 사통팔달한 산이다."라고 한 데서 이 산이 팔달산으로 불리게 되었다고 한다.

팔달산 초입에 나왔던 남치를 거쳐 산의 허리쯤 올라오면 갑자기 산의 중턱을 가로지르는 널찍한 길이 나타난다. '팔달산로'라 불리는 도로인데, 꽃이 피는 계절에 따라 아름다운 벚꽃과 개나리들이 어우러져 봄의 정취를 마음껏 만끽할 수 있다. 진달래와 개나리를 감상하며 산길을 걷다 보면 어느새 능선길이 나타나 좀 더 편하게 성곽길을 즐길 수 있다.

능선길은 폭이 넓고 걷기 좋은 흙길이 쭉 나타난다. 성벽과 나란히 걸으면서 그 당시 병사들과 장수가 된 것처럼 주위를 천천히 둘러봤다. 가는 길 중간에는 수원시에서 설치한 '효원의 종'이라는 종각이 나오고 이윽고 팔달산의 정상 지점인 서장대에 도착한다. 장대는 군사 지휘소로 장수가 올라서서 명령, 지휘를 하는 역할을 수행하던 곳이다. 대표적으로 남한산성에는 수어장대가 남아 있고, 수원화성에는 동장대와 이곳 서장대가 있다. 팔달산의 가장 높은 위치에서 성곽 전체를 굽이 보고 있다.

당당한 위엄을 풍기는 2층 누각의 서장대는 유난히 수난을 많이 겪었다. 한 20대 청년이 술을 마시고 서장대 안에서 자다가 술김에 추워서 입고 있던 재킷을 벗어서 불을 질러 태워 먹었던 어처구니없는 일이 일어난 것이다. 이 바람에 정조가 친히 쓴 글씨였던 서장대 현판까지 전부 다 불타 버렸다. 항상 문화재를 바라보고 있자면 과연 보존이 우선인가 많은 사람이 찾게끔 활용을 폭넓게 가져가야 할까 하는 딜레마에 빠지게 된다. 문화재의 활용 폭을 넓혀 찾는 시민들이 더욱 많아진다면 최고의 시나리오겠지만, 그러려면 문화재를 아끼는 시민 의식이 더욱 높아져야만 한다.

팔달산 정상에 자리 잡고 있는 서장대

한편으로 건물은 사람들의 온기가 있어야 제 매력을 마음껏 뽐낼 수 있다. 서울의 고궁들도 대부분 내부 입장이 불가하고 겉에서 전체적인 모습을 바라봐야만 했기 때문에 그 점이 무척 아쉬웠다. 최근에 경복궁 집옥재의 도서관 활용과 경희루 내부 입장, 창덕궁 궐내각사의 전시관 활용 등 변화가 조금씩 일어나고 있다. 그만큼 문화재를 아끼는 시민 의식이 좀 더 높아졌으면 하는 바람이다.

서장대에서 팔달산을 조금씩 내려간다. 산을 따라 끊임없이 성곽길이 이어지는 모습이 장관이다. 글에서 전부 다루지는 못하지만 화성 성곽길 곳곳에 있는 포루와 암문, 돈대 등 각종 군사 시설을 살펴보는 것도 성곽길 순례의 또 다른 재미다. 다양한 형태의 성곽 시설물을 한꺼번에 종합 선물

수원화성의 북문이자 정문인 장안문

세트로 볼 수 있는 곳은 이곳 수원화성뿐이다.

팔달산 구간을 내려오면 평탄한 구간이 내내 이어지는데, 그 초입에 화성의 서문이라 할 수 있는 화서문이 보인다. 화서문을 둘러싸고 있는 반달형의 옹성과 우뚝 솟은 서북공심돈(공심돈은 적의 동향을 살핌과 동시에 공격도 가능한 시설로, 수원화성에서만 볼 수 있다)의 조화가 화성 전체에서 세 손가락에 꼽힐 만큼 무척 아름답다.

화서문과 서북공심돈은 한국전쟁 때 성벽 일부가 훼손된 걸 빼면 거의 피해를 보지 않았다. 장안문, 팔달문보다 규모는 작을지 몰라도 간결하고도 섬세한 구조의 아름다움을 엿볼 수 있었다. 이제 성벽을 따라 직선으로 쭉 걸어가기만 하면 된다. 곧게 뻗은 성벽은 거리의 운치를 더해 주고 다른 도시와 차별성을 부여해 준다. 성벽을 마주하고 있는 거리에는 어느새 루프탑을 갖춘 카페들이 점점 들어서고 있다. 조만간 화서문에서 장안문으로 이어지는 거리가 핫플레이스가 될 날이 머지않은 듯했다.

드디어 북문이자 수원화성의 정문이라 할 수 있는 **장안문**에 도착했다. 보통은 남문이 정문일 테지만 왕이 북쪽에 계시기 때문에 정문으로 정해진 것이다. 서울의 숭례문(남대문)보다 규모가 큰 대문답게 정말 웅장한 규모였다.

게다가 옹성을 갖춘 구조이기에 성벽의 두께가 더욱 두꺼워 보였다. 비록 도시 규모가 커지면서 성 한쪽이 끊어졌지만 육교 형식으로 성벽을 불완전하게나마 계속 살리게 되었다. 산도 넘고 성벽을 가로지르며 화성의 절반쯤 온 것 같은데 배꼽시계가 갑자기 울리며 신호를 보냈다.

마침 북문에는 간단히 허기를 채울 만한 유명한 분식집이 있었다. 야구장에도 인기리에 입점한 '보영만두'의 본점이 바로 장안문 맞은편에 있다. 쫄면과 군만두로 유명한 집인데 가격 대비 맛이 깔끔하고 괜찮아 화성 답사 때마다 한 번씩 들르는 집이다.

분식집이라 크게 기대하지 않았는데, 바삭바삭하게 튀긴 군만두와 상큼한 쫄면의 조화가 정말 일품이었다. 맞은편에는 맛집의 옆집으로 화제를 모으고 있는 '보용만두'가 있다. 이름도 비슷해서

보영만두의 매뉴 중 하나인 군만두와 김밥

카피가 아닐까 하는 생도 들었지만, 여기도 맛이 나쁘지 않다고 하니 다음에 화성을 한 바퀴 돌면서 여기도 들러 보는 것도 좋을 것 같다.

수원화성의 장안문에서 팔달문으로 이어지는 구간은 가볍게 산보하듯이 걸어가며 경관을 감상했다. 이번에는 팔달문 주위에 있는 전통시장과 박물관을 함께 둘러보는 코스다. 보통 북문이라 불리는 장안문에서 흔히 시작한다. 장안문 지역은 서울 사당에서 출발하는 버스가 서는 등 교통의 요지라 접근성도 편리하다.

장안문으로 들어가 언덕을 조금 내려가면 수원화성의 하이라이트이자 가장 아름다운 구간으로 손꼽히는 화홍문(북수문)과 방화수류정(동북각루)이 나타난다. 특히 방화수류정 앞에 있는 둥근 모양의 연못(용연)과 성위에 우뚝 서 있는 정자(방화수류정)의 조화가 무척 아름답다. 방화수류정에 올라가서 용연을 조망하는 것도 좋지만, 방화수류정을 가장 아름답게 볼 수 있는 포인트는 아무래도 잠시 성 밖을 나와 버드나무가 휘날리는 용연과 정자를 함께 바라보는 게 아닐까 싶다. 특히 야간 조명이 무척 아름다우니 밤에 이 부분만 떼어서 둘러보는 것도 좋다.

그다음으로 수원화성 구간 내에서 가장 평탄하고 잔디밭이 넓게 펼쳐진 공간이 나타난다. 이곳은 화성에 머물던 장용영 군사들을 지휘하던 지휘소라 해서 동장대라고 하고, 무예를 수련하는 공간이었기에 연무대(鍊武臺)라고 부르기도 한다. 여기서는 활쏘기 체험을 할 수 있고, 화성 어차가 출발하는 장소이기도 하다.

이곳의 지형은 높지 않지만 사방이 트여 있어 주위를 둘러보기 좋다.

수원화성에서 가장 아름다운 경관을 자랑하는 방화수류정과 연지

그리고 성곽을 돌며 반대편으로 꺾이는 공간에 한옥 지붕을 한 둥근 망루가 있어 눈길이 가지 않을 수 없는데, 수원화성의 랜드마크 중 하나인 동북공심돈이라고 한다.

화성의 여러 건축물 중에 유일하게 원형 평면이고, 조선의 건축 자재로 쉽게 쓰이지 않는 벽돌로만 건축된 게 특징이다. 원래는 내부에 들어가서 위를 조망할 수 있는데 필자가 답사한 날은 닫혀 있어서 무척 아쉬웠다. 이제 동문이라 할 수 있는 창룡문을 지나 다시 팔달문을 향해 직선으로 길이 계속 이어진다.

수원 성벽을 따라가다 보면 중간중간 치성(雉城)이 눈에 띈다. 치성은 성벽 중간중간 바깥으로 돌출되어 있는 구조물을 말하는데, 치성에 병사

동장대와 동북공심돈

들의 감시초소를 지어 올린 것은 포루(鋪樓), 여기에 휴식처로서의 기능을 더한 게 각루(角樓)이다. 그리고 벽돌로 작은 요새를 지어 올린 것이 공심돈이다. 기존의 다른 성에서는 살펴보기 힘든 구조물로 군사적으로 진일보함을 보여 줌은 물론 미학적인 건축물이 화성 곳곳에 만들어졌다.

포루, 치 등 각종 군사 시설과 봉수대 시설도 보존이 훌륭했지만 성벽 한편에는 일반 주민들이 사용하는 체육 시설도 있었다. 시민들과 가까이 있는 문화재라는 점이 화성의 또 다른 매력이 아닐까 싶다. 이제 마지막으로 남수문을 거쳐 팔달문으로 돌아오게 되는데, 중간에 시장들로 인해 길이 끊겨서 조금은 아쉽지만 순대로 유명한 지동시장, 영동시장 등 수많은 시장이 있어 사람들로 늘 붐비는 지역이다.

봉수대

정조는 부국강병의 기초가 상업에 있다고 보고 수원에 전국 각지의 유능한 상인들을 불러 모아 팔달문 앞에 시장을 열게 했다고 한다. 그렇게 만든 시장은 역사상 왕이 만든 유일한 시장이었으며, 버드나무가 많은 수원의 별칭이 '유경'이었는데, 그 이름을 따서 수원의 상인들을 '유상'이라 하기도 했다는 사실을 알게 되었다.

재래시장과 그 주변에는 유난히 먹거리가 많기로 유명하다. 지동, 영동, 팔달문, 못골시장 등 다양한 시장이 몰려 있는 만큼 다양한 먹거리를 즐길 수 있다. 먼저 식품 위주의 가게가 많은 지동시장에는 곱창순대볶음이 유명한 타운이 있는데, 칼칼한 육수 베이스에 곱창과 순대 그리고 당면 사리와 라면 사리가 푸짐하게 들어가서 넉넉한 시장 인심을 즐길 수 있는 그런 곳이다. 푸짐한 순대볶음을 맛있게 다 먹고 난 뒤 볶음밥으로 마무리하면 무척 배불러 더할 나위 없이 든든하다.

팔달문시장에는 유난히 만두로 유명한 수원에서 나름 이름을 떨치고 있는 분식집이 있다. 1978년에 설립해 40년 넘게 그 자리에서 명성을 유지하고 있는 '코끼리만두'라는 집이 바로 그곳인데, 튀김만두와 콩나물이 듬뿍 들어간 쫄면이 유명하다. 군만두와 사장님이 직접 담그신 섞박지, 그리고 새콤달콤한 쫄면을 함께 즐기면 순식간에 한 그릇이 비워진다. 팔달문 주위의 다양한 시장들만큼이나 수많은 먹거리를 즐길 수 있는 행복한 시간을 보내다가 어느새 답사의 출발점인 팔달문과 다시 만났다.

서울의 남대문(숭례문)과 비슷한 위상을 지닌 팔달문은 흔히 남문이란 명칭으로 알려져 있다. 지금은 다소 쇠퇴했지만 옛날에는 사람들이 많이

다니는 수원의 중심지라 할 수 있었다. 당시 남문 일대는 수원 근방의 용인시, 안산시, 평택시 등지에서 죄다 몰려와서 지금 수원역에 필적할 만큼 사람이 많았다.

그러나 점차 수원역에 밀리게 되었다. 그래도 주위의 시장을 중심으로 여전히 사람들이 많이 모이는 장소이기도 하다. 하지만 팔달문은 수원화성의 여러 유적 중에서 유일하게 홀로 외롭게 떨어져 있는 섬 같은 존재로 남아 있다.

화성의 모든 구간이 이어져 있지만 유일하게 끊긴 부분이 팔달문 구역이다. 주변에 들어서 있는 전통시장들로 인해 복원은 먼 이야기일지 모르지만 수원화성이 완전체를 갖추기 위해서는 언제까지 팔달문을 이런 상태로 방치할 수는 없는 노릇이다. 그 몫은 화성 답사 미완의 여운으로 남겨둔다.

행궁광장에서 멀지 않은 장소에 수원화성을 총체적으로 이해하게 해주는 수원화성박물관이 있다. 전시실은 1층과 2층으로 나누어져 있는데, 1층에서 2층으로 올라가기 직전 수원화성을 축소해서 전체적인 모습을 보여 주는 미니어처가 정말 볼 만하다.

직접 밟았던 장소를 전체적으로 가늠해 보니 화성의 모든 모습이 확실하게 새겨 들어온다. 화성 축성실에 먼저 들어가면 수원화성의 축성 과정을 전반적으로 보여 주면서 세계 유수의 성곽 모형은 물론 모형 전시를 통해 축성 물자의 이동 경로와 재료에 따른 축성 방법을 살펴볼 수 있다.

특히 수원화성 복원에 결정적인 역할을 했었던 『화성성역의궤』를 두

수원화성박물관에서는 화성과 관련된 다양한 건축 기술을 볼 수 있다.

눈으로 직접 보니, 꼼꼼하고 세밀한 조선의 기록유산에 감탄을 금치 못했다. 이제 반대편인 화성문화실로 가본다. 이 전시실에서는 정조의 행차 행렬과 조선의 군사 개혁의 핵심인 장용영에 대해 전시되어 있었다. 다른 전시도 흥미로운 요소가 많았지만 장용영 군사들의 무기와 무예, 서북공심돈에서의 가상 전투 장면을 통해 수원화성이 정조에게 어떤 의미로 다가오는지 알 것 같았다.

도심 속에 훌륭한 문화유산이 잘 보존되었다는 사실이 무척 신기하면서도 앞으로 화성 일대가 어떻게 변할지 무척 궁금했다. 행궁은 물론이고, 화성 주변으로 옛 모습을 되찾기 위해 복원, 발굴 작업을 활발하게 진행하는 모습을 흔하게 볼 수 있었다.

다른 문화유산과 달리 도심에서 쉽게 접근이 가능하고, 걸어서 주변의 여러 경관까지 돌아볼 수 있는 도시는 흔치 않다. 화성 안에는 게스트 하우스들이 꽤 많다. 한옥으로 된 게스트 하우스에서는 날 좋은 밤에 달빛과 함께 아름다운 화성 야경을 즐길 수 있다고 한다.

1박 2일간의 수원화성 답사를 마무리 지으며 내가 알던 것 이상으로 화성의 매력이 풍부하고, 대한민국의 문화적 역량을 세계에 알릴 수 있는 소중한 문화유산임을 깨닫게 되었다. 이런 훌륭한 문화유산을 잘 가꾸고 보존을 유지하면서 활용을 잘할지는 앞으로 우리에게 남은 과제다. 수원은 가볼 만한 장소가 아직 남았으니 좀 더 돌아보도록 하자.

수원에서 살펴보는 중국 화교의 흔적들

수원은 수원화성의 존재감이 유난히 크다. 세계적인 문화유산이 도시에 있다는 건 축복이지만 그로 인해 이미지가 굳어지면서 다른 볼거리가 빈약한 게 아니냐는 오해를 사기도 한다.

하지만 수원은 다른 볼거리도 아주 많다. 특히 자연의 아름다움을 즐길 수 있는 장소가 곳곳에 분포한다. 수원을 대표할 수 있는 산인 광교산이 있으며, 정조 때로 역사가 거슬러 올라가는 호수공원인 만석거와 서호공원(축만제)도 있다. 이곳에서 한가로운 산책을 거니는 게 가능하다.

수원에는 또 화교의 흔적이 유난히 짙게 남아 있기도 하다. 흔히 인천이나 서울, 부산 등 대도시에 화교들이 주로 분포해 있고, 그들이 몰려 있는 차이나타운 일대는 그 도시의 이국적인 색을 더하고, 주요 관광지의 하나로 자리 잡았다.

수원도 일제강점기 시절 경기도의 상업 중심지 중 하나였던 만큼 팔달문 일대에 꽤 많은 화교가 자리 잡았었다. 지금도 수원에는 화교 학교가 남아 있다. 수원역에서 팔달문 방향으로 가다가 세류로 가는 길에 접어들면 왼편에 한자로 쓰인 아치형 간판의 학교가 보인다. 바로 수원화교중정소학교, 즉 화교들을 위한 학교인 것이다.

1946년에 설립된 유서 깊은 학교이고, 처음엔 수원 종로의 음식점 2층에서 처음 수업을 시작한 이후 인근 사찰로, 한국전쟁 시기에는 부산으로 학교를 옮겼다가 현재의 위치에 자리 잡게 되었다고 한다.

수 세대 전에 이주해 온 이들의 후손이자 국적이 대만인 화교들은 1990년대 중국과의 수교 이후 우리나라에 이주해 온 중국인들과 결을 달리한다. 극변하는 한국의 현대사회에서 화교는 부동산을 마음대로 소유할 수 없었고, 오직 요식업에만 종사할 수 있는 차별을 받았다.

다문화 사회는 이제 되돌리기 힘든 시대의 흐름이고, 해외 이주민을 어디서나 쉽게 마주할 수 있다. 수원은 안산에 이어 경기도에서 많은 외국인이 사는 도시다. 수원에는 화교들이 운영하는 음식점, 화상이라 적힌 맛있는 가게가 많다. 그 대표 격인 가게가 수원 행궁에서 멀지 않은 '수원 만두'라 상호가 붙여진 중국집이다. 이름이 수원이란 이야기를 듣고 처음에는 도시의 이름을 따서 지은 줄만 알았는데, 간판을 보니 '수원(水原)'이 아니라 장수를 기원하는 '수원(壽園)'이었다.

50년의 역사를 지닌 노포답게 실내는 빈티지한 느낌이 강했지만, 그렇다고 해서 낡거나 허름해 보이지는 않았다. 이 집의 특이한 점은 일반 중국집에서 먹을 수 있는 짜장면과 짬뽕이 메뉴판에서 보이질 않는다는 점이다. 이 집은 쇠고기탕면이 특히 유명하다고 알려져 있는데, 단단탕면이란 음식이 나의 눈길을 끌어 두 개를 함께 주문했다. 쇠고기탕면이라 해서 대만의 우육면과 비슷한 면요리가 나올 것으로 생각했지만 아니었다. 빨간 배춧국에 고기가 듬뿍 들어간 처음 보는 형태의 모습을 하고 있어 조금 당황스러웠다.

중식당 수원(壽園)에서는 단단탕면, 쇠고기탕면 등 특색 있는 요리를 맛볼 수 있다.

얼큰한 배춧국에 중화 면을 곁들여 먹는 독특한 느낌의 탕면이었다. 술 한잔하고 나서 해장용으로 제격일 듯했다. 다음으론 단단탕면이 나왔는데 확실히 탄탄면과 맛이 다르다. 비슷한 땅콩 소스(마장 소스)가 들어가긴 하지만 정말 진한 땅콩 맛이 우러 나와서 담백한 느낌이다. 수원에 오신 분들에게 꼭 가보시라고 권하고 싶다.

수원화성 다음으로 수원에서 꼭 가봐야 할 명소가 어디일까? 수원과 중국의 인연으로 인하여 수원시청에서 가까운 인계동 효원공원의 한 구역에 아름다운 중국식 정원을 조성해 놓았다. 몇 년 전 순천의 순천만정원을 갔을 때, 순천만의 자연풍광과 순천만정원의 호수를 중심으로 펼쳐지는 경관은 아름다웠지만 구색만 맞춰 놓은 것을 보고 아쉬움을 금치 못했었다. 꽃, 나무 등 각종 조경에 항상 신경을 써야 하고 자신만의 철학을 가지고 정성을 들여야 하는 게 쉽지 않다.

하지만 수원에 조성된 월화원은 그 구성이나 정성이 흡사 중국 현지에 온 듯했다. 조경은 중국의 기후와 다르기 때문에 어쩔 수 없는 부분이 있지만, 그 점을 제외하고는 중국의 현지 정원에 비해 손색이 없다. 월화원에 가기 위해서는 먼저 인계동에 위치한 효행공원으로 가야 한다. 수원시청이 있는 인계동은 현재 수원의 최대 업무지구 행정 중심지면서 주요 상권이 몰려 있는 거리다.

수원시의 중심 동네답게 거리도 구획도 반듯반듯하다. 하지만 나의 마음은 전형적인 도회지 풍경인 인계동보단 빨리 공원으로 달려가 그 유명하다는 중국 정원을 보고 싶었다. 월화원에 가려면 우선 경기아트센터에 주

수원의 중국식 정원, 월화원

차하고, 효원공원의 구역을 끝까지 가로질러 가야만 한다.

효원공원은 수원시청의 근거리에 자리한 만큼 수원시의 관리가 정말 잘 되어 있는 깔끔한 공원이었다. 중간에 나무를 다양한 동물 모양으로 만들어 놓은 토피어리원을 볼 수 있는데, 분재와는 또 다른 형태의 조경이라 신선함이 가득하다.

바로 옆에는 한눈에 봐도 중국식 건물이 눈에 들어온다. 드디어 월화원에 도착한 것이다. 중국 광둥 지방의 전통 양식을 본떠 만들어진 월화원은 2003년 경기도와 광동성이 체결한 '우호 교류 발전에 관한 실행 협약'의 내용 가운데 한국과 중국의 전통 정원을 상대 도시에 짓기로 한 약속에 따라 2005년부터 중국에서 건너온 전문가 80인의 손으로 지어졌다. 경기도도 광동성 광저우에 있는 월수공원 내 해동경기원을 조성했는데, 담양의 소세원을 본떠 지었다고 한다.

월화원 정문에 들어서면 꽃문양의 녹색 유리창이 나 있는 흰색 담장이 가로막혀 있다. 우리나라 원림의 개방성과 다르게 중국 정원 특유의 폐쇄성이 짙다. 정원 외부와 내부를 확실하게 차단해서 여기서부터는 확실히 정원이라는 표현을 한 것 같았다.

담장 옆으로 돌아가 미로 같은 길을 통과하면 가운데 조그마한 연못을 중국식의 건물들이 둘러싸고 있다. 중심 건물은 '옥련당'이라는 이름이 붙어 있는데, 이곳은 접대와 휴식의 장소로 주로 이용되었다고 한다. 건물과 여기저기 피어 있는 매화꽃의 조화가 정말 아름다웠다.

솔직히 여기까지는 크게 감흥이 없었지만 분재원을 지나 옥란당의 뒤편으로 가면, 둥근 연못과 함께 중국에서나 보던 정원의 아름다운 풍경이 펼쳐진다. 연못 주위를 돌 때마다 달라지는 풍경들 꽃과 나무의 조화 군데군데 살아 있는 디테일들을 볼 수 있어 굳이 중국에 가지 않아도 중국 정원의 아름다운 풍경을 담아 갈 수 있다.

이화원에서나 보던 돌로 만든 배인 월방을 여기서도 보게 될 줄 몰랐다. 시간만 허락한다면 이 장소에서 하염없이 머물고 싶었다. 연못의 끝 쪽으로 가면 연못을 판 흙으로 산을 만들어 그 산 정상에 세워진 중국식 정자인 중연정을 만나게 된다. 여기서 본 월화원의 풍경은 절경이 아닐 수 없었다.

월화원의 이국적인 풍경을 눈에 담으며 새삼스레 여기가 아이유, 이준기가 출연했던 〈보보경심: 려〉의 촬영지임이 떠올랐다. 꽃이 활짝 핀 계절

월화원 내부의 정자

에 다시금 찾아 물소리를 들으며 사색에 잠기고 싶은 곳이다. 수원에 온다면 화성 말고 월화원도 찾아가 보길 바란다.

수원 답사를 마무리하기 앞서 수원과 얽힌 인물들과 관련이 있는 장소가 몇 군데가 있어 그 발자취를 따라 가보려고 한다. 정조 이후로 경기도를 대표하는 대도시로 성장한 수원인 만큼 많은 인물이 수원을 거쳐 갔겠지만, 이번에 소개할 인물들과 그들과 관련된 흔적들은 일부러 시간을 만들어 찾아가 볼 만하다. 먼저 소개할 사람은 일제강점기 시절 여류 화가로서 그림은 물론 그녀의 행적까지 세간의 화제가 되었던 나혜석 화가이다.

나혜석은 한국 최초의 여성 서양화가이며 조선 미술전람회에서 1~5회까지 입선했고, 1921년 경성일보 건물 안에서 한국 여성 화가로서 최초의 개인전을 열었던 인물이다. 그리고 글을 썼던 소설가이기도 하다. 수원 출신이었던 만큼 수원에는 그의 흔적과 인물을 기릴 수 있는 거리가 남아 있다. 저번에 언급했던 행궁동의 나혜석거리에는 그의 생가터로 추정되는 장소에 비석이 남아 있고, 수원 아이파크미술관에는 그의 대표작인 〈자화상〉 등 몇 점이 상설 전시되어 있다.

하지만 나혜석 화가를 제대로 알고 싶다면 인계동에 위치한 그녀를 기려 만든 보행자 거리인 나혜석거리를 방문해 보길 추천한다. 효원공원에서 도로를 건너면 제법 넓은 나혜석거리가 바로 보인다. 주위는 일반적인 도회지의 번화한 평범한 상권이라 다른 장소랑 차별성이 보이질 않아 아쉬웠지만, 바닥에 검은 돌로 그녀의 일대기가 적혀 있었고 그 길의 끝에는 한복 차림을 한 나혜석 화가가 다소곳한 차림으로 앉아 있었다.

나혜석 화가의 생애는 우리 근현대사만큼이나 복잡하고 다사다난했다. 나혜석은 나 참판댁 또는 나 부잣집이라고 불리는 경기도 수원의 명문가에서 태어났다. 집안 자체가 부잣집이었고 당시 여성으로서는 드물게 고등 교육을 받는 등 부족함이 없는 삶을 보낸 것으로 알려져 있지만, 아버지가 자신보다 어린 첩을 두고 어머니와 자신을 차별하는 등의 사건으로 당시의 남성 중심 가부장적인 사회 구조에 반감을 품게 되었다고 한다.

수원 인계동에 조성된 나혜석거리

나혜석은 이후 다양한 활동을 통하여 '여자도 인간이다'라고 주장하였다. 명절은 여자들에게만 일을 시키는 고통스러운 날이라고 지적했고, 결혼은 여성을 억압하고 옥죄는 족쇄라고 말했다. 당시 사회상으로서는 정말 파격적인 발언이 아닐 수 없다. 그리고 일본 외무성 외교관이었던 남편 김우영을 따라 1년 8개월에 걸쳐 유럽, 미주 등을 여행하였다. 한국 여성 최초의 세계 일주라고 할 수 있다. 하지만 남편과의 세계 일주 중 파리에서 최린을 만나 사랑에 빠졌고, 그로 인해 비극의 씨앗이 심어지게 되었다. 세상 사람들은 모두 그녀를 손가락질하기 시작했고, 곧이어 세 아이를 빼앗기고 빈털터리 신세가 되었다.

그녀에게 남은 건 그림과 세상에 대한 분노뿐, 그녀는 '이혼 고백서'를 통해 세간을 한 번 더 들썩이게 했다. 그러나 그녀가 분노할수록 세상 사람들은 나혜석에게서 더욱더 등을 돌렸다. 사생활을 이유로 미술전람회 입상을 박탈당했으며 경제적 어려움을 해소하기 위해 문을 연 미술 강습소 역시 철저히 외면당했다. 말년에는 불교에 의탁해 수덕사 아래 수덕여관에서 5년간 생활하다가 결국 행려병자로 전락해 아무도 찾지 않는 병원에서 쓸쓸한 죽음을 맞게 되었다.

하지만 사회의 불합리한 관습에 정면으로 도전장을 내걸었던 신여성 나혜석의 불꽃같았던 도전적인 삶은 현대인들에게도 시사하는 바가 크다고 할 수 있겠다. 나혜석거리의 반대편에는 한복을 단정하게 입은 동상과 대비되는 신여성의 복장을 한 나혜석 상이 당당하게 서 있었다. 그녀의 일생과 지나간 발자취를 돌아보며 나도 주체적인 삶을 위해 치열하게 노력해야겠다는 다짐을 해보았다.

수원 답사의 마지막 장소는 생각지도 못한 꺼려지는 화장실에 관한 흥미로운 장소다. 한동안 인터넷상에서 화제가 되었던 화장실 문화 전시관인 해우재에 찾아가려고 한다. 영동고속도로 북수원IC와 멀지 않은 장소에 있어 답사를 마무리하고 집으로 돌아가려는 길에 잠깐 들릴 만하다. 전 수원 시장 심재덕 씨가 퇴임하고 변기 모양으로 만든 집을 기초로 꾸며진 박물관인 해우재는 우리에게 많은 시사점을 주는 장소다.

인간의 기본 욕구 중 하나는 배설이다. 그런 행위가 주로 이루어지는 공중화장실은 오랫동안 불결한 장소로 인식되어 왔다. 특히 더러운 화장실의 모습을 마주하게 되면 좀처럼 뇌리에서 지워지지 않아 불쾌했던 기억이 더러 있을 것이다. 개발도상국 등의 외국을 여행하면서 가장 적응하기 힘든 건 깨끗한 화장실을 찾느라 길을 헤매는 것 아닐까? 평소 환경과 문화에 지대한 관심을 가졌던 심재덕은 수원 시장 시절, 화장실 환경 개선의 필요성을 절감하였다. 그리하여 1996년 수원시는 세계에서 가장 아름다운 공중화장실을 가진 도시로 만들 것을 선언하며 본격적인 화장실 문화 운동에 매진하였다. 그리고 전국 최초로 화장실 전담 부서를 신설하여 공중화장실 환경 개선을 위한 본격적인 행정을 펼쳤다.

처음에는 이런 운동이 단순히 보여 주기식 행위나 예산 낭비의 사례로 지목되었고, 심지어 인터넷을 중심으로 비웃음거리의 대상이 되었던 기억이 생생하다. 하지만 이때를 기점으로 전국의 화장실이 대폭 개선되었고, 화장실이 더 이상 배설만을 위한 공간이 아니라 사색과 휴식, 전시와 만남

등 에너지 재충전을 위한 문화 공간으로 재탄생하게 되는 계기를 마련했다. 심재덕 전 시장은 화장실만큼은 진심이었던 사람이었다. 그는 세계화장실협회(WTA)를 창립하고 개발도상국 공중화장실을 보급하기 위한 사업인 '사랑의 화장실 짓기 운동'을 작고하기 전까지 활발하게 활동했다.

주차장에서 해우재에 가기 위해서는 화장실의 역사와 문화 변천 과정을 한눈에 보여 주는 화장실 문화 공원을 먼저 거쳐야 한다. 우리나라 최초 공중화장실인 왕궁리 유적 화장실부터 유럽의 화장실 모형, 요강 등 우리가 알고 있는 각종 화장실의 모습들을 한꺼번에 볼 수 있는 곳은 흔치 않다. 더럽게만 여겨졌던 화장실과 점점 친숙해지는 것 같은 기분이었다. 변기 모양을 하고 있는 특이한 건물이 눈에 띄는데, 그 건물이 현재 화장실

우리나라에서 가장 큰 화장실 조형물로 유명한 해우재 건물

볼일을 보는 사람들의 조형물

박물관으로 쓰이고 있는 해우재 건물이다.

해우재는 '화장실의 역사'와 '화장실의 과학'이라는 두 가지 주제로 구성되어 있는데, 화장실의 역사와 수세식 변기의 발전 과정 등 평소에 친숙하고 가까운 이야기지만 알기 힘들었던 정보를 한꺼번에 얻을 수 있었다. 해우재는 특이한 외형뿐만 아니라 집안의 한가운데 화장실을 두어 생활의 중심으로 끌어냈다는 점이 독특하다. 심재덕 전 시장이 어린 시절 외갓집 뒷간에서 태어나서 개똥이라는 아명을 붙여졌던 인연으로 인해, 화장실에 관해 남다른 애정으로 우리나라의 화장실 문화를 발전시키는 데 큰 공헌을 했다. 무언가에 탐닉한다는 건 결코 부정적인 게 아니다.

광교신도시에서 시작하여 수원의 상징인 수원화성 답사를 거쳐 화장실에 이르기까지 수원이 담고 있는 이야기가 정말 풍부하고 다양하다는 것을 새삼스레 느끼게 되었다.

우리가
모르는
경기도

[안양]

예술의 도시로 가는 아름다운 여정

예술의 도시로 가는
아름다운 여정

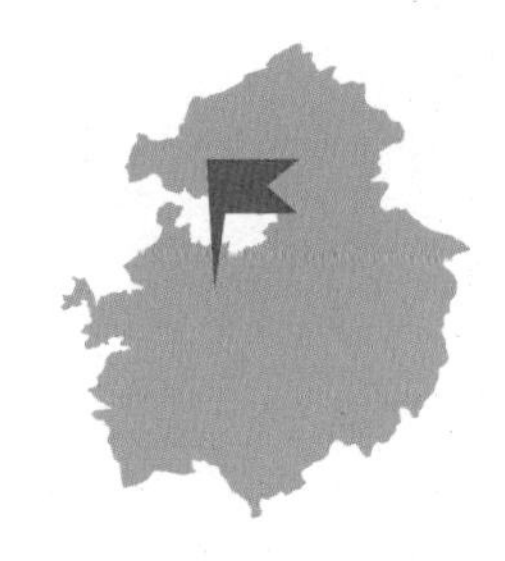

공공예술프로젝트의 모범 사례

서울의 남쪽 경계에 붙어 있는 도시 대부분을 살펴보면, 서울의 구 정도 크기밖에 안 되는 도시들이 많다. 군포, 의왕, 과천, 안양 등 좁은 면적의 도시들은 마치 서로를 보호하는 것처럼 붙어서 도시연담화(Conurbation)를 이루고 있어 각 도시의 이미지가 경기도에서 가장 희박한 지역일지도 모른다. 이번에 소개할 안양이란 도시는 어떤 이미지가 있을까? 사실 안양이란 이름 자체는 꽤 익숙하다.

스포츠에 관심이 많은 사람들은 우선 예전 수원 삼성과 안양 LG의 축구 경기인 지지대 더비도 떠오르고, 현재 안양을 연고로 하는 스포츠 기사가 나올 때 한 번씩 그 지명을 각종 매체에서 본 적이 있었을 것이다. 안양 출신 연예인들, 특히 안양예고를 나온 수많은 스타가 매체에 나와 안양에 대한 언급을 하기도 한다. 하지만 무언가를 보려고 혹은 여행을 위해 굳이 안양을 찾아갈 만한 도시는 아니라고 생각하는 사람들이 대다수일 것이다.

나도 그런 평범한 사람들 중 하나였다. 원래는 다른 경기도의 남부 도시들을 함께 묶어서 개요만 간단하게 다룰까 생각했었다. 그러나 안양에 도착했을 때, 시내 곳곳에서 시를 상징하는 색깔인 보라색 색감이 왠지 개성 있어 보였고, 심미안(審美眼)도 훌륭해 보였다.

순간 도시가 가진 내공과 비전이 다른 도시와 차별화되는 무언가가 있을지도 모른다는 생각이 들기 시작했다. 그 해답을 얻기 위해 옛 안양유원지에서 안양을 상징하는 새로운 명소로 자리 잡은 안양예술공원으로 향했다. 제2경인고속도로를 타고 광명을 지나 석수IC로 나오니 만안교라는 표지판이 먼저 나의 눈길을 사로잡았다.

안양의 상징 중 하나인 만안교

정조는 화성으로 가기 위해 만안교를 건설했다.

안양은 크게 동안구와 만안구로 나뉘어 있다. 안양일번가, 중앙시장, 안양예술공원 등의 명소 위주로 흔히 옛날 안양의 이미지를 고스란히 가져간 동네를 만안구라 하고, 흔히 평촌신도시라 불리는 안양시청과 범계, 평촌역 인근을 동안구라고 한다. 만안교에 대한 별다른 정보는 없었지만 추측건대 만안구의 이름으로 쓰일 정도면 단순한 다리가 아니라 그 나름대로의 상징성이 있을 것만 같았다. 그 호기심으로 인해 만안교란 곳을 한번 들르기로 했다.

별다른 기대는 없었다. 하지만 만안교 가까이 접근해 보니 발길을 멈추게 하는 고풍스러운 무지개 돌다리가 눈에 들어왔다. 옆에는 그 다리의 연혁이 새겨진 듯한 비석이 눈에 아른거린다. 안양을 관통하는 안양천의 지류인 삼막천을 가로지르는 만안교는 사도세자가 묻힌 융릉을 참배하러 가기 위해 정조가 축조한 다리다. 당시 서울에서 수원화성, 융릉을 가려면 한강을 건너 노량진을 지나 사당, 과천을 통해 가는 것이 가장 빠른 길이었지만, 예전엔 그 길 자체가 중간에 교량이 많고 남태령 고개를 넘어야 하기에 어려움이 많았다고 한다.

그래서 지금의 금천구에 위치한 시흥행궁을 거쳐 안양으로 가는 경로를 택하게 되었는데, 그 당시 조선의 인프라에서는 다리를 건설해서 지속적으로 유지하는 게 쉬운 일이 아니었다. 그래도 왕인 만큼 배를 타고 건너기보다 지나가는 길에 임시로 나무다리를 놓았다가 철거하는 것이 일반적이었지만, 행차가 끝나고 다시 철거하는 번거로움이 있었다. 정조는 평상시에도 백성들이 편히 다리를 이용할 수 있도록 하기 위해 만안교라는 돌다리를 짓도록 명을 내렸다.

만 년 동안 사람들이 편안하게 다리를 건널 수 있게 한다는 의미의 만안교는 현재도 많은 사람이 수없이 다리를 건너 왕래하고 있었다. 물론 원래 다리의 위치는 현재의 자리에서 남쪽으로 400m 떨어진 석수로의 교차점에 있었다고 한다. 그래도 '정조대왕도 이 다리를 밟고 남쪽으로 향했을 텐데'라는 생각이 문득 든다. 정조가 겪었을 당시 상황을 상상하며 다리를 건너 봤다. 주위를 둘러보니 삼막천 근처에 사는 주민들은 운동을 하거나 자전거를 타면서 다리 근처에서 산책을 즐기고 있었다.

안양에서 기대하지도 않았던 첫 만남을 가진 후 이 도시가 가진 내공과 매력이 만만치 않음을 실감하게 됐다. 이제 계곡을 따라 **안양예술공원**으로 들어간다. 관악산과 삼성산 사이의 계곡 가에 자리 잡은 안양예술공원은 안양인 게 믿기지 않을 정도로 아름다운 자연과 울창한 숲을 자랑하여 평일에도 수많은 등산객이 이곳을 방문한다. 예전에는 이곳을 안양유원지라고 불렀다. 예전 서울 사람들도 안양을 몰라도 안양유원지는 알 만큼 이 유원지의 명성은 정말 대단했었다.

서울에서 멀지 않은 곳에 아름다운 자연이 있고, 그 당시 워터슬라이드까지 갖춘 수영장도 있었다. 게다가 유원지의 길목에는 대규모 먹거리촌이 형성되어 있어 수많은 인파로 붐벼서 하루에 4만 명이 방문하기도 했었다고 한다. 하지만 자연은 갈수록 훼손되었고, 특히 홍수로 인한 자갈과 토사가 쏟아져서 주위 환경이 엉망이 되었다. 시설은 점점 낡아가고, 유원지의 퇴락은 막을 길이 없었다. 안양시는 도시 전체의 브랜드 재고를 위해 새로운 길을 모색해야만 했다.

마침 안양에 자리 잡고 있던 공장들이 대거 지방으로 이전했던 상황과 맞물려 2005년에 안양공공예술프로젝트(APAP)를 시작하게 된다. 안양이라는 도시 전체를 미술 작품으로 채워 거대한 갤러리로 만드는 도시의 명운을 거는 시도였던 것이다. 그 프로젝트의 중심 공간이었던 장소가 바로 옛 안양유원지이며 지금의 안양예술공원인 것이다. 현재는 공원 곳곳에 예술 작품을 설치해 아름다운 자연과 함께 산책을 즐기면서 작품을 감상할 수 있는 특별한 공간으로 만들었다.

안양은 절 이름에서 따왔다?

안양예술공원의 초입에는 유유산업이 있던 공장의 건물을 그대로 활용해서 박물관으로 쓰이고 있는 안양박물관과 김중업건축박물관이 자리 잡고 있다. 유유산업이 있었던 공장의 공간은 안양의 역사에 있어서도 특별한 장소라 할 수 있다. 우선 안양이라는 도시 명칭의 유래를 잠시 짚어 보고 넘어가지 않을 수 없는데, 의외로 그 명칭의 역사는 오래되었다. 고려 태조

유유산업 공장 부지터에 들어선 안양박물관

왕건에 의해 창건된 안양사(安養寺)에서 유래되었다고 한다. 물론 다른 이설로는 조선 시대에 정조가 부친 사도세자의 능행을 위해 가설한 만안교의 '안(安)' 자와 함께, '양(養)' 자는 후세 사람에게 인륜의 근본인 효의 뜻을 기리는 것으로 이를 합쳐 '안양'이라는 명칭이 만들어졌다는 것이다.

그런데 이 유유산업이 있던 공장 부지를 발굴하던 도중 안양사 명문 기와가 발굴되어 고려 시대의 안양사가 있었음이 확인되었다. 그러니까 안양의 유래가 만들어진 곳이 바로 유유산업 부지인 것이다. 그런데 문제는 유유산업의 공장 건물도 한국 근현대 건축의 거장인 김중업 씨가 1959년에 설계한 유서 깊은 건물이었다. 땅속에 숨어 있는 안양사지의 주춧돌을 꺼내기 위해서 공장 건물의 파괴는 막을 수 없는 운명일지도 모르는 상황이었다. 하지만 각계각층의 노력 끝에 공장 건물 두 동은 보존하여 각각 안양박물관과 김중업건축박물관으로 새롭게 변모하게 되었고, 안양사지의 건물터는 땅속으로 다시 세상에 드러나는 묘수를 찾은 것이다. 어디서도 보기 힘든 고대와 근현대의 문화재 공존을 여기서 이룬 셈이다.

우선 안양이란 도시에 대해 좀 더 알기 위해 안양박물관으로 들어갔다. 공장 내부의 인테리어를 그대로 살린 듯한 독특한 분위기 속에서 선사 시대 유물부터 근현대에 이르기까지 안양과 관련된 다양한 자료를 한눈에 살펴볼 수 있었다. 특히 안양사지에서 발굴된 기와 파편들이 그 당시 번성했던 절의 연혁을 말해 주는 듯했다.

근대에 안양은 공업도시로서의 명성이 높은 걸로 유명했지만, 동양 최

유유산업을 설계한 건축가 김중업에 대한 자료를 전시한 김중업건축박물관

대의 종합 영화촬영소인 안양촬영소가 있었다는 사실을 박물관을 통해 처음으로 알게 되었다. 이러한 내력들이 지금의 안양을 예술도시로서 가꾸게 되는 원동력일지도 모른다. 옥상에는 삼성산과 관악산은 물론 안양사지 터의 전경을 한눈에 내려다볼 수 있는 카페도 있다.

이번에 가볼 곳은 우리나라의 건축사의 거장 김중업건축박물관이다. 김중업은 한때 우리나라의 최고층 마천루였던 삼일빌딩과 올림픽공원의 평화의 문 등 굵직한 근현대 건축물을 설계했던 건축가로 유명했다. 김중업은 모더니즘 건축을 대표하고, 현대적인 아파트 단지의 방식을 확립한 스위스 출신 건축가 르 코르뷔지에의 유일한 한국인 제자였다. 1950년대 초 파리의 '르 코르뷔지에 아틀리에'에서 일하며 현대 건축을 공부한 뒤, 귀국하여 본격적인 건축 활동을 펼치기 시작했다.

김중업이 설계했던 유유산업의 공장 건물은 이제 그의 박물관으로 변모하게 되었다. 박물관에는 주로 김중업의 건축 스케치, 도면, 모형 등을 전시하고 있었다. 그는 굵직한 건축물을 많이 지었는데, 그중 제주대학교 본관과 청평 산장은 현재 사라지고 도면만 남아 있다. 그래도 이 박물관에 그의 주요 작품들이 나무로 만든 모형으로 전시되어 있기에 그의 건축세계를 한눈에 들여다볼 수 있었다. 지금도 전국 각지에 그의 작품이 꽤 남아 있는 걸로 알고 있다. 차후 언젠가 여유가 있을 때, 그의 건축물을 돌아봐야겠다는 여지를 남겨 두고 박물관을 떠났다.

구 유유산업 부지에는 눈여겨볼 만한 문화재가 또 있다. 박물관 단지 초입에 자리한 중초사지 당간지주와 삼층석탑이 바로 그것이다. 우리나라의 많은 절터에서 그나마 남아 있는 문화재 중 가장 흔하게 볼 수 있는 형태가 당간지주와 석탑이다. 돌로 만들어졌기 때문에 수많은 전쟁과 병화에도 끄떡없이 천 년의 세월을 버틴 것이다. 두 개의 돌기둥이 우뚝 서 있는 당간지주는 절에 행사가 있을 때 입구에 달아두는 '당(불화를 그린 깃발)'을 매단 기둥을 고정해 주는 지주대를 말한다. 이 장소는 안양사는 물론 삼국 시대부터 존재했었던 중초사의 터이기도 하다. 당간지주 서쪽에는 중초사라는 명문이 써진 글씨가 남아 있어 분명한 조성 연대를 말해 주는 귀한 유적이라 볼 수 있다. 현재는 보물 4호로 지정되어 있다.

탑과 당간지주를 돌아보면서 구 유유산업 일대의 답사를 마무리 지었다. 이제 본격적으로 안양예술공원을 둘러볼 차례인데 안양박물관을 지나

안양박물관 초입에 자리 잡은 중초사지 삼층석탑(왼)과 중초사지 당간지주(오)

주차장 부지 위쪽에 또 하나의 문화재가 숨어 있었다. 바로 석수동 마애종이라고 불리는 문화재다.

돌에 새겨진 '마애불'은 종종 들어 봤지만 '마애종'이라는 명칭은 다소 낯설다. 그도 그럴 것이 우리나라에 마애불은 많아도 마애종이란 장소는 이곳이 유일하기 때문이다. 암벽에 종을 음각으로 새기고 현재는 보호각에 고이 모셔져 있다. 비록 돌벽에 새겨진 조각이지만 종을 치면 소리가 날 것처럼 디테일하게 표현되어 있었다. 신라 말기 또는 고려 초기로 추정되는 작품이라고 하는데, 천 년이 넘는 세월이 지났지만 아직도 그 형태가 완전하게 남아 있다는 점이 신기했다. 유형문화재로 지정되어 있지만 내 마음속엔 보물급 이상이었다.

안양이 가진 문화적 자산이 만만치 않음을 이번 방문을 통해 다시금 실감했다. 이제 안양은 겹겹이 쌓인 문화의 층을 새롭게 올리려는 노력을 지속하고 있다. 안양예술공원으로 들어가는 초입부터 심상치 않은 자태의 건물들이 보이기 시작했다. 주차장 입구에 흡사 컨테이너 건물을 엇갈리게 쌓아 놓은 듯한 타워가 보였다. 디디에르 피우자 파우스티노가 건축한 〈1평 타워〉라고 한다. 한국 건축의 넓이 계량 단위였던 1평에서 착안하여 최소한의 대지를 사용해 독특한 작품을 만들어 냈다.

이제 계곡을 따라 산 쪽으로 걸어 들어간다. 봄에 활짝 핀 꽃들과 깨끗한 물이 흐르는 아름다운 자연 속에서 몸과 마음은 속세의 번뇌를 벗어 버렸다. 계곡을 따라 제각기 다양한 예술 작품들을 감상하며 새로운 영감을 듬뿍 얻어가는 기쁨을 누려 본다. 그러던 중 갑자기 초현대적인 느낌의 콘

독특한 양식의 석수동 마애종

크리트 건축물인 안양파빌리온이 모습을 드러냈다. 안양파빌리온은 안양예술공원의 허브 역할을 하고 있고, 예술 관련 서적과 아카이브 설치 작품 전시 등 안양예술공원을 본격적으로 둘러보기 전 꼭 가야 할 장소라 할 수 있다.

안양파빌리온은 모더니즘 건축의 20세기 마지막 거장으로 평가받는 포르투갈 건축가 알바로 시자 비에이라가 아시아에서는 처음 설계한 건축물로, 어느 각도에서도 같은 형태로 읽히지 않는 독특한 공간 구조를 지니고 있다(파주 출판단지의 미메시스박물관도 그가 설계했다). 현대적인 건축물이라서 자연과의 부조화가 있지 않을까 생각했는데, 건물을 전체적으로 산이 경관을 가리지 않게 신경 써서 건축한 듯한 인상을 받았다.

내부는 안양예술공원의 작품들의 전체적인 모형과 함께 아카이브를 통해 많은 정보를 얻을 수 있도록 잘 구성되어 있었다. 한쪽 벽면에는 시민들이 기증하거나 버려진 가구들을 모아서 만든 거대한 책장이 있는데, 쓸모없는 합판들이 모여 〈무문관〉이라는 작품으로 만들어진 게 신기했다.

이제 하천을 건너 산을 타고 안양예술공원의 전망대로 올라가 본다. 전망대로 가는 산등성이에는 안양예술공원의 조형물들이 집중적으로 분포되어 있다. 음료 상자를 재활용해 만든 집인 〈안양상자집〉이라는 작품이 있는데, 이는 불탑을 현대적으로 재해석한 것이다. 또, 반짝이는 거울 기둥으로 이루어진 〈거울미로〉라는 작품에서도 눈을 쉽게 떼지 못했다.

가는 길 중간에는 옛 안양 사지의 명맥을 잇고 있는 안양사로 가는 길이 있어 잠시 둘러볼 만하다. 하지만 이미 전망대로 가는 길을 멈출 수는 없다. 조금 더 힘을 내어 산에 올라가다 보면 눈앞에 삼성산의 등고선을 그리듯 만든 작품이자 전망대가 나온다.

전망대를 돌고 돌면서 오르다 보면 눈앞에 아름다운 산의 전망이 시원하게 펼쳐진다. 전혀 기대하지 않고 갔었던 안양 여행에서 뜻하지도 않은 큰 선물을 받은 듯했다. 산에서 내려와서 목표한 지점까지 계곡을 따라 계속 거닐어 봤다. 계곡 가에는 응당 정자 하나 이상은 꼭 있기 마련인데, 역시나 이국적인 외형을 갖춘 일명 〈로맨스 정자〉가 계곡 한쪽에 자리 잡고 있었다. 이 정자는 태국 작가가 설계한 작품으로 〈파라다이스 살라〉로 불리기도 한다.

안양이 불교의 이상향인 극락정토를 의미한다는 사실에 착안해서 정자 위를 안양의 과거, 현재, 미래를 태국풍으로 그려 넣었다. 태국과 한국의 산수화를 합쳐 놓은 그림의 풍경이 이색적이었다. 이 정자에서부터 안양

나무 위의 선으로 된 집

안양예술공원 전망대에서 바라본 풍경

예술공원의 끝 지점이라 할 수 있는 서울대 관악수목원까지 아름다운 벚꽃 나무가 끊임없이 이어져 있었다.

이제 안양예술공원의 마지막 작품이라 할 수 있는 〈나무 위의 선으로 된 집〉에 도착했다. 주차장에서부터 튜브 형태의 기다란 통로를 따라 밖으로 나와 둥그렇게 회전하며 독특한 형태를 취하고 있는데, 그 회전이 모여 하나의 야외 공연장을 만들고 있었다. 많은 작품을 짧은 시간에 보면서 끊임없이 돌아다녔지만, 그 시간이 결코 피로하지 않았다. 돌아가는 길도 상쾌하고 즐거웠다.

안양은 예술공원 하나만으로도 충분히 예술 문화의 도시로 불릴 자격이 있다고 생각한다. 미처 소개하지 못한 수많은 작품이 안양예술공원에 있으니까 직접 찾아, 그 작품을 찾아보는 재미를 누려 보길 바란다.

안양일번가와 평촌신도시

안양예술공원에서 의외의 성과를 거둔 후, 과연 안양의 시가지에는 어떤 이야기가 담겨 있을지 무척 궁금했다. 흔히 안양의 번화가는 만안구, 동안구 각각 따로 존재한다고들 말한다. 우선 1기 신도시였던 평촌, 범계역 부근은 안양시청과 백화점 등 상업 시설이 집중적으로 밀집해 있고, 과천에서 가까운 인덕원역도 안양시의 주요 상권이라 할 만하다. 하지만 안양시가 되기까지의 과정을 거꾸로 돌이켜 보면 그 중심에는 바로 안양일번

가로 대표되는 안양동이 있었다.

과거보다 위상이 많이 떨어졌지만 현재도 안양을 대표하는 중심 상권인 안양일번가는 백여 년 전으로 거슬러 간다. 안양역이 점차 발전하면서 역의 역사와 궤를 함께한다. 그 역사는 1905년 1월 1일 경부선 개통과 함께 시작되어 안양역이 생기면서 크고 작은 식당과 옷가게, 술집 등이 들어오며 번화가의 기틀이 마련되었다.

사람들이 자주 드나드는 역은 자연스레 규모가 커지게 되고 사람들이 몰리면서 1990년대에 안양 최고의 번화가이자 젊은이들 사이에서도 모임 장소로 큰 인기를 끌게 되었다. 아마 수도권 서남부에 살았던 사람들은 안양일번가에 한 번쯤 가봤을지도 모르겠다. 평촌신도시가 점차 규모를 확장해 가고, 안양역에 있던 백화점도 자리를 옮겼지만 현재도 그 명성은 식지 않았다.

예전에는 안양일번가 앞 벽산사거리에서 조폭들이 공기총으로 총격전을 벌였던 사건도 있었고, 구석에서 담배를 피우는 학생들도 심심치 않게 보였지만, 현재는 골목마다 CCTV가 설치되어 있어 어디든 안심하고 다닐 수 있다. 번화한 안양일번가에서 남부시장 쪽으로 가다 보면 도회지 속에서 갑자기 한옥 양식의 건물이 우리를 반긴다. 2000년대 초반부터 지금까지 논란의 중심에 있는 구 서이면사무소가 바로 그 장소이다.

지금의 안양이 시흥군 서이면이었을 시절인 1917년에 지금의 자리에 면사무소로 지어졌고, 1949년 시흥군 안양읍으로 승격되면서 자리를 옮기기 전까지 안양의 행정관청 역할을 했었다. 현재 내부에는 일제강점기 유물과 사료 및 안양의 애국 인물에 대해 전시되어 있으며, 당시 면사무소의 모습을 실제로 쓰던 필기구는 물론 소품들도 가지런히 배치되어 있다.

하지만 대들보에서 발견된 상량문에 "대정6년(1917년) 조선을 합해 일본의 병풍으로 삼는다."라고 적혀 있고, 또 상량식을 일본 천황 생일에 치르고, 초대 면장이었던 조한구 주임이 조선총독부로부터 두 차례 훈장을 받은 사실이 드러나 친일 문화재라는 지적이 끊이지 않고 있다.

엎친 데 덮친 격으로 문화재로 지정되면서 주변 상권이 문화재 보호 구역이라는 개발 제한까지 휘말리면서 안양일번가 상권의 쇠퇴 원인 중 하나로 지목받게 되었다. 그야말로 애물단지 취급을 받게 된 것이다. 물론 상인들과 주민들의 생계가 걸린 일이라서 더욱 신중하게 생각해야 하는 문제기에 무조건적인 보존만 고집할 순 없다. 일각에선 안양예술공원으로 이전하라는 이야기도 더러 있지만, 문화재는 제자리에 있을 때 그 가치가 유지된다고 생각한다. 부끄러운 역사도 우리 역사이기 때문에 내부를 친일 행적을 알리는 전시관으로 좀 더 꾸며 놓으면 어떨까 하는 조심스러운 마음이 든다.

여러 가지 상념에 잠기며 안양중앙시장으로 향한다. 안양일번가가 젊은 사람들의 성지라면 안양중앙시장은 남녀노소 누구나 찾는 안양 최대의 전통시장이다. 어르신들이 잡화와 반찬거리를 사러 시장을 찾는다면 젊은 사람들이 시장에서 주로 찾는 장소는 일명 '먹자골목'이다. 곱창골목, 김밥골목, 떡볶이 골목 등 시장의 골목길마다 비슷한 먹거리 가게가 몰려 있기에 먹고 싶은 것을 마음속으로 생각한 후 마음에 드는 가게에 앉아 싸고 푸짐하고 맛있는 음식을 즐기면 된다.

시장마다 명물이 있지만 이곳은 특히 곱창골목이 유명하다. 35년 넘게 시장의 한 골목을 지켜온 곱창골목은 30여 개의 순대곱창집이 모여 있어서 순대곱창의 매콤하고 고소한 냄새가 골목을 타고 시장을 찾는 사람들의 발길을 돌리게 만든다. 나도 그 유혹을 못 이겨서 사람이 적당히 붐비는 집을 찾아 순대곱창을 한번 주문해 먹어 보았다. 다른 순대곱창집처럼 순대와 돼지곱창, 당면, 양배추, 깻잎을 매콤한 양념에 볶아낸 평범한 순대곱창이지만, 이 시장의 순대곱창은 안양중앙시장만의 특별한 매력이 있는 것 같았다.

배도 부르니까 근처에 있는 공원에서 바람이나 쐬며 다음 일정을 하기

삼덕제지 공장의 부지를 이용해서 만든 삼덕공원

위한 충전을 하려 했다. 하지만 중앙시장의 맞은편에 위치한 삼덕공원은 일반 공원이라 하기엔 뭔가 특별한 사연이 있는 듯했다. 그 이유는 바로 공원 한가운데 외로이 서 있는 공장 굴뚝이다. 굴뚝 한편에는 삼덕공원의 역사를 설명해 주는 글과 사진 자료가 패널에 새겨져 있어 차근차근 읽어 보았다. 알고 보니 원래 공원은 1961년부터 인쇄용지를 생산하는 공장의 부지였는데, 2003년까지 40년 넘게 굳건히 사업을 이어간 삼덕제지가 공장을 다른 지역으로 이전하면서 이 공간이 비게 된 것이다.

이 자리가 안양역에서 멀지 않고, 나름 안양의 중심가였던 만큼 상업용이나 주거용 도로 재개발했으면 회사 차원에서도 짭짤한 이익을 거둘 수 있을지 모른다. 허나 삼덕제지의 전재준 회장은 이 땅을 안양시에 기부해 시민공원으로 만들 것을 제안했다. 그래서 이를 기리기 위해 공장에 있던 굴뚝을 33%로 축소한 모형 타워를 공원 한가운데 세운 것이다. 도심지에 이런 공원이 있다는 것은 안양 시민의 축복이라 할 만하다. 한때 서울 남부의 공업도시로만 여겨졌던 안양이 뜻있는 사람들이 한데 모여 도시의 정체성을 새로이 만들어 나가고 있다.

이제 안양 도심의 여행길은 안양천으로 이어진다. 안양시를 관통해서 광명, 금천구, 영등포를 거쳐 한강으로 합류하는 안양천은 한강의 중요한 지류 중 하나다. 자전거 도로도 잘 구비되어 있고, 산책로를 따라 서울까지 이어지므로 출퇴근하기 위해 안양천을 이용하는 사람도 심심치 않게 볼 수 있다. 지금의 깨끗한 생태하천으로 거듭날 수 있었던 데에는 10년이 넘는 시간이 필요했었다. 그전에는 급격한 산업화와 안양에 산재해 있는 공장들 때문에 오염되어 접근 자체가 힘들었다고 한다. 안양천에 가까이 가면 그런 노력을 엿볼 수 있는 장소가 몇 군데 있다. 안양천생태이야기관으로 가면 그 노력의 과정과 지금 안양천의 생태를 알 수 있는 모든 것을 볼 수 있다.

특히 안양천에 서식하는 식물과 조류 등의 생활 방식을 다양한 기법의 전시를 통하여 흥미를 돋우게 만들어 주니 한 번쯤 방문하는 것도 어떨까 한다. 이번 답사를 통해 안양의 문화유산이 풍부하다는 것을 새롭게 알게 되었다. 이제 안양의 현재와 미래라 할 수 있는 평촌신도시로 넘어가 보자.

서울의 과밀해진 인구를 분산시키기 위해 1980년대 1기 신도시 계획이 시작되었다. 그 신도시 중에는 우리가 잘 아는 일산, 분당신도시부터 부천의 중동, 군포의 산본, 그리고 이번 안양 여행의 답사처인 평촌신도시까지 많은 도시가 지정되었다.

일산, 분당이란 이름은 수많은 매체를 통해서 흔히 들어 봤지만 평촌이라는 이름은 다소 낯설긴 하다. 다른 1기 신도시들이 대체로 도시와 궤적을 달리하면서 그 도시의 정체성에서 벗어나려 했지만, 안양시청이 평촌의 한복판에 자리하고 있고, 안양이라는 도시를 크게 변화시킨 안양공공예술프로젝트의 큰 축을 담당한다.

안양의 구도심이라 할 수 있는 만안구를 지나 평촌 지역인 동안구로 들어오니 계획도시답게 도로가 일직선으로 뻗어 있고, 구획도 반듯하게 조성되어 있는 게 느껴졌다. 신도시의 선임 격이라 아파트들은 다소 낡아 보였지만, 그렇다고 고루하거나 지저분해 보이지는 않았다. 평촌신도시의

평촌신도시의 번화가

핵심 동네인 평촌, 범계동은 안양에서 사람들이 가장 많이 사는 지역이자 가장 빨리 변화하는 지역이라고 한다. 하지만 도시는 전체적으로 차분하게 보이고 울창한 숲속으로 들어온 듯했다.

언뜻 보면 평범해 보이는 동네에도 수준 높은 예술 작품들이 길거리와 아파트 단지, 상가, 공공 기관 앞 어디에나 있다. 일상을 예술로 끌어들인 이 도시의 속살이 궁금해서 그냥 지나칠 수가 없었다. 우선 평촌신도시의 중심축에 자리 잡은 평촌 중앙공원으로 첫발을 디뎠다. 안양시청에서 시작해서 평촌 중앙공원으로 이어지는 공간에는 세계적인 작가의 작품들을 포함해 공원 안팎에 50여 점의 조각품이 숨겨져 있다. 하지만 공원의 거대한 광장으로 나아가면 울창한 숲에서 벗어나 사방이 뚫려 있는 시원한 광

평촌 중앙공원의 기울어진 집

<무제 2007(티하우스)>

경을 목도하게 된다.

그 중심에는 평촌 중앙공원의 상징적 조형물이라 할 수 있는 두 개의 기둥이 서 있고, 그 너머 쌍둥이 오피스텔 빌딩인 아크로타워와 안양시청까지 직선으로 이어진다. 사람들은 저마다 산책을 하거나 연을 날리거나 피크닉을 즐기면서 여유로운 생활을 누리고 있었다. 도심 한가운데 이런 훌륭한 공원이 있다는 사실 자체가 평촌 주민으로서는 큰 축복이 아닐 수 없다. 이제부터 공원, 도로변, 아파트 단지 곳곳에 숨어 있는 작품들을 찾아보는 보물찾기의 여정으로 떠나 보도록 하자.

먼저 살펴볼 곳은 한옥을 45도 정도로 기울여서 위태로운 형태로 건축한 일명 〈무제 2007(티하우스)〉라고 하는 태국 작가 리크리트 티라바니트의 작품이다. 얼핏 보면 공중에 떠 있는 집이 쓰러질 것 같은 위태로운 자세로 버티고 있는 듯했다. 작가는 평소에 예술의 사회적 역할을 고민해 왔고, 그런 맥락에서 전시장에서 음식을 만들어 관람객에게 제공하거나 전시장을 아파트로 바꾸기도 하는 등 독특한 활동을 많이 했다고 알려져 있다. 이미 이탈리아에서도 스테인리스 재질로 정육면체 모양의 '티하우스'를 제작했다고 한다. 명상을 하는 조용한 담소의 공간인 다실을 불안한 건축으로 마무리했다는 점이 이색적으로 다가왔다.

분명 훌륭한 작품임이 분명하건만 안양 시민들은 이런 광경에 익숙한 듯 무심코 지나가는 모습이 더욱 신기하게 다가왔다. 다음으로 볼 작품은 역시 중앙공원 내에 자리한 〈시간의 파수꾼〉이라는 작품이다. 세계 각국의 시간을 표시하는 지구 위에 한 사람의 인물을 세우고 한국의 시간을 표시

한 시계로 얼굴을 가려 놓은 기묘한 작품이라 할 수 있는데, 현대 사회에서 시계는 우리를 속박하는 중요한 매개체인 상황에서 많은 시사점을 남긴다. 예술은 우리 인생에서 필수품은 아니지만 우리가 사는 삶을 압축적으로 혹은 명쾌하게 보여 주며 인생을 고찰하게 해주는 수단이라 생각한다.

당연하게 느껴졌던 삶의 소재를 예술을 통해 다양하게 표현되는 것을 보니 나의 작은 세계가 점점 확장되고 있음을 실감한다. 그 밖에도 범계역 부근의 다양한 색으로 표현된 강아지와 꽃이 인상적인 〈헬로, 안양 위드 러브〉라는 작품과 430개의 거울을 엇갈리게 쌓아 놓은 10m의 탑인 〈루킹 타워〉도 꼭 놓치지 말아야 할 평촌의 예술 작품이다.

안양 공공예술프로젝트(APAP) 홈페이지나 안양파빌리온 등을 찾아가면 평촌신도시 이곳저곳에 숨겨져 있는 아름다운 예술 작품에 대한 정보를 체계적으로 얻을 수 있다. 거리 두기 상황이 좋아지면 안양예술공원, 평촌신도시에 산재해 있는 작품들의 설명을 듣는 투어 프로그램도 있으니 참조하면 좋을 듯하다.

오랜 시간 동안 평촌의 작품들을 두발로 직접 걸어 다니며 찾으러 다녔더니 허기가 졌다. 음식점을 찾느라 걱정할 필요는 없다. 범계, 평촌역 일대에는 일명 로데오거리가 조성되어 있고, 수많은 술집과 음식점이 우후죽순으로 들어서 있기 때문이다. 특히 범계역 2번 출구부터 아크로타워 쪽으로 뻗은 '평촌1번가 문화의 거리'는 500m가 채 안 되는 길이지만 주제별로 거리가 조성되어 있고, 상가 건물이 빽빽하다. 허기짐을 해결하고 나왔더니 어느새 해는 서쪽으로 넘어가고 있었다.

즐거웠던 안양 여행도 이제 마지막을 향해 달려가고 있다. 안양은 서울의 일개 구정도 크기밖에 되질 않지만, 안양을 둘러싸고 있는 명산이 유난히 많기로 유명하다. 우선 군포와 맞닿아 있는 동네에는 경기도에서 도립공원으로 지정된 수리산이 있다. 수리산으로 가는 길목에는 안양 시민들 사이에서 캠핑장으로 명성을 떨치고 있는 병목안시민공원과 우리나라 두 번째 신부(神父)인 최양업의 아버지, 최경환(프란치스코) 성인이 잠들어 있는 수리산 성지도 있다.

최경환 프란치스코는 천주교 박해를 피해 수리산 골짜기 병목 안으로 들어와 신앙촌을 형성했다고 전해진다. 안양의 수리산 자락에는 많은 이야기와 아름다운 자연이 녹아들어 있다. 또한 서울과의 경계에 자리한 관악산과 삼성산을 빼놓을 순 없다. 관악산 자락에는 관악산을 순환할 수 있는 관악산 둘레길이 탐방객들 사이에서 큰 인기인데, 안양시 구간은 석수역에서 시작해 금강사, 안양예술공원, 망해암, 비봉산책길을 지나 관악산 삼림욕장, 간촌 약수터를 통해 과천 구간으로 연결된다. 이렇듯 안양에는 자연을 즐길 만한 장소가 많다. 그뿐만이 아니다. 그 산자락에는 유서 깊은 사찰들이 아직 남아 안양의 역사를 풍성하게 만들어 주고 있다.

우선 소개할 곳은 삼막사라고 하는 역사 깊은 사찰이다. 입구의 삼막마을 먹거리촌과 삼막사 계곡의 명성도 대단하지만 삼막사 계곡의 끝자락에 위치한 삼막사의 역사는 신라 시대 문무왕까지 거슬러 올라간다. 마애삼존불, 삼층석탑, 사적비 등의 절이 자랑하는 다양한 석조물과 유명한 남녀근석을 함께 둘러볼 수 있다.

하지만 안양에 있는 수많은 절 중에서 한 군데만 가야 한다면, 무조건 안양의 일몰을 보러 망해암으로 향해야 한다. 망해암은 신라 원효대사가 창건하고 정조의 모친인 해경궁 홍씨가 중건했다고 알려진 유서 깊은 사찰이다. '바다를 바라보는 암자'라는 뜻의 망해암인 만큼 날이 맑으면 서해까지 바라볼 수 있다고 한다.

망해암으로 올라가 안양 도심을 내려다보며 안양 여행을 마무리 짓는다. 전혀 기대하지 않았던 안양 여행에서 많은 수확을 한 것 같다. 경기도의 도시들도 방향성을 잘 잡고, 그 특성과 잠재력을 이용한다면 당당한 하나의 도시로 자리매김할 가능성이 있다. 다음 도시에서는 어떤 매력을 살펴볼 수 있을지 벌써부터 기대가 된다.

아름다운 일몰을 바라볼 수 있는 망해암

우리가
모르는
경기도

경기별곡의 첫 시리즈를 마무리 지으며

김포의 용화사에서 바라봤던 한강의 풍경을 바라보며 우리가 몰랐던 경기도의 매력을 되짚어 볼 구상을 시작했다. 하지만 경기도에 대한 정보는 생각보다 빈약했고, 그 도시에 관한 저작물도 거의 찾을 수 없었다. 나는 결국 직접 그 장소를 일일이 찾아가며 나만의 지도를 만들어 가기로 했다. 처음에는 각각의 도시가 아닌 권역별로 다뤄 보려고 했지만, 직접 그 도시를 취재해 보니 역사와 문화의 깊이가 만만치 않아 도시별로 다루게 되었다.

이 책에서는 총 일곱 개의 경기도 도시를 소개했다. 답사 시간의 순서대로 글을 배치했고, 그 기간만큼 계절의 변화를 고스란히 전달하려고 노력했다. 하지만 이 책은 경기도를 전체적으로 아우르는 시리즈의 첫 번째이기에 도시의 구석구석을 소개하지 못한 점은 아쉬움으로 남는다.

미처 소개하지 못한 장소들을 이 지면을 빌어 간단히 소개하자면 김포 하성면에 자리한 '카페 진정성'을 먼저 언급하려고 한다. 본점은 안도 다다오를 연상시키는 현대 건축풍의 인테리어에 넓은 잔디밭이 펼쳐져 있어 현대인의 아늑한 휴식공간이 되기도 하는 장소다.

파주의 '마메시스 아트 뮤지엄'도 꼭 가보길 추천하는 장소다. 파주 출판단지에 자리 잡았고, 포르투갈의 건축가 알바로 시자가 설계한 것으로 유명하다. 다양한 크기의 전시공간을 하나의 덩어리로 담아내면서 시간마다 변하는 자연광의 향연과 함께 예술 작품을 감상할 수 있는 미술관이다.

그 밖에도 양평의 '용문사'와 '지평막걸리 양조장', 수원의 '근대문화공간(구 부국원)'도 한 번쯤 돌아볼 만한 명소라 생각한다. 이외에도 필자가 아직 찾지 못한 숨은 비경이 어딘가에 존재할지도 모른다.

2년 남짓 지속되고 있는 코로나바이러스로 인해 우리 삶은 큰 변화를 맞게 되었다. 처음에는 사스, 메르스 같은 감염병처럼 몇 달이면 끝날 일시적인 것으로만 여겼지만, 아직도 끝이 없는 터널에서 헤어 나오지 못하고 있다. 일상생활의 통제는 기본이고, 많은 사람이 생업의 고통을 호소하는 상황이다. 전 세계가 전례 없는 일을 겪는 지금, 우리가 여행에 대해 언급하는 것 자체가 사치일지 모른다. 하지만 방역 수칙만 철저히 지킨다면, 해외도 나가기 힘든 현실 속에서 그동안 뒷전으로 밀려 있던 우리 주변의 아름다움을 새롭게 눈여겨볼 기회가 되지 않을까 하는 생각에서 펜을 집어 들었다.

혹자는 우리나라가 외국에 비해 볼거리가 빈약하고, 문화재나 건축물이 볼품없이 초라하다고 말한다. 하지만 필자는 그런 사람들에게 이렇게 얘기한다.

"유럽에 가서 한 달 동안 여행을 하게 되면 성당, 궁전이 익숙해져 보이니까 금방 질리고 말 거야."

우리는 주변을 일상적으로 받아들이고 있다. 하지만 여행자의 시선으로 관

경기별곡의 첫 시리즈를 마무리 지으며

찰해 보면 돌무더기 하나도 색다르게 보일 것이다. 그리고 제일 중요한 한 가지는 그것에 얽힌 이야기를 살펴보자는 거다. 인도의 타지마할도 샤 자한과 뭄타즈 마할의 러브스토리가 곁들어져 있기에 더 빛을 발하는 것이고, 태양왕 루이 14세의 일대기를 알면 베르사유 궁전이 남달라 보일지도 모른다. 우리가 살고 있는 도시도 알고 보면 그 나름대로 고유의 이야기를 품고 있고, 역사의 풍파를 맞은 유적과 경관이 곳곳에 숨겨져 있다. 우리도 마음을 활짝 열고 애정을 가지고 돌아다니다 보면 기대하지 않았던 새로운 것들을 찾을 수 있지 않을까?

시리즈의 첫발을 내딛게 되면서 고마운 분들이 무척 많다. 우선 여행 작가의 세계로 들어가게 해준 <캡틴 플래닛과 세계여행> 진행자인 고덴, 배낭돌이, 조마 님은 물론, <탁PD의 여행수다>의 탁재형 PD님께 감사드린다는 말을 하고 싶다. 그리고 글을 쓰는 즐거움을 알게 해준 <오마이뉴스> 라이프플러스 편집 담당 김예지, 최은경 기자님, 무명 작가인 나를 발굴해 준 김종서 작가님, 그리고 힘든 출판 작업을 담당해 주신 (주)글로벌콘텐츠출판그룹의 관계자분들도 마찬가지다. 마지막으로 꾸준히 뒷바라지해 준 사랑하는 와이프와 두 딸도 함께 언급하고 싶다. 앞으로도 꾸준히 시리즈를 이어가며 여러분들과 좋은 콘텐츠와 글로 만나길 희망한다.

우리가
모르는
경기도

우리가 모르는 **경기도** 경기별곡 01

1판 1쇄 발행_2021년 09월 30일
1판 2쇄 발행_2022년 07월 30일

지은이_운민(이민주)
펴낸이_홍정표
펴낸곳_작가와비평
등록_제2018-000059호

공급처_(주)글로벌콘텐츠출판그룹
대표_홍정표 **이사**_김미미 **편집**_하선연 권군오 이정선 문방희 **기획·마케팅**_김수경 이종훈 홍민지
주소_서울특별시 강동구 풍성로 87-6
전화_02) 488-3280 **팩스**_02) 488-3281
홈페이지_http://www.gcbook.co.kr
이메일_edit@gcbook.co.kr

값 15,000원
ISBN 979-11-5592-283-5 03810